JN440369

사랑
풍경

사랑 풍경

에 대한
열일곱 개의 기억

공선옥 김갑수 김용택 김인숙 김훈 박범신 박수영 유용주 윤광준 윤대녕 이상은 이윤기 전경린 정길연 최재봉 하성란 함정임

열일곱 가지

섬앤섬
somensum

차례

너를 기다리는 동안

황지우

네가 오기로 한 그 자리에
내가 미리 가 너를 기다리는 동안
다가오는 모든 발자국은
내 가슴에 쿵쿵거린다
바스락거리는 나뭇잎 하나도 다 내게 온다
기다려본 적이 있는 사람은 안다
세상에서 기다리는 일처럼 가슴 애리는 일 있을까
네가 오기로 한 그 자리, 내가 미리 와 있는 이곳에서
문을 열고 들어오는 모든 사람이
너였다가
너였다가, 너일 것이었다가
다시 문이 닫힌다
사랑하는 이여
오지 않는 너를 기다리며
마침내 나는 너에게 간다

아주 먼 데서 나는 너에게 가고
아주 오랜 세월을 다하여 너는 지금 오고 있다
아주 먼 데서 지금도 천천히 오고 있는 너를
너를 기다리는 동안 나도 가고 있다
남들이 열고 들어오는 문을 통해
내 가슴에 쿵쿵거리는 모든 발자국 따라
너를 기다리는 동안 나는 너에게 가고 있다.

시집《게눈 속의 연꽃》(1991) 중에서

ⓒ 이훈구

기어이 사랑이라 부르는 기억들

김 훈—소설가. 자전거 레이서

모든, 닿을 수 없는 것들을 사랑이라고 부른다. 모든, 품을 수 없는 것들을 사랑이라고 부른다. 모든, 만져지지 않는 것들과 불러지지 않는 것들을 사랑이라고 부른다. 모든, 건널 수 없는 것들과 모든, 다가오지 않는 것들을 기어이 사랑이라고 부른다.

내가 사는 마을의 곡릉천曲陵川은 파주 평야를 구불구불 흘러서 한강 하구에 닿는다. 여름내 그 물가에 나와서 닿을 수 없는 것들과 불러지지 않는 것들을 생각했다. 마침내 와서 닿는 것들과 돌아오고 또 돌아오는 것들을 생각했다. 생각의 나라에는 길이 없어서 생각은 겉돌고 헤매었다, 생각은 생각되어지지 않았고, 생각되어지지 않는 생각은 아프고 슬펐다.

바다는 멀어서 보이지 않는데, 보이지 않는 바다의 기별이 그 물가에 와 닿는다. 김포반도와 강화도 너머의 밀물과 썰물이 이 내륙 하천을 깊이 품어서 양안兩岸의 갯벌은 늘 젖어 있다. 밀물을 따라서 내륙으로 향하는 숭어 떼들이 수면 위로 치솟고 호기심 많

ⓒ김상선

은 바다의 새들이 거기까지 물을 따라 날아와 갯벌을 쑤신다. 그 작은 물줄기는 바다의 추억으로 젖어서 겨우 기신기신 흐른다. 보이지 않는 바다가 그 물줄기를 당겨서 데려가고 밀어서 채우는데, 물 빠진 갯벌은 '떠돌이 창녀 시인 황진이의 슬픈 사타구니'(서정주 시 〈격포우중〉에서)와도 같이 젖어서 질퍽거린다. 저녁 썰물에 물고기들 바다로 돌아가고 어두워지는 숲으로 새들이 날아가면 빈약한 물줄기는 낮게 내려 앉아 겨우 이어가는데, 먼 것들로부터의 기별은 젖은 뻘 속에서 질척거리면서 저녁의 빛으로 사윈다.

가을은 칼로 치듯이 왔다. 가을이 왔는데, 물가의 메뚜기들은 대가리가 굵어졌고 굵은 대가리가 여름내 햇볕에 그을려 누렇게 변해 있었다. 메뚜기 대가리에도 가을은 칼로 치듯이 왔다. 그것들도 생로병사가 있어서 이 가을에 땅 위의 모든 메뚜기들은 죽어야 하리. 그 물가에서 온 여름을 혼자서 놀았다. 놀았다기보다는 주저앉아 있었다. 사랑은 모든 닿을 수 없는 것들의 이름이라고, 그 갯벌은 가르쳐 주었다. 내 영세한 사랑에도 풍경이 있다면, 아마도 이 빈곤한 물가의 저녁 썰물일 것이었다. 사랑은 물가에 주저앉은 속수무책이다.

'사랑'의 메모장을 열어보니 '너'라는 글자가 적혀 있다. 언제 적은 글자인지는 기억이 없다. '너' 아랫줄에 너는 이인칭인가 삼인칭인가, 라는 낙서도 적혀 있다. '정맥'이라는 글자도 적혀 있다. '너'와 '정맥'을 합쳐서 '너의 정맥'이라고 쓸 때, 온 몸의 힘이 빠져서 기진맥진했던 기억이 떠올랐다. '이름'이라는 글자 밑에는 이름과 부름 사이의 거리는 얼마인가라고도 적혀 있다. 치타, 백곰, 얼룩말, 부엉이 같은 말을 걸 수 없는 동물들의 이름도 들어 있다. 이 안쓰러운 단어 몇 개를 징검다리로 늘어 놓고 닿을 수 없는 저편으로 건너가려 했던 모양인데, 나는 무참해서 메모장을 덮는다.

물가에서 돌아온 밤에 램프 밑에 앉아서 당신의 정맥에 관하여 적는다.

그해 여름에 비 많이 내렸고 빗속에서 나무와 짐승들이 비린내를 풍겼다. 비에 젖어서, 산 것들의 몸 냄새가 몸 밖으로 번져 나오던 그 여름에 당신의 소매 없는 블라우스 아래로 당신의 흰 팔이 들어났고 푸른 정맥 한 줄기가 살갗 위를 흐르고 있었다. 당신의 정맥에서는 새벽안개의 냄새가 날 듯했고 당신의 정맥의 푸른색은 낯선 시간의 빛깔이었다. 당신의 정맥은 당신의 팔뚝을 따라 올라가서, 점점 희미해서 가물거리는 선 한 줄이 당신의 겨드랑 밑으로 숨어들어갔다. 겨드랑 밑에서부터 당신의 정맥은 당신의 몸속의 먼 곳을 향했고, 그 정맥의 저쪽은 깊어서 보이지 않았다. 당신의 정맥이 숨어드는 죽지 밑에서 당신의 겨드랑 살은 접히고 포개져서 작은 골을 이루고 있었다. 당신이 찻잔을 잡느라고, 책갈피를 넘기느라고, 머리카락을 쓸어 올리느라고, 자동차 스틱 기어를 당기느라고 또는 웃는 입을 가리느라고 팔을 움직일 때마다 당신의 겨드랑 골은 열리고 또 닫혀서 때때로 그 안쪽이 들여다보

일 듯했지만, 그 어두운 골 안쪽으로 당신의 살 속을 파고 들어간 정맥의 행방은 찾을 수 없었고 사라진 정맥의 뒤 소식은 아득히 먼 나라의 풍문처럼 희미해서 닿을 수 없었다. 정맥의 저쪽으로부터는 아무런 기별도 오지 않았는데, 내륙의 작은 하천에 바다의 조짐들과 바다의 소금기가 와 닿듯이, 희미한 소금기 한 줄이 얼핏 스쳐오는 듯도 싶었고 아무런 냄새도 와 닿지 않는 듯도 싶었다. 환청幻聽이나 환시幻視처럼 냄새에도 환후幻嗅라는 것이 있어서 헛것에 코를 대고 숨을 빨아들이는 미망이 없지 않을 것인데, 헛

것인가 하고 몸을 돌릴 때, 여름 장마의 습기 속으로 번지는 그 종잡을 수 없는 소금기는 멀리서 가늘게, 그러나 날카롭게 찌르며 다가오는 듯도 했다. 내 살아 있는 몸 앞에서 '너'는 그렇게 가깝고 또 멀었으며, 그렇게 절박하고 또 모호했으며 희미한 저쪽에서 뚜렷했다.

'너'가 이인칭인지 삼인칭인지 또는 무인칭인지 알 수 없는 날엔 혼자서 동물원으로 간다. 동물들은 모두 다 제 똥과 오줌과

제 몸의 냄새를 풍긴다. 기린이나 얼룩말이 목을 길게 빼고 먼 곳을 바라볼 때, 그 망막에 비치는 세계의 내용을 나는 알 수가 없다. 나는 기린의 눈의 안쪽으로 나의 시선을 들이밀 수가 없다. 올빼미의 눈과 독수리의 눈에 비치는 나를 나는 감지하지 못한다. 늙은 독수리는 나뭇가지에 앉아서 미동도 하지 않고 철망 밖을 내다본다. 백곰은 하루 종일 철망 안쪽을 오락가락한다. 그의 앞발은 무겁고 그의 엉덩이는 늘어져 있다. 백곰은 앞발을 터벅터벅 내딛어, 몸을 흔들며 철망 안을 서성거린다. 코를 철망에 비비면서 저쪽 끝까지 갔다가 다시 돌아온다. 백곰의 눈은 반쯤 감겨 있다. 백곰의 동작은 대낮의 몽유夢遊처럼 보였다. 철망에 쓸려서 헤진 콧구멍으로 피를 흘리면서, 백곰은 돌아오고 또 돌아간다. 수사자는 시멘트 바닥 위에서 저편으로 돌아누워 있다. 갈기가 흘러내려 바닥에 닿았고 돌아누운 옆구리를 벌떡거리며 숨을 쉰다. 귀 기울이면 사자의 숨소리가 들린다. 숨은 바람처럼 사자의 콧구멍으로 몰려 들어갔다가 다시 쏟아져 나온다. 숨이 드나들 때, 창자가 "가르릉" 거리는 소리도 들린다. 늙은 사자의 숨소리는 불균형하고 숨 쉬는 옆구리는 힘들어 보인다. 코끼리 발바닥은 발가락 다섯 개가 한 덩어리로 붙어 있고, 붙은 발가락에 제가끔 발톱이 박혀 있다. 공룡의 시대부터 지금까지 그 발가락 다섯 개는 분화되지 않았다. 코끼리는 그 들어붙은 발바닥으로 둔중하게 땅을 딛는다. 다시 억겁의 세월이 지나야 코끼리의 발가락은 갈라지는 것인지, 발가락은 갈라짐의 먼 흔적들을 지닌 채 들어붙어 있다.

'사랑'의 메모장에 왜 동물 이름을 적어 놓은 것인지 지금은 기억이 없다. 아마도 '사랑'이 아니라 '죽음'의 항목 안에 써 놓아야 할 단어들이었다. 동물원에서 코끼리 발바닥과 기린의 눈동자를 들여다보면서, '너'는 이인칭이 아니라 삼인칭임을 안다. '너'가 삼인칭으로 다가오는 날엔 내가 사는 마을의 곡릉천을 보러 가고 싶다.

다시 '사랑'의 메모장을 연다. '시선'이라는 단어가 적혀 있다. '강'이라는 단어도 적혀 있다. '시선'을 적은 날은 봄이었고, '강'을 적은 날은 가을이었다. 봄에서 가을 사이에는 아무런 메모도 없었다. 메모가 없는 날들이 편안한 날들이었을 것이다. '시선' 밑에는 '건너가기'라고 적혀 있고, '강' 밑에는 또 '혈관'이라는 말이 적혀 있다. '농수로'도 있고 '링거주사'도 보인다. 불쌍해서 버리고 싶은 단어들인데, 버려지지가 않는다.

내가 당신과 마주 앉아 당신의 이름을 부를 때 당신이 숙였던 고개를 들어서 나를 바라보았고, 당신의 시선이 내 얼굴에 닿았다. 당신의 시선은 내 얼굴을 뚫고 들어와 몸속으로 스미는 듯했고, 나는 당신의 이름을 부르는 나의 목소리에 이끌려, 건너와서 내게 닿는 당신의 시선에 경악했다. 내가 당신의 이름을 부르는 그 부름으로 당신에게 건너가고 그 부름에 응답하는 당신의 시선이 내게 와 닿을 때, 나는 바다와 내륙 하천 사이의 거리와, 나와 코끼리 발바닥 사이의 시간과 공간이 일시에 소멸하는 환각을 느

김훈 〈이상문학상〉은 해마다 작품집을 엮을 때 대상 수상자의 수상작 외에 수상자의 자선 대표작을 한 편 더 싣는 오랜 관례가 있다. 2004년 초, 그 오랜 관례는 깨어지고 말았다. 대상 수상자인 김훈이 전무후무할 정도로 단 한 편의 단편으로 대상을 수상하였기 때문이다. 그는 자선 대표작을 세 편의 에세이로 대신하였다. 그러나 그의 에세이는 수필을 문학의 영역으로 끌어올린 우리 시대 최고의 명수필가라는 찬사에 답하듯 반짝반짝 빛났다.

1948년 서울에서 태어나 휘문고를 거쳐 고려대 정외과와 영문과에서 수학하였으며, 한국일보에서 기자 생활을 시작하여 한겨레신문 사회부 기자를 끝으로 오랜 언론 활동을 접고 오롯한 전업 문인으로 전환했다. 장편 소설 《칼의 노래》, 《현의 노래》, 《공무도하》, 《내 젊은 날의 숲》, 《흑산》과 중편 〈빗살무늬토기의 추억〉, 단편 〈화장〉 외에 창작집 《강산무진》, 산문집 《풍경과 상처》, 《자전거 여행 1,2》, 《밥벌이의 지겨움》, 《너는 어느 쪽이냐고 묻는 말들에 대하여》, 《문학기행(공저)》, 《내가 읽은 책과 세상》을 펴냈으며, '한국 문학에 벼락처럼 쏟아진 축복'이라는 찬사를 받으며 〈동인문학상〉과 〈이상문학상〉, 〈황순원문학상〉, 〈대산문학상〉을 수상했다.

ⓒ 이지누

겼다. 그것이 환각이었을까. 환각이기도 했겠지만, 살아 있는 생명 속으로 그처럼 확실하고 절박하게 밀려들어온 사태가 환각일 리도 없었다. 그리고 당신이 다시 시선을 거두어 고개를 숙일 때, 당신의 흘러내린 머리카락 위에서 햇빛은 폭포처럼 쏟아져 내렸다. 당신은 당신의 피부로 둘러싸였고 나는 나의 피부로 둘러싸여, 당신의 먼 변방에 주저앉은 나는 당신의 겨드랑 밑으로 숨어드는 푸른 정맥을 바라보고 있었다.

그때, 당신의 푸른 정맥은, 낮게 또 멀리 흐르는 강물처럼 보였다. 나는 나주 남평의 드들강을 생각했다. 드들강은 넓고 고요하다. 들에 낮게 깔려 다가오는 그 강은 멀리 굽이치며 마을로 다가왔고 다시 굽이쳐서 들로 나아갔다. 강안에 둑이 없어서 수면은 농경지에 잇닿았고, 굽이치는 안쪽으로 물풀이 우거져 새들이 퍼덕거렸다. 느리게 다가오는 강은 강가에 앉은 자의 몸속을 지나서 흘렀다. 저녁이면 노을이 풀리는 강물은 붉게 빛났고, 강물이 실어오는 노을과 어둠이 몸속으로 스몄다. 당신의 겨드랑 속으로 사라지는 당신의 정맥이 저녁 무렵의 강물처럼 닥쳐올 시간의 빛깔들을 실어서 내 몸속으로 흘러들어오기를 나는 그 강가에서 꿈꾸었던 것인데, 그때 내 마음의 풍경은 멀어서 보이지 않는 바다의 기별을 기다리고 또 받아내는 곡릉천과도 같았을 것이다. 곡릉천은 살아서 작동되는 물줄기로 먼 바다와 이어져 있다.

내 빈곤한 '사랑'의 메모장은 거기서 끝나 있다. 더 이상의 단어는 적혀 있지 않다. '관능'이라고 연필로 썼다가 지워버린 흔적이 있다. 아마도, 닿아지지 않는 관능의 슬픔으로 그 글자들을 지웠을 것이다. 너의 관능과 나의 관능 사이의 거리를 들여다보면서 그 두 글자를 지우개로 뭉개버렸을 것이다.

모든, 닿을 수 없는 것들과 모든, 건널 수 없는 것들과 모든, 다가오지 않는 것들과 모든, 참혹한 결핍들을 모조리 사랑이라고 부른다. 기어이 사랑이라고 부르는 것이다.

사랑은 결핍이고 상실이다

내 작품 속 여자와 사랑과 생명

나는 사랑을 묘사하지 못한다. 늘 말이 막혀서 써지지가 않는다. 불륜이건 합륜(이런 말이 있는가?)이건 치정이건 순정이건 다 똑같다. 거기에 언어를 들이댈 수가 없다. 소설이나 영화에 나오는 사랑도 나에게는 잘 전달되지 않는다. 아마도 그것은 전달되거나 설명되지 않고 다만 경험될 뿐일 것이다. 경험될 뿐, 전달되지 않는 것이 이 세상을 지옥으로 만든다. 낙원은 그 지옥의 다른 이름일 터이다.

그래서, 내 소설에 나오는 여자들은 모두가 인격이나 성격에 미달하는, 동물들이다. 나는 여자를 완성시키지 못한다. 여자, 또는 사랑에 관하여 말해야할 때 나를 지배하는 글자는 '생명'이라는 두 자다. 그리고 그 생명은 개별적 존재의 생명이다. 나는 결국 '생명'을 넘어서지 못한다. 그래서 내 이야기 속의 여자들은 생명만 있고 성격이나 역할이 없다.

의과대학에서 해부학 교과서를 빌려다 읽기도 했다. 여자의 몸을 각 부위별로 해부해 놓은 컬러 사진들이 그 책 속에 실려 있었다. 실핏줄과 신경과 숨구멍, 땀구멍 들이 엉켜 있었다. 허벅지와 국부와 겨드랑과 엉덩이, 두개골, 안구, 입 속의 구조를 골똘히 들여다보았다. 거기에 어떻게 여자의 생명이 깃드는 것인지를 알 수 없었다. 의사들에게 물어보아도 답답하기는 마찬가지였다. 그래서 생명을 말하려는 내 글은 거기에 도달하지 못하는 자의 답답함만을 적을 수 있을 뿐이었다. 이러니 어찌 소설을 쓸 수 있겠는가. 사랑과 생명에 관하여 말할 때, 결국 말하여지지 않는 것들의 답답함 만이 말하여진다. 사랑은 결핍이고 상실이다.

© 백다흠

부치지 못한 편지

김인숙—소설가

오늘 낮에 이름 모를 꽃을 보았습니다. 이렇게 말하려니 조금 낯이 뜨겁네요. 세상에 존재하는 그 수많은 꽃들 중에 내가 이름을 알고 있는 것이 몇 가지나 될까. 세상에 존재하는 그 수많은 이름들 중에 내가 그 얼굴을 알고 있는 것은 몇이나 될까. 오히려 알지 못하기 때문에 정겨운 존재들이 있습니다. 아무 것도 알지 못하니 아직 그리 경계할 필요는 없겠지요. 꽃은 작은 나팔꽃처럼 생겼습니다. 어머나! 생긴 건 나팔꽃 같은 게 향기는 아카시아네, 했더니 바로 옆에 아카시아 나무가 있군요. 꽃은 얌전하고, 수수하고, 그래서 시침을 뚝 떼고 있는 것처럼, 예쁩니다. 그러고 보니 봄이네요. 한국보다 늦게 시작된 봄, 아직도 겉옷을 따뜻하게 입지 않으면 으슬으슬 한기가 도는 5월 말, 그래도 꽃과 햇살은 저리 아름답습니다. 도서관 옆의 작은 산책로입니다. 무서운 병이 돌고 있어도, 봄볕 비치는 교정의 좁은 길은 아무 일도 없는 듯, 적요합니다. 병이 돌면서부터 학교 담장 위에 설치한 철조망에 누구 것인지 알 수 없는 손수건이 걸려 있네요. 아무 뜻도 없이 그냥 아아,

혼자 소리를 내보았습니다. 아아, 아아……. 하고. 따듯하고 향기로운 공기가 아아, 한번 할 때마다 입 속으로 가득 들어오는군요.

언제 누구에게 쓴 것인지 알 수 없는 편지를 발견할 때가 있다. 무언가를 챙기고 정돈하는 일에는 젬병인 사람이라 예전에는 책갈피마다 낙서와 일기 편지 따위들이 들어 있어 누구에게도 책 빌려주기가 겁이 나더니, 요즘에는 노트북 속이 그 모양이 되어버렸다. 전혀 관계도 없는 폴더에 짐작도 할 수 없는 제목으로 파일들은 헝클어진 서랍 속의 조각난 자투리들처럼 흩어져 있다. 어떤 것은 비밀번호가 붙은 채 완강히 잠겨 있다. 아무리 애를 써도 도무지 기억해낼 수 없는 비밀번호, 그 속에는 대체 누구에게 보낸 마음이 들어 있고 누구에게 받은 슬픔과 기쁨이 들어 있을까.

오늘 낮에 이름 모를 꽃을 보았다고 다분히 감상적으로 시작되는 어느 봄날의 편지에는 수신인의 이름이 들어 있지 않다. 그러나 나는 그 편지를 누구에게 쓰고 싶었던 것인지 기억할 수 있다. 지난해 5월, 나는 불안에 빠져 있었고, 겁에 질려 있었으며, 혼돈에 차 있었다. 그때 내게 가장 필요한 것은 '사람'이었다. 참을성 있게 내 이야기에 귀를 기울여주다가 나 대신에 결정을 내려주고, 그 결정에 따르는 책임을 져줄 사람……. 이 보호자와 같은 사람이 내 불안을 잊게 해줄 만큼 또한 낭만적이기를 바랐다. 신데렐라의 소망에는 여러 가지 변형이 있을 수 있고 그 꿈에는 나이 제한도 없었다. 이 어리석은 소망은 이제껏 내가 꿈꿔왔던 그 어떤 것보다도 허황된 것일지는 모르지만, 그러나 가장 거짓이 적은 것에 속하는 것이기도 했다.

지난해 5월, 나는 전염병이 돌고 있는 중국에 있었다. 하루에도 백여 명의 환자가 새로 생겨나고, 새로 죽어나가는. 도시에는 격리지역이 생겼고, 주거지역 바깥으로의 출입은 금지되었고, 거의 모든 곳에서 신분증과 체온을 검사했다. 그것은 분명히 목숨을 건 전쟁 같았는데, 눈에 보이는 적은 어디에도 결코 없었다. 그리고 그때 나는 혼자 있었다.

며칠 사이에 학교 담장에 장미꽃이 만발했습니다. 꽃은 참 신기하지요. 언제나 꽃이 만발한 것을 보면, '눈 깜짝할 사이에' 거짓말처럼 피어버렸다는 생각이 듭니다. 고등학교 때부터 오래 살았던 우리 집 담장에도 빨간 덩굴장미가 초여름마다 흐드러졌던 기억이 납니다. 그야말로 만개해 있을 적이면, 나도 모르는 사이에 '저걸 어째'하는 소리가 나왔지요. 나는 글을 쓰는 사람이지만, 글이 표현할 수 있는 것은 얼마나 적은지요. 마치 쏟아져 내리기라도 할 듯 만개한 꽃을 보고 있으면, 그 터질 듯한 아름다움을 보고 있으면 글도 말도 슬며시 사라져버리고, 그저 나오는 소리라는 게 '저걸 어째' 뿐입니다. 학교 담장의 덩굴장미는 내 기억 속 옛집의 담장에 피어 있던 꽃과는 조금 다르군요. 꽃의 색깔을 글로 표현한다는 게 가당한 일인지는 모르겠습니다만, 어쨌든 보라색을 닮았습니다. 보라색을 닮은 덩굴장미가 흰 장미와 섞여 피어 있는

게 담장 위의 철조망까지 무색하게 만듭니다. 나는 오늘도 저걸 어째, 해버리고 말았습니다. 그러나 오늘 그 말은 예전의 그 말과는 전혀 다릅니다. 꽃이 저렇게 피었으니 이제 담장을 사이에 둔

연인들의 밀회도 힘들어지겠군요. 철책을 사이에 둔 채 연인의 손을 잡고, 연인의 뺨이라도 한번 쓰다듬으려면 무수히 많은 가시들이 그 팔목을 찌르겠지요. 그래도 기어코 연인의 입술을 만지고 싶은 손길이 있다면, 별 수 없이 가지가 꺾이고 꽃송이가 떨어지겠네요. 그러거나 말거나 꽃의 아름다움은 저렇게 천연스럽습니다.

학교 담장에 쇠못이 툭툭 불거진 철조망이 설치된 것은 사스 예방조치로 전교생을 기숙사에 묶어두고 외출과 외박을 금지하는, 이른바 봉폐封閉식 교육이 실시된 이후의 일이다. 한국과 중국이 참 다른 것이, 만일 사스가 우리나라에서 그렇게 심각했다면 우리나라는 기숙사에 있던 사람들까지도 모두 흩어 놓을 터인데, 여기서는 밖에 있던 사람들까지도 모두 들어오라 했다. 얼핏 생각하기에는 죽어도 같이 죽고 살아도 같이 살자 식으로 보이는 이 조치로 인해 중국인 학생들 전체가 학교 안에 갇혔다. 중국 학교는 워낙에 기숙사 생활이 일반화되어 있다. 대학교는 물론이고 중고등 학교도, 심지어는 일부 초등학교도 기숙사 제도를 실시한다. 그러나 대학생들은 출입이 자유롭고, 중고등 학생들도 주말에는 외출과 외박이 허용된다.

그러나 '봉폐'라는 것은 다르다. 일체의 모든 출입이 금지된다. 사스가 아무리 무섭다고는 해도, 피가 펄펄 끓는 대학생들이 학교 안에만 갇혀 산다는 것이 쉬운 일일 리가 없다. 학생들은 담장을 훌쩍 뛰어넘어 도둑 외출을 했고, 그러다가 걸리면 강제 휴교를 당했다. 그런데도 이 도둑외출이 근절되지 않자, 학교에서는 마침내 담장에다가 철조망을 설치해 버린 것이다.

그 철조망 걸린 담장을 사이에 두고 두런두런 이야기를 나누고 있는 남녀를 본 적이 있었다. 학생들처럼 보이지는 않았다. 담장 안의 남자는 아마도 학교 안에 갇힌 교직원쯤이거나 식당 종업원이거나 건축 중인 체육관의 노무자이거나, 하여간에 시퍼런 이십대로는 보이지 않았다. 그는 담장 안에 퍼질러 앉아, 담장 밖에 쪼그려 앉은, 역시 나이 적어 보이지 않는 여자와 이야기를 나누는 중이었다. 긴한 얘기도 아닌 모양이었다. 한참을 침묵하다가 한마디 툭 던지고, 그러면 침묵하고 있던 이쪽에서 또 한마디 툭 받고……. 어찌 보면 가벼운 봄소풍의 한 순간으로 보이는 이 풍경이, 그러나 그들 사이에 가로막힌 담장으로 인해 마치 전쟁터의 한 장면 같아 보였다. 전쟁터의 어느 봄날, 무심하게 한가로운 어느 한 순간……. 훔쳐보는 사람의 기대와는 다르게 격정의 순간 같은 건 없었다. 손만 뻗으면 끌어안을 수도 있고, 입도 맞출 수 있는 거리였으나 그들은 툭하면 말이 끊기고, 툭하면 서로 먼데만 바라보았다.

그때 그들이 나누고 있던 얘기는 뭐였을까. 학교 안에 갇힌 남편 때문에 학교 밖의 생활을 혼자 감당하게 된 아내가 늘어 놓는 불평이거나, 그럼 나더러 어쩌라는 거냐고, 내가 여기 갇혀 있고 싶어 있느냐고 남편이 되받는 볼멘소리거나……. 전염병이 아무리 무서워도 별 수 없이 이어 나가야 할 삶, 그 삶의 구질구질함이 문득 처연해지는……, 그런 봄날.

사랑이 삶을 얼마나 많이, 오래 끌어안고 있을 수 있습니까? 반대로 삶은 사랑을 얼마나 오래 끌어안아 줄 수 있습니까? 오래 전에는 그 두 단어를 분리할 수 없었습니다. 사랑과 정염과 열정과 상처와 통곡과 오르가즘과 추락, 그 모든 단어들을 또한 사랑과 삶이라는 단어와 분리할 수 없었습니다. 지금도 실은 냉정한 것이 어느 쪽인지, 사랑인지 아니면 삶인지. 그 차가운 손이 어느 쪽의 것인지 알지 못하겠습니다.

나는 밤마다 편지를 쓰고, 낮에도 쓰고, 길거리를 걸어가면서도 씁니다. 불안을 잊어버릴 만큼 로맨틱한 열정을 혹은 추락을 꿈꾸는 듯합니다. 그러나 그것에 사랑이란 이름을 붙이지는 못하겠습니다. 지금 내게 필요한 것이 사랑인지도 알지 못합니다. 지금 내게 필요한 것은 열정이나 추락이 아니라, 그곳까지 이르는 구질구질한 삶의 동반인 듯합니다. 아름답지 않은, 도처에 병균과 죽음이 득실거리는, 아무도 손을 쓸 수 없는, 그래서 불안이고 혼돈인 이 상황에서 악을 쓰며 같이 싸울 수 있는 존재입니다. 당신이 내 현실 속에 있기를 바랍니다. 누추하고 구차한 현실을 같이 나누다가 서로 뻔뻔해지고 치사해지기를 바랍니다. 추락은 그 이후의 일입니다.

아이가 예정에 없던 기숙사 생활을 시작한 것 역시 사스 때문이었다. 역시 외출도 외박도 금지되는 이른바 봉폐식이었다. 아이의 학교 학생들 중에 기숙사 생활을 하지 않고 통학을 하는 학생들은 10% 가량이고, 그 중의 대부분이 한국 학생들이다. 당연히 한국 학부모들의 반대가 보통이 아니었지만, 아무 소용이 없었다. 학교에서는 거듭거듭 안전을 위해서라는 말만 되풀이했고, 학부모들은 집보다 더 안전한 데가 어데 있느냐고 서로 닿지 않는 말들만 왔다 갔다 하다가, 얼굴이 붉어지고 언성이 높아지고, 마침내 이런 학교 더 이상 못 다니겠다는 사람들까지 생겨났다. 몇몇은 휴학을 하고, 몇몇은 전학을 하고, 몇몇은 자퇴를 했다.

아이와 단 둘이 중국에 터를 잡은 후 몇 개월 동안, 모녀간에 싸움이 벌어질 때마다 난 한국에 가버릴 테니까 넌 기숙사에 들어가라고 했고, 그러면 아이는 협박을 하는 거냐고 대들었다. 기숙사에 들어가라는 말이 아이에겐 협박이고, 무조건 중국에 있으라고 하는 아이의 말이 내겐 또 협박이었다. 열다섯 살짜리 딸과 마흔이 넘은 엄마가, 딸인 것도 잊고 엄마인 것도 잊은 채로 그야말로 치사하게 싸우곤 했다. 그러고 나면 아이는 제 방에 들어가 문을 걸어 잠그고, 나는 나대로 내 방에 들어와 침대 속에 파묻혀, 분을 삭였다.

내가 낳았다 뿐이지, 딸아이 생긴 것은 나하고 닮은 데가 한 군데도 없다. 쌍꺼풀진 눈하고 작지 않은 코하고, 도톰한 입술 선까지 전부 나하고는 영 딴판이다. 이렇게 다르게 생긴 딸아이지만, 별 수 없이 내 딸이라 싸울 때 보면 마치 내가 또 하나의 나와 싸우고 있는 듯한 기분이었다. 감정이 격해지면 극단적으로 비약하고, 그래서 제어가 되지 않고, 어느 순간부터는 내가 감정을 부리는 게 아니라 감정이 나를 속수무책으로 끌고 가는 듯하고, 내 입이 말을 하는 게 아니라 말이 내 입을 움직이고 있는 것 같은, 멈추고 싶지만 멈춰지지 않는, 슬픔이 세상의 끝처럼 여겨지는……. 마흔 한 해를 이렇게 살아온 나와 어쩌자고 나랑 똑같이 생겨먹은 열다섯 살짜리가 싸울 때마다 마치 '세상의 끝'처럼 슬프고, 화가 나고, 뒤집어졌다.

예전에 '싸우는 것'이 아니라 아직 아이를 야단치기만 할 수 있었을 때, 그리고 아이는 차마 엄마에게 대들 엄두도 대지 못한 채 눈물만 뚝뚝 흘리며 야단을 맞았을 때, 눈물 자국이 가시지 않은 얼굴로 잠든 아이의 얼굴을 내려다보며, 나는 혼잣말로만 '미안하다, 미안하다' 했다. 야단친 것도 미안하고, 야단맞게 만든 것도 미안하고, 눈물 흘리게 만든 것도 미안하고, 슬픈 얼굴로 잠들게 한 것도 미안하고……. 세상에 미안하지 않은 것이 하나도 없는 듯했다. 세월이 흐르면서, 나는 늙고 아이는 컸다. 늙어갈수록 속이 좁아지는 어미는 잠든 아이의 얼굴을 내려다보며 미안하다 하는 대신에 분한 마음을 종내 삭이기가 힘든데, 커갈수록 능청스러워져가는 아이는 제 쪽에서 먼저 어미에게 '미안하다'하고 꽁한 어미를 달랬다. 속 좁은 어미는 기껏 달래주는 아이가 여전히 미워서, 저게 북 치고 장구치고 다 하네, 뒤집힌 속을 쉽게 풀지 못했다.

어미답지 못한 나를 반성하는 것은 아이가 잠든 후거나, 아이가 뚱한 얼굴로 학교에 가버린 후의 일이다. 당장 아이를 깨워 '좋은 꿈 꿔라' 해주고 싶고, 아이의 학교로 달려가 '슬픈 얼굴 하지 말거라' 해주고 싶다. 그런데 그토록 흉흉한 상황에서 아이가 기숙사로 들어가 버린 후, 내 하루하루는 '미안하다'는 말로만 가득 차버렸다. 엄마의 기분이 풀리지 않은 상태에서 풀 죽은 얼굴로 학교에 가버린 아이가 너무 오래 돌아오지 않는 것 같은……. 어쩐지 아주 돌아오지 않을 것 같은, 미안하다고 말할 기회도 없을 것 같은……. 슬픔이 슬픔으로 비약되고, 다시 그 슬픔이 나를 슬프게 했다.

아이의 유학을 빙자해, 슬슬 군내가 나는 듯하던 삶을 바꿔보려고 과감하게 한국의 짐을 챙겨 중국으로 건너왔으나, 그때처럼 그 무모한 결정을 후회한 적이 없다. 누구는 사스 초기에 일찌감치 한국으로 돌아가 버렸고, 누구는 전원 기숙사 입소 조치가 내려진 후에 학교를 그만둬 버리기도 했지만, 나는 쉽사리 귀국 결정을 내릴 수가 없었다. 처음에는 아이의 유학이란 게 나를 떠나게 하는 구실에 지나지 않았으나, 상황이 달라지니 돌아가면 그만인 나와는 다르게 아이의 공부가 문제였다. 무조건 귀국을 해버리면 그후의 일들이 암담했다. 한국에 있는 가족들은 목숨보다 공부가 더 중요하냐 했지만, 당장 내 눈앞에서 나자빠지는 사람을 본 것도 아닌 상황에서 공부를 목숨과 비교할 수는 없었다. 중국에 온 지 일 년도 안 되어 아이를 또다시 정처 없는 떠돌이로 만들 수도 없었다. 기숙사로 들어갈 것인가, 한국으로 돌아갈 것인가를 결정해야만 했던 며칠, 아이와 나란히 침대에 누워서, 이러다가 죽도 밥도 안 되면 우리 다음번에는 아프리카로 갈까, 농담도 했다. 듣자하니 남아공의 영어교육이 괜찮다더라고……. 호주에서도 살아봤고 중국에서도 살아봤으니, 우리 이번에는 기왕이면 남아공으로 가자, 내가 그렇게 농담을 던지면 아이는 "이번엔 날 끌고 또 어디로 가겠다고?" 눈을 흘겼다. 결국 아이는 여행가방 하나와 배낭 두 개에 짐을 챙겨 기숙사 안으로 들어갔다.

기숙사에 짐을 푼 날 저녁, 아이가 전화를 걸어왔을 때 아이의 목소리는 씩씩했다. 그 씩씩한 목소리를 들으며 나는 목이 메었고, 아이는 '엄마, 좀 잘 참아봐'라며 철없는 엄마를 달랬다. 아이와 싸울 때마다 어김없이 등장하는 내 대사 중의 하나가 '난 네 친구가 아니라 엄마야!'라는 것이었다. 그 말이 왜 느닷없이 목에 걸렸을까. 전화를 내려 놓고, 나는 또 '미안하다, 미안하다……' 했다. 언제나처럼 무엇이 미안한 건지도 몰랐고, 그러면서도 세상에 미안하지 않은 것이 하나도 없는 듯했다.

때때로 아이가 여전히 내 아이인 것이, 어제처럼 오늘도, 일 년 전처럼 지금도 여전히 내 아이인 것이, 이 변하지 않는 진리가 놀라울 때가 있습니다. 변하지 않기 때문에 매 순간 고백하지 않아도 되는 사랑이, 때로는 가슴이 미어집니다. 불안은 영혼을 잠식하기도 하지만, 날것을 드러내기도 합니다. 이 불안한 5월에 나는 그 어떤 사랑고백보다도 더 절박하고, 간절한 마음으로 아이를 사랑합니다. 아이에게 내가 그렇듯이, 이곳에 나와 함께 있는 사람은 아이 뿐입니다.

어쨌거나 시간이 좀 더 흐르면 이 무서운 병도 사라지겠지요.

김인숙 1963년 서울 출생으로 연세대학교 신문방송학과를 졸업한 김인숙은 갓 스무 살이던 1983년 조선일보 신춘문예에 단편 〈상실의 계절〉이 당선되면서 화려하게 작품 활동을 시작했다. 그 후 불의 80년대와 모색의 90년대를 건너 어느 덧 등단 20년을 넘긴 그는 그동안 끊임없이 문제작을 발표하며 늘 시대를 대표하는 작가로 우뚝 서왔다. 뛰어난 재기와 그 천연스러움, 그리고 삶에 뿌리를 내리고 있는 문학적 시선이 빛나는 김인숙은 이제 물 흘러가듯이 문학을 한다. 그렇듯 그는 자유롭다. 자신의 문학이 가야 할 길고 긴 여정에 대해 초조해하지 않기 때문이다.

소설집으로 《함께 걷는 길》, 《칼날과 사랑》, 장편으로 《핏줄》, 《불꽃》, 《'79 '80 겨울에서 봄 사이》, 《긴 밤, 짧게 다가온 아침》 《그래서 너를 안는다》, 《그늘, 깊은 곳》, 《유리구두》, 《브라스밴드를 기다리며》, 《소현》, 《미칠 수 있겠니》 등 수많은 작품을 펴냈으며, 1995년 〈한국일보 문학상〉을 시작으로 〈이상문학상〉, 〈대산문학상〉, 〈동인문학상〉 등을 수상했다.

그렇게 믿고 싶습니다. 그렇게 믿지 않으면 세상이 무섭다기보다는 오히려 허황하다는 느낌이 듭니다. 눈에 보이지도 않는 세균, 어디서 번져왔는지도 모르는 병균 때문에 수천의 사람들이 병상에 눕고, 수백 명의 사람들이 목숨을 잃고, 그보다 더 많은 사람들은 외부와 격리되었습니다. 병균 하나에 이렇게 휘청거리는 세상인데, 사람들은 무엇을 믿고 그리 오만할까요. 나는 왜 툭하면, '생'이니 '삶'이니 하는 말을 중얼거렸을까요. 이렇게 무력한 것이 사람이건만…….

추신: 이토록이나 무력한 사람, 그러나 기댈 것은 사람밖에 없습니다. 밤마다 편지를 쓰고, 낮에도 편지를 쓰고, 찻집에 앉아서도 편지를 썼습니다. 당신이 누구시든 간에, 고맙습니다.

사랑은 그렇게 삶과 함께 완성되는 것

〈달빛이 내 마음을 대신하네月亮代表我的心〉

중국에 머무는 동안, 등려군鄧麗君의 노래를 수없이 들었다. "당신은 내게 내 사랑의 깊이를 묻지만, 내 사랑은 달빛이 보여줍니다." 오래 된 노래답게 가사는 촌스럽지만 은근하다. 이 노래는 영화 《첨밀밀》에서 주제곡인 〈첨밀밀〉과 함께 시종일관 흐르는 곡이기도 하다. 영화 속에서 주인공인 장만옥은 노점에서 등려군의 노래 테이프를 팔다가 망하고, 그녀의 사망 소식을 전하는 뉴스를 보면서 충격을 받기도 한다. 애달프게 사랑의 깊이를 묻는 연인에게, 가서 달을 보라고 말하는 여인. 노래는, 사랑은 한 순간의 격정이나 낭만이 아니라 흐름이고 달빛이고, 결국 인생이라는 것을 말하고 있는 듯하다. 영화 《첨밀밀》에서도 사랑을 완성하는 것은 인생이다. 장만옥과 여명이 재회를 하는 장면에서 영화는 끝이 난다. 모든 영화가 그렇듯이 《첨밀밀》 역시, 클라이맥스에서 막을 내린다. 그토록 오랫동안 다른 곳을 떠돌던 연인이 마침내 세상의 어느 한곳에서 마주쳐 서로를 바라보게 된 순간. 그러나 영화가 막을 내리기 직전에 보여주는 클라이맥스는 요란하지 않다. 두 주인공의 시선은 마치 달빛을 바라보는 듯 고요하다. 그들이 거쳐 온 시간의 깊이와 흐름이 그들도 모르게 그들을 거기까지 데려다 놓았기 때문이다. 사랑은 그렇게 삶과 함께 완성된다. 그리고 등려군의 노래가 흐른다.

© 최경자

그 여자

김용택—시인

가을비가 촉촉이 내리고 있습니다. 산도 젖고 강도 젖고 풀잎들도 젖고 내 마음도 젖습니다. 가을비 내리면 추워지고 봄비 내리면 따뜻해진다는데, 이 비 그치면 들판의 곡식들은 더욱 더 깊이 고개 숙이며 익어가고, 강가에 풀잎들은 노랗게 말라 가겠지요 아, 가을의 강가에 가 보았는지. 해는 지고 갈대들이 바람에 하얗게 나부끼는 가을 강가에 가 보았는지. 해맑은 햇살 속에 마른 풀잎들이 사각대는 가을 강가에 서서 저무는 물을 보았는지. 외로움처럼 키 큰 포플러 마른 잎이 다 지고, 마른 풀 섶에 샛노란 산국이 지고 단풍 지면 산산이 빈산이 되어 저 강에는 겨울이 오고 저 강물로 하얀 눈송이들이 겁도 없이 하얗게 내리리라. 그러면 나는 강가에 서서 강물로 사라지는 눈송이들을 보리. 내게 사랑은 늘 그렇게 왔다네. 계절처럼 소리 없이 왔다가 계절처럼 소리 없이 사라지면서 잎 피고 바람 불고 눈 내리고 비가 왔다네.

그 여자네 집은 우리 동네 윗동네에 있습니다.

그 여자네 집 가는 길엔 개구리 울고 벼가 익고 감나무가 있고 보리가 겨울 달빛 속에 자랐습니다. 그 여자네 집 가는 길엔 하얀 감자 꽃이 피고 들 국화가 피고 구절초가 피고 산 벚꽃이 피고 강가에는, 강가에는 검은 바위들이 달밤에 번쩍거렸습니다. 풀벌레 울고 밤 산에서 소쩍새 울고 부엉새가 부엉부엉 울었습니다. 어두운 밤에도 구비 구비 하얗게 살아나던 길, 달이 뜨면 뽀얗게 떠 보이는, 적막하고 다정한 길이 늘 펼쳐졌답니다. 해 저물고 바람 불면 바람 따라 길 따라 하얗게 춤을 추던 개망초 꽃, 그리고 해 맑은 풀잎들. 그 길은 슬프고 외롭고 쓸쓸하고 그리고 정다운 길입니다. 아버지들이 하얀 달빛을 받으며 나락을 져 나르던 길이며, 어머니들이 애기 업고 머리에 곡식을 여 나르던 길입니다. 내 누이들이 돈 벌러 가던 길이며, 동무들이 밤도망을 치던 길입니다. 어머니들이 울면서 자식들을 떠나보내고 눈물로 자식들을 기다리던 길입니다. 꽃길입니다. 서러운 눈물 뿌리던 길입니다. 기쁨의 길입니다. 그 여자를 만나러 가는 내 사랑의 길이기도 합니다.

그 여자는 꽃같이 고운 열아홉이었습니다.

그 여자네 집에 가는 길엔 한 그루의 커다란 느티나무가 있었습니다. 그 느티나무 앞에는 작은 들판이 펼쳐져 있고 그 들 끝에는 언제나 강물이 흐르고 있었습니다. 그 들 끝에 그 여자네 무밭이 있었습니다. 그 무밭에는 늘, 곡식들이 다 떠난 들판에 파란 무들이 싱싱하게 자라고 있었습니다. 그 여자는 이따금 그 무밭에서 파란 무나 배추를 뽑아 머리에 이고 가기도 했습니다. 그 느티나무 부근에는 또 그 여자네 밭이 있고 그 밭에는 그 여자네 어머니가 늘 하얀 수건을 쓰고 일을 하고 있었습니다. 그 밭가에는 토란잎이 넓적하게 자라기도 하고, 가지가 열리기고 하고, 오이가 열리기도 하고, 그 여자가 그 여자 어머니와 함께 콩밭을 매기도 했습니다. 가을이 되면 감이 붉게 익고, 그 여자가 감 망에 감을 따다가 내가 지나가도 못 본 척하기도 했습니다. 그 여자네 나이 든 할아버지는 빳빳하게 풀 먹인 삼베옷을 입고 하얀 수염을 나부끼며 해 저문 논두렁을 돌아다니기도 했습니다. 봄이면 그 밭에서 그 여자네 아버지가 큰 암소로 느릿느릿 쟁기질을 하기도 했는데, 그 여자가 밭가에 서서 내가 지나가도 모른 척 제비꽃만 꺾고 있었습니다. 그! 느티나무는 참으로 크고 의젓하고 당당했습니다. 봄이 오면 그 느티나무에 잎이 피어납니다. 그 추운 겨울 그 잔가지로 어떻게 그 매서운 강바람 들바람을 이겼는지, 봄만 되면 어김없이 가지마다 수많은 새잎들을 피워냅니다. 잎 피어나는 그 나무 밑을 지나면 나는 그 나뭇잎들의 수런거림으로 맘이 설렙니다. 멀리에서도 나는 그 나무만 보면 늘 설렙니다. 잎이 피면 그 주위에 수많은 풀꽃들이 피어납니다. 하얀 꽃 노란 꽃 보라색 꽃들이 피어나고 그 나무 아래는 환하게 빛납니다. 그 여자, 꽃 같이 고운 열아홉 그 여자는 어머니랑 같이 그 나무 아래를 지나며 나를 못 본 척 눈을 내리깔고 그냥 지나갑니다. 그러나 어디만큼 가서는 얼른 뒤를 돌아다봅니다. 뒤태가 이뻤던 그 여자는 그때 꽃같이 고운 열아홉이었습니다.

그 여자가 나를 힐끗 뒤돌아본 날 밤이면 그 여자는 그 느티나무에서 나를 기다렸습니다. 나는 달빛을 받으며 그 길을 걸어 그 여자를 만나러 갔습니다. 달빛을 밟으며, 먼 산에서 우는 소쩍새 소리를 들으며, 물소리를 차며 그 여자를 만나러 갔습니다. 검정 우산 같이 달 그늘을 거느린 그 느티나무를 보면 나는 가슴이 뛰었습니다. 그 여자는 커다란 느티나무에 등을 대고 기대어 서서 달을 보며 나를 기다렸습니다. 스웨터를 여미며 나를 보고 웃는 그 여자는 달빛 아래 하얗게 핀 박꽃이었습니다. 그렇게 우리들은 밤이면 그 느티나무 등 뒤에서 만났습니다. 어쩌다가 밤늦게 사람이 지나가면 우리 둘이는 그 나무 등에 딱 붙어서 숨을 죽이고 있었습니다. 그럴 때 우리들은 너무 가슴이 뛰고 그리고 정말 좋았습니다. 어찌나 가슴이 쿵쿵 뛰던지 느티나무가 다 흔들리는 것 같았습니다. 그 여자의 숨소리, 따뜻해져 오는 몸, 그리고 어색하게 더듬어 찾던 손과 마주치던 눈길들. 길 가던 사람이 나무 앞을 지나가도 우린 한참을 그렇게 오래 느티나무 등 뒤에 서 있었답니다.

그 여자는 운동회 날이면 양산을 쓰고 학교에 왔습니다. 나는 선생이었고, 스물 셋이었습니다. 그 여자는 늘 느지막하게 학교에 동무들과 같이 나타났습니다. 코스모스가 핀 운동장 가에 그 여자는 동무들과 어깨를 마주대고 오불오불 꽃처럼 모여 있었습니다. 마치 꽃무리 같았습니다. 그 여자는 부락 대항 경기에도 나오지 않았습니다. 그 여자는 졸업생 경기에도 나오지 않았습니다.

그 여자는 늘 나를 훔쳐보면서도 나에게 눈을 주지 않았습니다. 운동회가 끝나가고 산그늘이 운동장을 덮고 마지막으로 아이들의 소고 놀이가 끝나면 그 여자는 또 동무들과 집엘 갔습니다. 운동장가 코스모스 꽃 속에서 그 여자는 웃고 있었습니다. 운동회가 다 끝나고 해가 다 진 뒤 나는 그 여자네 동네를 지나 집에 갑니다. 그 여자가 어디선가 나를 보고 있는 모습이 보이거나 내가 그 여자네 집 앞쯤 지날 때 얼른 그 여자가 그 여자네 집 앞을 지나가면 우린 그날 밤에 만났습니다. 늘 그랬습니다. 그렇게 만나는 날이 가면서 겨울이 왔습니다.

어떤 날 밤은 그 여자가 우리 집으로 오기도 했습니다. 동무들과 같이 와서 내 방문에 밤톨만한 돌멩이를 던졌습니다. 뒷문으로 얼른 들어온 그 여자는, 동무들과 같이 있으면 늘 내게 무심한 듯 했습니다. 멀리멀리 돌아서야 내게 닿는 애매한 말을 했지만 나는 그 말이 내게 한 말임을 잘 알았습니다. 어떨 때는 평소 우리 둘의 뜻과는 너무 엉뚱한 말을 하기도 했습니다. 방은 따뜻했고 우리들은 이불 속에다 두 다리를 뻗고 앉아 놀았습니다. 나는 그 여자의 발을 찾다가 다른 여자의 발을 잘 못 건드리기도 했지만 우리 둘의 발이 닿으면 우리만 아는 웃음을 웃으며 좋아했습니다. 그런 밤이면 어머님이 감도 내오고 고구마도 가져 왔습니다. 그릇 하나를 치워도 안 그런 척 다른 사람들에게 자기를 과시하기도 해서 자기가 이 집과 특별한 관계임을 은근히 과시하기도 했습니다. 꼭 그렇게 티를 냈습니다. 그 여자들이 가면 나는 밤길을 걸어

ⓒ 한희덕

그 느티나무까지 같이 갔다가 혼자 타박타박 걸어왔습니다. 먼 산을 지나는 밤바람 소리 발끝에 차이는 물소리.

우리들은 늘 만나 놀았습니다. 이웃마을에 사는 총각들과 처녀들이 만나 놀 때도 있었고 삼사 동네 젊은 청춘들이 만나 밤을 새워 강가에서 놀았습니다. 달 뜬 밤 우리들의 젊음을 견디지 못해 우리들은 우리들의 장소에서 만나 술 마시고 노래하고 춤을

김용택 1948년 전북 임실에서 태어난 이후로 지금껏 고향 마을을 지키며 아이들을 가르친 김용택은 1982년, 〈창작과비평사〉의 21인 신작시집 《꺼지지 않는 횃불로》에 〈섬진강 1〉 등을 발표하며 작품 활동을 시작했다. '바닷가 가파른 벼랑 위에도 원추리 꽃 한 송이가 피어 있듯이 당시 그의 섬진강 시편들은 시대의 불 인두에 데인 상처를 가만히 어루만져 주며 삶이란, 그리고 역사란 그리 단순한 한판 승부가 아니라는 사실을 일러주었다, 그것도 아주 낮은 목소리로'라는 평을 들었다. 1985년에 첫 시집 《섬진강》을 낸 이후 《맑은 날》, 《누이야 날이 저문다》, 《꽃산 가는 길》, 《그리운 꽃 편지》, 《그대 거침없는 사랑》, 《강 같은 세월》, 《그 여자네 집》, 《나무》 등의 시집과 산문집으로 《섬진강을 따라가며 보라》, 《그리운 것들은 산 뒤에 있다》, 영화이야기 《촌놈 김용택 극장에 가다》 등을 펴냈다. "나는 외로움을 달래려고 늘 강물을 따라 걷고 강가에 나가 헤매었다. 사랑을 잃었을 때도, 사랑을 얻었을 때도, 기쁘고 슬플 때도, 강물은 내 진정한 동무였다. 섬진강은 나의 전부다."라고 고백하는 그는 〈김수영문학상〉, 〈소월시문학상〉 등을 수상했다.

추며 놀았습니다. 친구들이 군대 갈 때 놀았고, 이웃마을 처녀의 생일이 되어도 우리들은 강가에서 만나 밤이슬이 내릴 때까지 놀았습니다. 칠석이나 백중날 밤에도 만나 놀았고 명절 때 콩쿠르 때도 만나 놀았습니다. 그 여자네 오빠가 어찌나 감시와 단속이 심하던지 그 여자는 그 여자네 집 작은집 언니 방에 나들이옷을 감추어 두었습니다. 아무리 감시가 심해도 어떻게든지 그 여자는 다른 동무들과 함께 가설극장 불빛 아래 곱게 화장을 하고 나타났습니다. 그렇게 사람들 속에 섞여 있어도 우리 둘은 어떻게든 또 따로 만났습니다. 넓은 바위 위에서 나는 눕고 그 여자는 내 곁에 앉아 달을 보며 우리들은 행복했습니다. 먼 데서 사람들의 웃는 소리 떠드는 소리가 까마득하게 들려왔습니다. 그럴 때일수록 우린 우리 둘이라는 게 그렇게 실감나고 호젓하고 좋았습니다.

그 여자, 생각하면 숨소리가 들릴 것 같은 그 여자네 집은 우리 동네 윗동네에 있습니다.

참으로 아무렇지도 않은 아름다움

《올리브 나무 사이로》

내가 본 영화 가운데 가장 좋은 영화를 꼽으라 하면 나는 요즘 주저 없이《내 친구의 집은 어디인가》와《올리브 나무 사이로》를 꼽는다. 이 두 편의 영화는 나중에《체리 향기》라는 영화를 만들게도 했지만, 나는《체리 향기》를 보면서는 너무 지루해 하품이 나왔다.

세 편의 영화 모두 '길 위의 철학자'라고 부르기도 하는 이란의 압바스 키아로스타미 감독이 만든 영화인데, 나는 이 영화들을 보며 우리나라의 수많은 영화들을 생각하고 또 생각했다. 그리고 우리 영화판을 몹시도 안타까워했다. 왜 우리 영화에는 이토록 쉽고, 아름답고, 눈부시고, 자연스러운 우리의 삶을 담은 영화는 없는 것인지.

《내 친구의 집은 어디인가》에 나오는, 친구의 집을 찾아가는 그 작은 동산의 구불구불한 길이 내게 보여준 아름다움은 경이에 가까웠다. 우리 영화에는 리얼리티가 없다. 억지로 꾸미다보니 진정한 삶의 모습은 없고 조작된 그리고 죽은 인형들만 화면 속에서 허깨비 춤을 춘다. 숨이 붙어 있지 않은 목각 인형들의 삶의 놀이는 그저 지루할 뿐이다.《내 친구의 집은 어디인가》는 내가 근무하는 작은 분교에서도 얼마든지 일어날 수 있는 일을 영화로 만들었다. 나는 그 영화를 몇 번이나 보았다.

느낌으로 보면, 나는《내 친구의 집은 어디인가》보다《올리브 나무 사이로》가 더 좋았다. 한 청년이 한 여성을 향해 사랑을 고백하고 결혼을 원하는 내용이 그렇게 내 살에 와 닿을 수가 없었다. 영화 속에 나오는 그 아름다울 것도 예쁠 것도 없는 경치들은 참으로 아무렇지도 않은 아름다움이었다. 그 풍경들이 영화와 어쩌면 그렇게 잘 어울리는지. 그리고 어쩌면 그렇게도 내 젊은 날의 기억들을 안성맞춤으로 불러내는지. 사소한 것들, 아무렇지도 않은 것을 영화 속에 잡아넣는 안목, 한 사람을 그냥 따라다니며 찍은 듯한 편안한 화면들, 일상적인 것들을 일상적으로 잡아내는 감독 키아로스타미의 안목은 참으로 부러움이었다. 특히,《올리브 나무 사이로》의 마지막 장면의 그 풀밭과 나무들, 그리고 그 남녀 주인공의 아름다운 모습은 참말, 참말 같았던 것이다.

완벽한 사랑의 내부에는 어떤 일이 일어날까

전경린 — 소설가, 경남대 교수

1962년 경남 함안에서 태어난 전경린은 경남대 독문과를 졸업하고 마산에서 방송작가로 활동을 하다가 1995년 동아일보 신춘문예에 중편 〈사막의 달〉이 당선되면서 혜성처럼 문단에 나왔다. 전경린은 근원적으로 여성에게 허용되어 있는 욕망과 꿈과 자연성과 혼란을 긍정한다. 바로 이 삶의 억압적 구조 속에서 만들어지는 운명적인 모순의 매듭들을 짚고 예리한 자의식과 깊은 통찰, 섬세한 감수성의 힘으로 그 매듭들을 하나하나 풀어 실존적 화해에 도달하려는 여성주의적 열정이 돋보이는 작가이다. 등단 이후 작품으로 《염소를 모는 여자》, 《바닷가 마지막 집》, 《물의 정거장》 등의 소설집과 《아무 곳에도 없는 남자》, 《내 생에 꼭 하루뿐인 특별한 날》, 《난 유리로 만든 배를 타고 낯선 바다를 떠도네》, 《황진이》, 《풀밭 위의 식사》, 《최소한의 사랑》 등의 장편소설을 펴냈으며, 〈한국일보문학상〉과 〈문학동네 소설상〉, 〈21세기 문학상〉, 〈현대문학상〉, 〈이상문학상〉 등을 수상했다.

ⓒ 권혁재

아마 초여름이 아니었을까? 어쩌면 봄이 시작되려는 2월쯤일지도 모른다. 그 남자를 처음 본 순간, 그 한순간의 전율 속에서 무숙은 그를 탐냈을 것이다.

'저 남자를 갖고 싶다. 저 남자라면 내게 상처를 입혀도 마땅해…….'

삶이 존재에게 상처를 입히는 것이 순리이듯, 무숙은 숙명적인 당위성을 느꼈을 것이다.

무숙보다 세 살 연하인 그에겐 물고 싶도록 예쁜 딸이 있다. 젊은 아내가 있고, 도시 외곽에 서민 아파트와 출고한 지 6년이나 된 낡은 자동차도 있다. 무숙은 그를 지나쳤을 것이다. 그런 남자를 갖는 건 나쁘니까. 그 남자를 갖기 위해 손끝 하나 까딱하는 것도 불순하고 얼굴을 붉히는 것도 불순하며 애를 태우는 것은 더더욱 나쁘다.

세월이 흘러갔을 것이다. 2년이나 3년, 혹은 5년이나 6년…….

그리고 그런 날이 왔을 것이다. 그를 갖기 위해 손가락 하나 까딱하지 않았는데, 그렇게 되었을 것이다.

사랑에 빠진 뒤에도 몇 년이나 지나 사랑이 시작되는 것이다.

그 남자는 어떻게 무숙을 알게 되었을까? 어떻게 무숙을 사랑하게 되었을까? 그것은 사월에 꽃들이 일제히 피어나고 칠월에 장마전선이 어김없이 몰려오고 십일월에 첫눈이 내리는 것과 같은 일일 것이다.

자연현상처럼 둘은 어떻게 시작되었는지도 모르는 채 윤리적

갈등도, 죄의식도 넘어섰을 것이다. 사랑이란 어쩌면 링 위에서 피투성이가 되는 끌어안기 싸움인지도 모른다. 대적할만한 상대를 만났을 때 생기는 전의처럼, 피투성이 욕망에 몸을 맡겨가는 것이다. 점점 더 깊이, 점점 더 위험하게. 무숙은 물었을 것이다.

"어떻게 하면, 내가 당신을 사랑하는 것을 느끼나요?"

"당신이 이곳에 있는 그것이 바로 나를 사랑하는 일이야."

"난 당신이 무서워요."

"난, 당신만 무서워."

둘은 피폐해질 때까지 사랑했을 것이다. 목구멍에 타액이 한 방울도 남아 있지 않을 때까지, 서로의 몸에 물기가 완전히 마를 때까지, 혈관이 하얗게 타버리는 지점까지 종종 갔을 것이다. 그러고도 돌아서면 다시 타액이 고이고 몸속의 우물이 출렁이고, 심장 박동이 다급한 그리움으로 뛰었을 것이다.

무숙의 욕망은 깊고 속도는 빨랐다. 무숙은 아들을 전 남편이 사는 미국으로 보내고, 넓은 집을 팔고 그와 함께 숨어 살 숲 속의 아담한 아파트를 구해 이사를 한다. 그리고 몸에서 빛나는 모든 것을 풀고 오직 그가 사준 값싼 반지 하나만을 남긴다.

사랑 외에는 어떤 광채도 바라지 않는 절대적 몰입에 빠지는 것이다.

입안에 사탕을 문 것 같은 침울한 표정을 지었던 그는 어떤 생각들을 했을까? 결국 아내가 부정을 알게 되고 불화가 걷잡을 수 없이 일어났을 것이다. 그는 가정으로 돌아가거나, 무숙을 향해 더 나아가야 했다. 그러나 그는 두 가지의 틈새에 끼어버렸다. 금세라도 입안의 사탕을 뱉어낼 것 같은 무상한 얼굴로 남자가 말한다.

"이 나이에 굳이 사랑하면서 살려는 사람은 어떤 사람일까? 열정이 없을수록 삶은 선량해지는데……, 사랑 없이 못 사는 사람과 사랑 없이 사는 사람 중에 누가 더 나쁜 사람일까?"

사랑과 삶은 이리도 다르다. 삶은, 실은 순조롭게 죽어가는 일이다. 그리고 사랑은 사는 일이 아니라, 살아 있음 그 자체, 곧 죽음을 거스르는 생명력의 활동이다. 그러니 삶 속에서 사랑하는 사람들은 반역자이고 순교자이고 혁명가이다. 그래서 사랑이 영원히 문제적 화두인 것이다.

무숙이 사랑에 빠졌을 때, 이상한 일들이 일어난다. 전 남편의 누나가 저절로 알아채고 비아냥거리는가 하면, 미국에서 국제전화를 하는 아들의 마음이 닫히고, 친구들은 담합이나 한 듯 멀어지고, 세상은 그녀로부터 등을 돌린다. 친구가 말한다.

"솔직히 너 정도면 그런 사랑이 왜 필요하니? 사랑도 옛날 말이지. 요즘은 가진 것 없고 기댈 데 없는 가난한 여자들이나 하는 거야. 열정 같은 건 예절과 조건과 바꾸어 먹은 시대 아니니? 그게 사람의 분별이고. 그래서 어떻게 할 거니? 별 볼일도 없는 유부남을 사랑해서 어떻게 할 거야?"

그런데도 무숙은 고집스럽게 사랑을 밀고 나간다. 사랑 속에서 죽어도 좋다고 생각했을 때, 모든 질문은 멈추었다. 무숙은 눈 먼 듯 귀 먼듯, 숨도 쉬지 않는 듯, 사람이 아닌 듯한 마음을 얻었고, 그 마음을 간직하려 한다. 그것으로 하나의 삶은 충분하다고.

십삼 년 동안 함께 산 가족을 버리고 사랑하는 여자에게로 오는 남자의 짐은 무엇일까?

얼마 되지 않는 옷가지와 신발들, 노트북과 앨범 한 권 분량의 사진과 테니스 라켓이나 아령 같은 것, 어쩌면 몇 권의 일기와 개인적 수집품 같은 것이 추가될지 모른다. 자가용 트렁크에 실리는 가방 두어 개쯤이면 충분할 짐…….

그 가벼운 짐을 싣고 오기로 한 남자는 밤 열한 시가 되어도 전화 한 통 없다.

무숙은 문득 오래 기다렸다는 것을 깨닫지만 그날 밤 전화를 걸지 못한다. 그가 전화를 못할 사정이라면 당연히 받기도 어려울 테니까. 집을 버리고 무숙을 향해 오던 중에 남자는 사라져버렸다. 연락이 두절된 채 몇 날 며칠이 흐르는 동안 무숙은 편지를 쓰지만, 너무 울어 부치러 나갈 수조차 없다. 매일 밤, 내일은 울지 않을 거라고 결심하고 잠들지만 다음날 잠에서 깨어나기도 전에 꿈속에서부터 울게 된다.

알고 보니 남자는 훌쩍 이스탄불로 가버렸다. 모든 남자들이 그렇듯, 그에게도 혼자 가고 싶었던 먼 곳이 있었던 것이다. 그는 두려웠을까? 아니면 집을 버리고 사랑을 향해 가던 남자는 존재의 공황상태에 빠져버렸을까?

"당신 생은 내가 살게. 내 생은 당신이 살아. 우리 그러자……."

병원 대기실에서 무숙의 검진 결과를 기다리는 동안 목숨까지 걸면서 위로했던 사람이었다. 죽음 앞에서는 목숨을 걸 수도 있지만, 삶 앞에서는 스스로 메울 수 없었던 공동이 존재했던 것이다.

남자가 오지 않는 채로 숲 속 아파트에서 일 년이 지나간다. 시간은 어디로도 새어나가지 못하는 머리카락처럼 뭉친 채 빙빙 돈다. 기억은 덩치 큰 고집으로 변해 밖으로 나가는 길을 잃은 한 더미 바람처럼 이 벽에서 저 벽으로 퍼렇게 멍이 들도록 부딪치며 이따금 배를 찌른다.

무숙은 텅 빈 어제와 오늘 사이에서 남자의 여름 셔츠나 속옷 같은 것을 손에 쥔 채 냄새를 맡으며 잠들고 잠에서 깬다. 그런 사이에 무숙은 변해간다. 사랑은 실종되고 기다림도 의미를 잃었다. 그러나 눈 멀고 귀 먼듯, 숨도 쉬지 않는 듯, 사람이 아닌 듯한 마음은 여전하다. 무숙은 이제 그가 아니라 나를 기다리는 기분이라 말한다.

그것으로 삶은 충분하기에 무숙은 떠나지 않고 낯선 곳에서 홀로 뿌리를 내려간다. 깊은 밤이면 무숙이 울며 쓴 편지들이 곧 부화해 날아가려는 알처럼 서랍 속에서 바스락거린다.

"이렇게 높은 곳까지 올라온 줄 몰랐어요. 당신 손을 잡고 당신 눈길을 따라 가느라, 이렇게 높은 곳에 올려진 줄도 몰랐어요. 날개라도 달린 듯이……, 그런데, 당신은 없고 이렇게 외딴 곳에 나만 남겨졌어요. 세상은 나를 향해 일제히 불을 꺼버렸는데, 나 혼자 어떻게 내려가나요? 이 자리에서 꼼짝도 할 수 없는데, 내가 한 발자국도 못 움직일 거라는 거 당신도 알잖아요……."

내 소설 속의 여자들은 사랑을 하고 있거나 사랑을 끝냈거나 사랑을 찾아 떠나는 여자들이다. 그들은 습관성 약물 중독자처럼, 사랑 없는 삶을 견디고 싶어 하지 않는다. 안개 가득한 사고다발 구역의 거주자들처럼 그들의 생애에서는 상습적인 충돌들이 일어난다. 혹은 단 한번의 사랑이라 해도 마찬가지이다. 그들은 마지막 순간까지 유일한 사랑을 손가락 사이에서 놓지 않음으로써, 열정 속에서 생을 완결시키려 한다. 그들은 삶을 향한 예민한 감수성 때문에 사랑하며 실존에의 욕망으로 사랑한다.

생명의 유기체인 이 공활한 세계 내에서, 타자들의 구성체인 이 사회 공중 속에서, 역할의 구성체인 가족 속에서, 사랑만이 한 개인에게 진정으로 사적인 것이며 일백 퍼센트 자신에게 일어난 일이며 자신이 각성할 수 있는 현재형이며 어떤 상대성도 없이, 절대적 광휘로 빛나기 때문이다.

그 여자들이 사랑 없는 세상에서 굳이 눈을 떠야 할까?

관계화되어 틀 속에 붙박이는 타자들, 먼 직장과 학교와 학원을 오가는 심야와 새벽 사이의 환승역 같은 가족들의 집, 보험회사에서 프로그램화시켜 나누어주는 생애들, 어떤 병명으로든 병원에서 눈을 감고 화장장에서 건조하게 처리되어 허공 속에 흡수되는 죽음, 시멘트 도시, 푸르고 붉은 조명들, 분류화되고 기계화된 대규모 시장들, 패키지화된 여행들, 학교와 학원의 소음 속에서 처리되는 아이들의 성장기, 유원지화되고 공원화된 자연들, 혹은 공장과 창고와 대형 중고자동차 매매장과 모텔과 '가든'과 대형 사우나와 축사가 늘어선 무질서한 시골 풍경……. 직업적 활동이란 무제한 경쟁 사회 속에서의 물질적 쟁취를 의미하며 성공은 자본의 구축으로 증명된다. 존경? 그것은 아무도 원하지 않으며 원한다 해도 아무도 바칠 의사가 없다.

그렇다. 많은 냉소적 지성인들이 말하듯 눈을 부릅뜨고 이 세계를 있는 그대로 똑바로 쳐다보아야 할 것이다. 있는 그대로……. 그래서 무엇을 보았는가? 있는 그대로라는 그런 것이 대체 있기는 한 것인가? 걷잡을 수 없이 운명적 방향으로 흘러가는 이 오류와 과오의 세계, 이 아귀다툼의 사회 내에서 맨 정신으로 눈을 뜬다는 것은 사막의 모래바람과 쏟아 붓는 불의 열기 속에서 망막을 손상시키며 두 눈을 홉뜨는 것과 같은 것이다.

그들은 다시 변태를 준비하는 벌레처럼 맑은 눈을 감는다. 백 번이라도 천 번이라도 눈을 감고 사랑의 주문을 외우고, 주전자의 물을 부어 두 손바닥 위에 푸른 꽃을 개화시킨다. 보르헤르트Wolfgang Borchert(1921-1947)는 말한다. 수십 수천 세기의 시간이 흘러가지만, 사건이 일어나는 것은 현재뿐이다. 공기 중에, 땅에, 바다에 수많은 사람이 있지만, 실제로 일어나는 일은 바로 나에게 일어난 일뿐이다. 그들에게 현재 속에서 실제로 일어난 일은 손바닥 위에

ⓒ 이훈구

피어난 그 푸른 꽃이다. 아무도 믿지 않을, 누구에게도 발설할 수 없는, 오직 홀로 발견하고 몰입하고 그리고 저 홀로 잃어 갈 푸른 기적.

이 푸른 꽃의 계절 동안 그들은 대중의 표면 위로 남다른 표정을 지으며 스스로 부상한다. 나는 살아 있어요. 나는 경험하며 아파하며 울고 웃고 꿈꾸고 미칠 듯이 괴로워하며 죽을 듯이 황홀한 삶의 강물 속에 빠졌어요. 이 속에서 나는 당신들에게 관대하고 세상을 참아내며 꽃들과 바람과 구름의 언어들을 번역할 수 있어요. 나는 팔을 벌리고 푸른 강물 위로 하얗게 떠내려가요. 어딘지 모를 곳으로……. 이렇게 이렇게 떠나가고 있어요. 살아가고 있어요.

대중이라 부르는 덩치 큰 그룹은 그저 이 사회에 순응하여 나름대로 땀 흘려 생존을 해결하고 온갖 설문조사의 표본에 존재성을 내맡긴 극히 소극적인 부류들을 말할 것이다. 이들의 일대기는 당대의 표준적 표본으로 대체되어 무방하다. 가치관, 인생관, 건강상태, 가족 수, 심지어 가족 간 갈등의 종류, 이사 회수와 여행 회수, 주거 형태와 한달 생활비와 그 지출내역과 근심과 불안과 안도와 미래의 계획으로 이뤄지는 정서 상태까지도. 그리고 2000년대 우리나라 대중 표본조사의 목록에는 아내와 남편 있는 사람들의 사랑이 추가될 것이다. 사랑은 바야흐로, 대중이 스스로의 존재성을 구하려는 매우 특별한 대중적 혁명인, 보편적 대중성으로 분류된다.

이 보편적 대중 혁명에 대해, 밤의 한가운데에 사물들이 둥둥 떠다니는 광경을 보는 듯 놀라고, 나무들이 자리를 바꾸는 광경을 보는 듯 놀라며 쓰레기통이 저절로 뒤집어져서 오물을 엎는 광경을 보는 듯 놀란다. 그런데 이 살아 있음의 아우성에 대해 대체 누가 놀라는가? 놀라는 주체는 누구인가? 이 사회와 제도와 관습, 그리고 그것에 충실한, 열정적 사색 대신 마비된 흑백논리로 무장한 한 그룹의 대중들……. 놀라울 정도로 모호하고 그 존재 실태를 파악하기 어려운, 그러나 어딘가에 붙박여 막강한 제도의 권력을 등에 업고 난폭하게 힘을 행사하는 놀라운 자들……. 그러나 실은 이 치명적인 생명활동을 곧 뒤따르거나, 혹은 상처받고 멸종해갈 자들…….

나는 사랑의 옳고 그름을 말하지 않는다. 오직 사랑 그 자체를 말한다. 지금은 그런 시대가 아니다. 옳고 그름의 문제가 아니라, 그것을 감당할 수 있는가 없는가가 문제이다. 당신은 당신의 사랑을 이 삶 속에서 감당할 수 있는가?

내 소설에서 대개 사랑의 궁극은 연인들이 하나가 되는 결합이 아니라 두 사람의 개인화였다. 그 여자는 더욱 더 그 여자가 되고 그는 더욱 더 그가 된다. 더욱 더 자신으로 강화된 연인들은 더욱 더 자기화한 삶을 살게 된다.

사랑의 힘은 기묘하게 작용해 온 것이다. 개인의 욕망을 타고 달려서 나가는 곳은 역시 각자의 개인적 자유이다. 이 딜레마에 고통과 상처와 공허와 우수가 존재한다. 그것이 개인적 삶의 본질이다. 그러니까, 사랑은 둘이 하나 되는 일이 아니라, 둘이 더 강한 둘이 되는 자기중심주의의 강화이다.

내 소설의 연인들은 강화된 자기중심주의로 함께 세계와 맞선다. 이 사회의 표준적 가치들, 관습들, 역할들……. 그들은 손을 쥐고 한 몸이 되어 빠져 나간다……. 빠져 나간다……. 사랑하는 연인들은 보장받을 수 없고 끊임없이 변해가는 사랑이라는 제도의 시민으로서 전례 없는 삶과 죽음을 향해 각자 나아가게 된다.

어느 정도로 강하게 깊숙하게 사랑하는가는 순전히 두 연인의 개별성에 달려 있다. 어디까지 사랑하든 그 천차만별성은 그대로 긍정적이다. 사랑은 사랑 이상도 아니고, 이하도 아닌 것이다. 연애지상주의자로서 유희와 쾌락과 상처와 냉소의 과정을 능숙하게 반복하던 사람도 어느 날 치명적인 사랑에 빠져 거미에게 먹히는 날벌레같이 희생물이 될 수도 있다. 그러나 사랑의 더욱 진지한 문제는 이 삶 속에서 감당해야 하는 사랑에 관한 것이다. 그러니까 유희와 쾌락과 자기 확장과 삶과 포용으로 이어져야 하는 사랑……. 내 소설 속 인물들의 경우처럼 더욱 더 개인화되고 자기를 강화시킨 두 연인이 문학 속에서가 아니라 이 현실에서 함께 살아야 하는 삶 말이다.

최근에 나는 사랑에 관한 두 가지 심각한 고민을 들었다.

하나; 제게는 10년 동안 사귄 연인이 있어요. 집안 식구들, 친구들, 회사 동료들, 모두가 결혼할 줄 알지만, 정작 나는 그 터널 속으로 들어가고 싶지 않아요. 그를 싫어하지는 않아요. 하지만 나는 직장도 안정되었고 혼자의 생활에 만족해요. 우리 사이에 결혼의 여러 문제와 양가 가족이 들어서는 것이 살아보지 않아도 지리멸렬하게 느껴져요. 결혼 외에 다른 대안이 없나요? 서른 살이 닥치니까 가족 속에 비좁게 낀 남자친구는 자꾸 조르고 그 집에서도 의아해하고, 아버지는 윽박지르고 엄마는 근심하고, 여동생은 기다리고 동료들과 친척들은 결혼 안 하냐고 자꾸 묻고……. 그런데 왜 집을 나가야 하죠? 동생도 결혼하면 집엔 엄마와 아빠와 나만 남을 텐데, 그냥 집에 눌러 살면 안 되나요? 정말 외국으로 도망이라도 치고 싶어요. 몇 년 여행을 하고 오면 이 국면이 바뀌어 있겠죠. 어떤 모습이든.

둘; 우린 둘 다 싱글이고 집에서 자립한 상태지요. 물론 아직 따로 살고 있어요. 서로 강렬하게 끌리지만, 근래에 난 몹시 피로해요. 일종의 사랑의 피로죠. 혼자의 시간이 부족하고 사생활도 없어요. 더구나 남자친구는 다른 사람들과의 교류를 아주 싫어해요. 여자친구와 나누는 교류조차 낭비라고 여기죠. 하루 스케줄을 간섭하고 매일매일 만나고 싶어 해요. 난 공연히 서성대고 아이쇼핑할 시간도 없으며 심지어 마음에 드는 옷을 골라 입을 여유도 없지요. 사랑하니까, 그의 눈빛이 하는 요구에까지 살살

이 따르게 되요. 물론 기꺼이요. 하지만 요즘은 잘못되어 가는 기분이 들어요. 사랑이 또 하나의 직업 같거든요. 사랑을 이토록 힘들게 해야만 하는 걸까요? 때로는 무엇이 이토록 힘든 사랑을 하게 할까, 하는 의문이 들 때도 있어요. 난 그와의 사랑을 이루고 싶어요. 헤어지지 않고 결속하려면 결혼밖에는 방법이 없죠. 하지만 이 사람과 하고 싶으면서도 동시에 비관적이기도 해요. 지금도 이런데 결혼하면 얼마나 빠듯하고 피곤할까요? 헤어지는 것도 끔찍하지만, 결혼도 두려울 정도죠. 휴식이, 정말 혼자 망중한을 보내는 휴식이 필요해요. 혼자 바닷가로 여행을 떠나고 싶고, 며칠쯤 연인을 잊고 싶어요. 하지만 분명한 건 그가 없어지면 난 견디지 못할 거라는 점이에요. 우리는 안정될 수 있을까요? 진정으로 사랑하면서 또 쿨해질 수는 없을까요? 그러면 안 되는가요?

첫번째 경우, 나는 묵묵히 듣고 빙긋 웃었다. 아마 그 자리에서 버티다가는 그대로 결혼의 터널로 밀려들어 갈 것이다. 아버지는 절대로 자기 집에서 딸이 늙어가도록 두지는 않을 테니까. 아니면 여행이라는 모험을 하게 될 텐데, 말 그대로 모험이어서 돌아왔을 땐 이미 자신마저 고민하던 자신은 아닐 것이다. 내게 굳이 묻는다면, 국면도 바꾸고 자신도 바꿀 필요가 있다고 말할 것이다. 사랑과 인생이란 쉽게 카운슬링할 수 있는 문제가 아니다. 변수 투성이니까. 결국 자기 지성으로 문을 열어야 한다.

두 번째 경우는 훨씬 심오했다. 그녀의 나이는 서른 중반이었다. 안정되면서 진정으로 사랑하기란, 자기 확신과 사랑의 은유가 작동되어야 하는 너무나 고차원적인 삶의 행위인 것이다. 결혼 속의 진정한 사랑, 머나먼 여정이 보이는 행로이다. 그것은 두 연인의 의식과 행위가 동시에 전환되어야 하며, 설득이나 교화가 아닌 사랑 그 자체의 힘으로 이심전심의 전이가 이루어져야 하는 성스러운 여정이다. 과연 완전한 사랑의 내부에는 어떤 일이 일어날까?

사랑에는 달리 목적이 없다, 사랑 외에는. 나는 사랑하는 사람들의 가장 큰 힘은 지성이라고 생각한다. 스스로 자기 현실을 사유하고 자각하고 해결하며 어떤 벽 앞에서도 문을 열고 나가는 힘이 진정한 지성이다. 사랑은 한 나라 문화의 총체적 결산이며 꽃이다. 사랑은 개인적인 일 같지만 실은 이 사회의 문화 환경과 가치와 물질적 조건에 교묘하게 지배 당하며 그 속에서 움직이고 있다. 가장 개인적인 일이기는 해도, 그 조건들과 한계를 극복하지 못하는 한 그것 역시 이 사회에 영혼을 저당 잡힌 볼모들의 개인사인 것이다.

돌이켜 보면 내 소설 속의 여인들이 그토록 오랫동안 젊음인 채로 존재한 것은 불가사의하다. 그들은 아직 꽃 피기 전의 푸르디 푸른 의식을 몸 중심에 품고 있었다. 그 여인들은 충분히 떠나갔고 괴로워했고 울었고 모색했고 다른 곳에 닿았으며 발견했고 환멸했고 부활했다. 그랬다 충분했다. 이제 나는 저마다 자기의 꽃을 피운 진정한 여인들을 꿈꾼다. 그들은 이 현실의 모래바람 속에서 두 눈을 뜨고 다시는 감지 않을 것이다. 그들은 스스로 좌절하거나, 아무도 모를 손바닥 위의 푸른 꽃으로 자신을 속이지 않을 것이다. 그들은 이 건조하고 냉혹한 사막의 세계에서 푸른 초원과 오아시스를 잉태하고 실제로 낳을 것이다. 나는 그들이, 방황하며 환승하는 타자들의 구원받을 길 없는 아픔들을 쓰다듬기를 바란다. 삶 속에서 사랑하기, 자기 확신과 은유가 시작될 때 사랑은 드디어 영혼의 내실로 들어선다.

의식이 끝나는 지점까지 파고드는 깊은 사랑

《길로틴 트레지디》

좀 채로 잊히지 않는 명작 《사랑한다면 이들처럼》의 파트리스 르콩트 감독과 《데미지Damage》의 줄리엣 비노쉬, 《마농의 샘》의 다니엘 오떼이유가 만든 사랑의 열정과 위엄은 너무 숭고해 두렵기까지 하다.

1849년. 프랑스령의 멀고 작은 섬 생 피에르에 부임해 있는 젊은 대위와 그의 아내 마담 라에게 어느 날 말과 죄수가 차례로 주어진다. 남편에게는 아름다운 검은 말이, 라에게는 살인을 저지르고 본국에서 기요틴guillotine이 도착할 때까지 사택의 마당에 있는 옥에 갇히게 된 젊은 남자 죄수가.

마담 라는 불문율을 깨고 죄수에게 자신의 온실에서 꽃을 가꾸게 하고 좋은 저녁을 먹이고 마을로 데리고 나가 지붕을 고치게 하고 눈 맞은 과부와 사랑을 나누는 일을 도와주고 길을 막은 눈을 치우게 한다. 남편의 시간을 빼앗고 사랑을 나누어가는 말을 남편 신체의 일부인양 마담 라가 바라보듯 아내의 순수한 관심을 끌고 볼을 붉게 물들이고 일상에 생기를 불어넣는 죄수를 남편은 아내의 일부인양 바라본다.

지극히 사랑하는 두 사람의 내부로 들어선 살인자는 죄를 사면 받는 특별한 성소에서와 같이 원죄에서 풀려나버리고, 갇혀 있어야 할 사형수의 눈부시게 힘차고 자유로운 삶은 의아해하던 섬 주민들을 감화시키고 권위를 위협받은 섬 관리자들의 심기를 불편하게 한다. 대위는 곳곳에서 거듭해서 아내를 말리라는 경고를 받는다.

"나 때문에 위험을 감수하지 말아요."

"저들이 나를 해치지는 못해요. 내겐 힘이 있어요."

"힘이라뇨? 어떤 힘?"

"여기, 여기, 또 여기……."

한 치의 틈도 없이 결합되는 깊고 열렬한 오후의 침실에서 대위는 아내의 이마와 귀와 입술을 가리킨다. 여기, 여기, 또 여기에, 아무도 나를 해칠 수 없는 힘이 있다고.

사랑하는 사람들 사이에 일어나는 희생의 이야기 속에서 나는 쉽게 육체적 사랑의 신비한 힘을 상상한다. 의식이 끝나는 지점까지 파고드는 깊은 사랑은 매번 상대를 통한 작은 죽음으로 이어진다. 그리고 그 경험은 어느 날 현실에서 생명을 거는 성스러운 사랑의 헌신을 창출해 내는 것이다.

결국 아내가 돌보는, 아내의 죄수에 대한 사형을 방해하고 거절한 것이 빌미가 되어 섬 총독의 고발로 대위 부부는 본국으로 소환되고 대위는 총살형을 당한다.

"아무도 우리를 해칠 수는 없소."

총살형을 당하는 대위의 마지막 말이다. 사랑한다는 것은 그처럼 철저하게 상대의 존재방식에 따르는 일일까. 성스러운 것은 희생을 요구한다. 그리고 성스러운 것은 주저함 없이 희생의 요구에 응한다. 그것은 절대적이고 외곬수적이고 영속적이다.

영화가 끝났을 때 기타 속같이 텅 빈 가슴에 얼음같이 차가운 물이 차올랐다. 상처받은 기타처럼, 한동안 어떤 말도 하지 못할 것 같은 먹먹한 감동과 슬픔…….

내 영혼을 자유롭게 해준 그대여

박수영 — 소설가

저 맑고 고요한 파로호를 바라보며 당신을 생각합니다. 지난여름, 우리는 이곳에 앉아 하염없이 흘러가는 저 호수를 바라보았지요. 마지막 이별여행이라는 것을 알기에 우리는 그저 아무 말 없이 저 먼 곳만을 바라보았습니다.

당신과 헤어졌지만 나는 당신과 헤어졌다는 생각을 해본 적이 없습니다. 당신과 헤어진 후 나는 늘 혼자였습니다. 하지만 외롭다거나 누군가를 만나고 싶다거나 하는 생각은 해본 적이 없습니다. 당신의 사랑을 생각하면 나는 앞으로도 혼자일 수 있고, 영원히 외롭지 않을 것 같습니다.

당신을 그토록 사랑하면서도 나는 당신을 떠났습니다. 사람들은 우리를 이해하지 못합니다. 우리 사이에 어떤 심각한 문제가 있었다고 생각합니다. 한쪽에서 외도를 했든지, 아기가 없어서 소원해졌든지, 당신이 예술가인 아내를 이해하기에 어떤 결격 사유가 있는지, 온갖 추측이 무성합니다. 나는 한 번도 당신과 헤어진

© 이지누

사연을 말해 본 적이 없습니다. 어떤 말로도 당신과 헤어진 이유를 말하고 싶지 않습니다. 내가 어떤 말을 해야 그들은 내가 당신을 떠난 이유를 알 수 있을까요.

내가 당신을 만난 건 스물다섯. 당신은 스물셋. 우리는 결혼하기에 아직 어렸고 세상을 알기에 조금은 덜 성숙했었다고 생각합니다. 그러나 우리는 그저 서로를 바라만 보아도 행복했습니다. 당신을 만난 이후 지금껏 나는 한 순간도 당신의 아내가 된 것을 후회해본 적이 없습니다. 다시 태어난다 해도 나는 당신을 사랑하고 싶습니다. 그때는 이렇게 당신을 떠나는 일 없이, 영원히 당신만을 사랑하고 싶습니다.

우리는 이 세상 부러울 것이 없는 다정한 커플이었습니다. 당신은 나의 열렬한 팬이었고 나도 당신의 열렬한 팬이었지요. 언젠가 당신은 이런 말을 했어요. "내 등 뒤에 마치 태엽이 감겨 있는 거와 같아. 당신은 나의 주인. 당신이 그것을 한껏 돌려놓으면 난 당신에게서 벗어나지 못하고 빙빙 맴을 돌지."

나는 당신의 유머감각을 좋아했어요. 우린 서로 얼마나 웃었나요. 등 뒤에 태엽이 감겨 있는 당신을 상상해봐요. 태엽이 풀리면서 내 주위를 빙빙 맴도는 당신. 실제로 당신은 나만의 사랑, 나만의 존재였어요.

우리는 얼마나 많은 순간을 함께 붙어 다니며 행복해 했나요. 우리는 얼마나 많은 산과 계곡을 찾아다니며 탄성을 질렀나요. 우리는 얼마나 많은 책을 읽고 서로 공감했나요. 얼마나 많은 영화와 음악을 들으며 감동하고 이야기를 나누었나요.

우리는 또 서로의 어린 시절도 얼마나 사랑했나요. 당신은 언제나 내가 태어나 자란 내린천과 파로호, 경춘가도를 가고 싶어 했지요. 하물며 내가 태어나기 전 엄마 뱃속에 있었던 갈터조차도 가고 싶어 했어요. 기어코 우리는 그곳을 찾아가 내가 엄마 뱃속에서 아슬아슬하게 건너 다녔던 진동천 옆에서도 사진을 찍었지요. 당신은 내 부모에게서 들은 내 어릴 적의 추억과 산천, 고갯길 등을 나에게 들려주길 좋아했어요. 당신에게 내 어린 시절의 순례여행을 듣고 있으면 나는 정말 행복했어요.

나는 당신의 일기장을 사랑했어요. 당신은 몰랐을 거예요. 내가 얼마나 자주 당신의 어릴 적 일기장을 읽었는지. 당신에게 말은 하지 않았지만, 나 당신과 헤어지던 날 몰래 그 일기장을 찾아 내 가방 속에 넣었어요. 어머님이 수년 간 간직하다가 당신에게 건네준 그 일기장을 나는 어느 누구에게도 빼앗기고 싶지 않았어요.

그걸 읽으면 어릴 적 당신이 느껴져요. 열한 살 당신이 쓴 그 일기장에는 어느 규범에도 매이지 않고 자유롭게 활보하는 귀엽고 작은 영혼이 있어요. 그림을 정말 잘 그려서 크리스마스나 새해 카드를 만들어 친구들에게 보내거나 친척들에게 팔았던 기록이 적혀 있어요. 어린 당신은 그렇게 용돈을 벌어 한 달에 네 번 클래식 음반을 사는 취미를 갖고 있었지요.

사실 오늘도 당신의 일기장을 물끄러미 보다가 무심코 펼쳐 보았어요. 〈내 동생 3부작〉이란 제목으로 쓴 1월 8일 일기가 보이는

군요. 〈1부 동생에 대한 악평〉 〈2부 칭찬〉 〈3부 화해〉. 나는 그 3부작을 읽다가 천방지축인 당신의 모습을 상상하고는 혼자 빙그레 웃습니다.

그것을 이곳에 옮겨 적고 싶어요. 당신이 훗날 얼마나 고상하고 훌륭한 인격체로 자라났는지를 알기에, 또한 당신이 당신의 동생을 얼마나 사랑하는지 알기에, 그리고 당신이 스스로의 약점이 폭로되는 것에도 전혀 개의치 않는 자유로운 정신의 소유자임을 알기에 그 3부작 중, 특히 〈1부 동생에 대한 악평〉을 옮겨 적어도 조금도 실례가 되지 않는다는 걸 믿어요.

내가 하필 그 많은 일기 중에서 가장 못된 당신의 모습을 골라 적는 이유는, 내게는 너무나도 심오하고 순수했던 당신, 그런 당신 속에 숨어 있는 저 악마적인 귀염성을 끄집어내 보는 것이 나에겐 더할 나위 없이 독특한 즐거움이기 때문이랍니다.

내 동생은 나쁜 놈이다. 그 이유는 동생이 나보고 원숭이 새끼하고 욕을 하기 때문이다. 또 가끔 가다 이 후레 개자식 하고 탈춤놀이에서 본 욕을 하기 때문이다. 고얀 놈이 아닌가. 형보고 원숭이 새끼라니. 그럼 자기도 원숭이지. 내가 말러의 교향곡 2번 '부활' 3악장을 틀어놓고 지휘를 하려는데 동생이 '악' 하고 반항하며 고함을 질렀다. 바보 같은 놈. 난 지휘를 하려고 했을 뿐인데, 내가 자기를 때리는 무자비한 형으로 보였나 보다. 그리고 가끔 가다 썩은 땅콩을 가지고 억지로 내 입에 막 먹인다. 그리고 가끔 가다 '안 웃겨, 임마?' 하고 말한다. 그리고 땅콩 껍질도 먹고, 쓰레기도 먹고, 냅킨도 먹고, 연탄도 먹고, 고무신도 먹고, 매니큐어도 먹는다. 내 동생은 짐승이다. 원숭이다. 그리고 괴물이다.

나는 지금 어린 당신을 상상하며 웃고 있어요. 당신은 글쓰기에 천부적인 재능이 있어요. 게다가 전위적이기까지 해요. 이 글을 읽고 있으면 당신이 사랑스러워서 견딜 수가 없어요. 아가를 낳는다면 이런 아가를 갖고 싶었어요. 이렇게 자유롭고 맹랑한 당신을 꼭 닮은 아가 말이에요.

*

당신은 나를 백 퍼센트, 아니 그 이상 이해한다고 했지만 나에 대해 딱 하나 오해하는 게 있었어요. 우리는 이것으로 가끔 언쟁을 하기도 했지요. 내가 당신의 아기를 원하지 않는다는 것. 당신은 내가 당신의 아기를 갖고 싶어 하지 않는다고 생각했어요. 내가 침대에서 당신과 부부관계를 하지 않는 이유는 바로 내가 아기를 낳고 싶어 하지 않기 때문이라고 당신은 해석했어요.

저는 다시 말하고 싶어요. 그건 아니에요. 나는 당신을 사랑했기 때문에 당신의 아기를 꼭 갖고 싶었어요. 당신과 침대에서 부부관계를 하지 못했던 것은 우리 아기 문제와는 전혀 다른 문제였어요.

우리는 그렇게 사랑했지만 침대에서만은 사랑하지 못했지요. 우리는 그 이유를 잘 알고 있어요. 어디서부터 어떻게 문제가 잘못 되어 갔는지. 어느 한쪽의 잘못이 아니라는 것도 알아요. 당신은 침대에서 사랑하기에는 너무나도 청교도적인 정신을 지녔어요. 젊었을 적 시대정신은 그런 당신을 더욱 더 극심한 도덕적 결벽증으로 몰고 갔지요. 나는 그런 당신을 이해했기에 내 욕망을 드러내지 않았어요. 당신을 향한 나의 욕정은 저급한 것이라고 생각했어요. 그래서 나는 당신 앞에서 움츠러들었고 내 욕망을 좀처럼 드러내지 않는 습관을 갖게 되었어요. 침대 바깥에서는 서로 살을 맞대고 다정하게 붙어 있는 걸 좋아했지만 침대에만 가면 우린 서로 몸이 얼어붙었지요.

그렇게 우리는 수 년 간을 살아 왔어요. 하지만 우리는 행복했어요. 아마 우리가 병적일 정도로 서로의 정신세계에 집착했던 것이 그런 이유 때문에서였을까요? 우리는 서로 강렬한 정신적인 합일을 추구했지요. 우리는 한 몸이었어요. 침대에서 사랑을 하는 다른 어떤 커플보다도 우리는 더 진실하고 완벽한 사랑을 나누었지요.

하지만 언제부턴가 우리에게도 서서히 위기가 닥쳐오고 있었어요. 우리는 서로의 표정에서 그것을 읽었어요. 우리는 더 이상 정신적인 사랑으로 버틸 자신이 없다는 걸 감지했어요.

어느 날 당신은 우리 사이에 놓인 문제를 풀기 위해 내게 제안했어요. “어떻게 해야 우리가 자연스럽게 사랑을 나눌 수 있을까. 나와 정 사랑을 나눌 수 없다면 한번 다른 남자와 관계를 가져보는 게 어떨까.” 그렇게 당신은 내게 다른 남자와의 외도를 제안했어요.

당신은 우리한테 예상하지 않았던 결과가 생길 수도 있다고 했어요. 하지만 어떤 결과도 받아들일 거라고 했지요. 내가 당신을 다시 사랑할 수도, 그렇지 않을 수도 있을 거라고 추측했어요. 내가 당신을 떠날 수도 있다고 했어요. 떠난다면 말할 수 없이 고통스럽겠지만 내가 행복해질 수만 있다면 받아들이겠다고 했어요. 하지만 내가 선택한 사람은 반드시 나를 사랑하는 사람이어야 한다고 했어요. 누군지는 묻지 않겠지만 그 사람은 반드시 나를 사랑해야 한다고 했어요.

오랜 세월 당신과 살아오면서 나는 단 한 번도 외도하고 싶은 충동을 느낀 적이 없어요. 사회에 나가 수많은 남자들을 만나도 나는 단 한 번도 외도하고 싶다고 생각한 적이 없어요. 그런데 알고 있나요? 당신이 제안한 그 조건은 오히려 나를 더 힘들게 했어요. 당신이 내게 그것을 제안하기 전에는 어떤 남성을 만나도 나는 항상 자신만만했어요. 하지만 당신의 제안은 오히려 나를 방황하게 했어요. 내가 다른 남자와 세 번 잠자리를 한다면 이후 나는 어떤 모습일까. 우리 문제가 해결될 수 있을까. 나는 여전히 당신을 사랑하는 나로 남을 수 있을까. 나는 정말 혼란스럽고 두려웠어요.

그 후 집에 돌아오면 당신이 날 맞이하던 그 표정을 잊을 수가 없어요. 혹 귀가 시간이 늦어지면 당신은 현관에서 나를 물끄러미 바라보며 묻지 않겠다고 한 것을 묻고 싶어 하는 표정을 엿볼 수 있었어요. 하지만 당신은 끝내 묻지 않았어요.

당신이 3개월간 미국에 가 있는 동안에도 나는 그 계약을 실행할 수 없었어요. 나는 아무하고도 잘 수 없었어요. 어느 날 혼자 침대에 누워 마스터베이션을 했어요. 외도라는 제안을 던져놓고 멀리 가 있는 당신. 3개월간 당신이 주고 간 합법적인 자유 속에 놓여 있는 나. 하지만 나는 오히려 외로워서 견딜 수가 없었어요.

오르가즘에 이르면 나 자신도 통제할 수 없는 힘에 의해 어떤 얼굴이 떠올라요. 그 힘은 내 몸속에 있는 가장 불가항력적인 성적 판타지를 내 앞에 보여주는 거지요. 그런데 당신이 떠올랐어요. 내 머릿속에는 어떤 누구도 떠오르지 않았어요. 바로 당신의 얼굴이 떠오르는 거예요. 나는 여전히 당신이 그리웠던 거예요. 당신을 대신할 사람은 아무도 없었어요. 내 성적 판타지 속에서도 언제나 당신은 나의 연인이었어요.

오히려 당신과 온전한 사랑을 나눌 수 없는 현실이 원망스러웠어요. 그토록 당신과 사랑을 나누고 싶은데 사랑을 나눌 수 없는 우리 운명이 너무나 슬펐어요. 그날 밤 나는 당신을 생각하며 얼마나 울었는지 몰라요.

© 이훈구

*

당신이 미국에서 돌아오고 나는 혼자 유럽 여행을 떠났지요.

훌쩍 떠난 여행이었어요. 아무 것도 기대하지 않고 그저 세 번의 외도 대신 떠난 혼자만의 여행이었지요. 여행은 나에게 예기치 않은 걸 던져주었어요. 나는 그 세계 속에서 철저한 이방인이었어요. 현실 속에 있지만 허구 속에 있는 듯한 몽환적인 느낌. 현실의 땅을 걷고 있지만 완벽하게 현실을 떠나 있는 것만 같은 너무나도 환상적인 시간이었어요.

당신이 내게 준 외도의 조건보다 이 이방인의 현실에 더 무섭게 매료되었어요. 내 존재를 원초적으로 끌어당기는 그 어떤 강한 생명력이 나를 휘감았어요. 당신과의 사랑을 뛰어 넘는 그 어떤 것이 이 세상에 존재한다면 그것은 바로 그곳, 나를 안개처럼 감싸고 있던 바로 그곳이었어요.

돌아가고 싶지 않았어요. 그곳에서 철저히 이방인으로 살고 싶었어요. 나에게 남은 그 무엇을 버려도 아깝지 않다는 생각을 했어요. 새 생명을 얻은 듯한 느낌이었어요. 당신을 배신할 것 같은 두려움이 엄습해왔어요.

한국에 돌아와서 나는 당신을 떠나겠다고 말했지요.

나보다 나를 더 완벽히 이해하고 있던 당신. 당신은 나를 너무나도 잘 이해했어요. 내가 느낀 그 무서운 정서. 그것을 놓치기 싫어하는 내 욕망. 이성간의 사랑보다 더 뜨겁게 나를 달군 그 열병. 당신은 바로 그걸 이해했어요. 그래요, 당신이 이해한 대로 나는 진정 자유롭고 싶었어요. 당신이 내게 준 세 번의 외도라는 조건보다 나는 더 철저하게 자유롭고 싶었어요.

당신은 고통스러워했지요. 외도의 조건도, 홀로 떠나보낸 여행도 모두가 다 우리의 온전한 사랑의 회복을 위한 것이었는데 결론은 전혀 엉뚱한 것으로 나버렸어요. 나도 얼마나 괴로웠는지 몰라요. 나는 당신을 떠나려는 거예요. 아무 것도 기약할 수 없고, 아무 것도 나를 반겨주지 않는 그곳으로 떠나려는 거예요. 당신의 사랑이 없으면 죽을 것만 같았던 내가 당신을 버리고 그곳으로 떠나려는 거예요.

그 고통스러운 시간을 어찌 다 말할 수 있겠어요. 이 세상을 살아갈 아무런 열망도 없다고 말했지요. 아기도 필요 없으니 부모님을 속이며 살자고 말했지요. 그런 당신을 바라보며 나도 나의 이 무서운 열병이 시간이 흘러가면 모래알처럼 허물어지는 환영과 같은 것이었으면 하고 바랐어요.

그 후 우리는 생활을 정리하면서 간간이 서로의 얼굴을 바라보았지요. 이제는 우리가 이렇게 마주보고 있을 시간이 얼마 남지 않았다는 걸 알았어요. 우리의 사랑은 영원할 줄 알았는데, 우리의 인연은 우리가 죽을 때까지 지속될 줄 알았는데 이렇게도 허망하게 우리의 운명이 엇갈리는 걸 슬퍼했지요.

아침에 눈을 뜨면 혹시 내 마음이 변하지 않았는지 물끄러미

박수영 1963년 강원도 인제에서 태어나 진동 계곡과 내린천에서 맑은 물과 깊은 숲을 들여다보며 어린 시절을 보낸 박수영은 내성적이지만 자의식이 강한 소녀로 성장했다. 이후 춘천에서 중고교를 마치고 서울대학교에 진학해 철학과를 졸업한 그는 그 시절 시대의 화두 앞에서 고뇌하다가 1997년 뒤늦게 《실천문학》에 중편소설 〈바람의 예감〉을 발표하면서 작품 활동을 시작했다. "내 삶의 순간순간을 자연스럽게 선택할 때, 내가 내 삶의 가장 완벽한 주인일 때, 나는 가장 행복하다."고 말하는 그는 졸업 후 한때 미국으로 건너가 철학 공부를 하기도 하였으나, 자신의 길이 철학이 아닌 문학에 있음을 깨닫고 돌아와 장편 소설 《매혹》과 《도취》를 연이어 펴내 주목받았다. 이후, 스웨덴 웁살라대학 대학원에서 역사학을 공부하고 돌아와 현재 건국대학교와 성신여자대학교에서 학생들을 가르치고 있다.

나를 내려다보던 당신의 얼굴이 떠올라요. 당신의 모습이 너무나도 애처로워 도대체 나는 무엇 때문에 이 짓을 감행하며 떠나려고 하나 묻고 또 물어 보았어요.

하지만 나는 당신을 떠났어요. 그렇게 사랑하면서도 나는 당신을 떠났어요. 그렇게 기괴하게 떠나버린 나. 당신은 그런 나를 놓아주었어요. 내 열병을 이해하지 못했다면 당신은 나를 놓아주지 못했을 거예요. 하지만 당신은 진정 나를 이해했기에 내가 자유로운 날개를 달고 훨훨 저 먼 창공으로 날아갈 수 있게 나를 놓아주었어요.

*

그렇게 당신을 떠난 후 나는 뒤늦게 당신이 내게 준 계약을 실행했어요. 우연히 알게 된 어떤 남자와 잤어요. 사랑하지 않았지만 그와 잤어요. 반드시 나를 사랑해주는 남자를 만나라고 당부했던 당신이 떠올랐어요. 나를 사랑하지 않는 남자를 만나면 내가 그저 그의 성적 유희의 대상으로 전락할까봐 당신은 미리 슬퍼했던 거지요. 그런데 나는 사랑하지 않는 남자와 잤어요. 사랑하지 않아도 남자와 잘 수 있다는 것. 그때 처음 알았어요. 하지만 당신 슬퍼 말아요. 나는 그 남자의 성적 유희의 대상이 아니었어요. 당신의 사랑이 있는 한 나는 어떤 누구에게도 유희의 대상이 아니에요.

당신의 사랑이 있기에 나는 가장 정직한 모습으로 그 앞에 있었어요. 나는 그에게 집착하지 않았어요. 그가 날 떠나도, 내가 그를 떠나도 나는 아무렇지도 않았어요. 그건 도덕 불감증이 아니에요. 당신의 사랑이 있기에 나는 그걸 뛰어넘을 수 있었던 거예요. 그러니 걱정 말아요. 당신의 사랑이 있는 한 나는 언제나 도도해요. 당신의 사랑이 있는 한 나는 언제나 자유로워요. 당신의 사랑이 있는 한 나는 어떤 비극도 두려워하지 않아요.

어느 날 당신은 혼자 있는 나를 찾아와 새로운 삶 속에서 즐겁게 지내라고 당부했지요. 고독하고 불행한 나를 참지 못한다며 진정으로 내 행복을 빌어주었어요. 그래요, 언젠가 우리도 살다 보면 새로운 사람을 만날 수도 있겠지요. 하지만 당신이 내게 준 사랑보다 더 큰 사랑은 얻지 못할 거예요. 어느 누구도 당신이 준 사랑을 내게 줄 수는 없어요. 나는 그걸 바라지도 않아요. 나는 아무 것도 부러울 게 없어요. 당신의 사랑을 받게 해준 내 운명을 고마워할 뿐이에요. 내 먼 미래에도 나는 지금까지 받은 당신의 사랑만으로 외롭지 않을 자신이 있어요.

나는 이제 떠나려고 해요. 이제는 당신과 함께 이곳의 공기를 마실 수가 없네요. 백발의 노부부가 되어 당신과 하염없이 저 맑고 깨끗한 호수를 바라보고 싶었는데……. 정말 미안해요. 앞으로 영원히 당신의 얼굴을 볼 수 없을지도 몰라요. 하지만 나는 슬퍼하지 않아요. 당신은 이 세상에 존재하는 또 다른 나예요. 내 숨소리, 내 온 몸을 돌아다니는 고요한 피예요. 그대여, 마지막으로 당신 이름을 목 놓아 불러보아요. 내 사랑하는 그대여, 나는 진정 행복했어요. 당신의 가치로운 사랑이 내 마음속에 있으니 나는 앞으로도 행복할 거예요. 내 생명, 내 아가, 내 사랑. 나를 훨훨 날아가게 해줘서 고마워요. 그 날개는 바로 당신의 영혼. 그렇게 당신은 영원히 내 안에 있을 거예요.

현실 속에 감추어져 있는 또 다른 삶의 비극성

《블루 벨벳》

붉은 색 튤립, 눈부시게 푸른 하늘, 하얀색으로 둘러쳐진 도시의 담장으로 영화는 지극히 아름다운 스토리가 전개될 것 같은 느낌을 전한다. 그러나 그 평온함도 잠시. 주인공 제프리(카일 맥라클란 분)는 집 근처를 산책하다가 사람의 귀가 잘려져 있는 것을 발견하면서 영화는 평화로움 뒤에 숨겨져 있는 비극적인 사건 속으로 들어간다.

〈블루 벨벳Blue Velvet〉을 노래하는 여가수 도로시(이사벨라 로셀리니 분)가 살인 용의자로 떠오르고, 제프리는 그녀의 아파트에 숨어 들어가 잘린 귀에 얽힌 놀라운 미스터리를 목격하게 된다.

여가수 도로시는 마약 밀매업자 프랭크(데니스 호퍼 분)에게 남편과 아들을 살려달라고 애원한다. 그러면서 그녀는 그의 성적 학대에 순순히 응하며 마조히즘을 즐기는 것처럼 보인다.

숨어 있던 제프리는 도로시에게 발각되나 도로시는 그에게 옷을 벗을 것과 그녀가 원하는 비정상적인 사랑 행위를 해줄 것을 요구한다. 당시 제프리에게는 사랑하고 싶은 여대생 샌디(로라 던 분)가 있었으나, 사건의 진실을 캐내고 싶어 하던 그는 어쩔 수 없이 도로시와 묘한 사랑에 얽혀 들어가게 된다. 결국 영화가 파국으로 치달을 때까지도 그는 샌디와의 순수한 사랑과, 연민과 공포로 시작한 도로시와의 애정 사이에서 방황한다.

감독 데이비드 린치는 이 영화에서 거의 완벽한 각본을 썼다. 그의 독창적이고 파격적인 영상을 잊을 수가 없다. 모호한 영상인 듯하나 장면 하나하나는 지극히 사실적인 스토리로 가득 차 있고, 관객으로 하여금 무한히 상상할 수 있는 여지를 남겨준다.

가령 제프리가 프랭크에게 붙잡혀 죽음의 공포를 느끼는 장면이 있는데, 같은 장면 한 구석에서는 함께 따라온 창녀가 자동차 위에서 관능적으로 춤을 춘다. 전혀 어울리지 않는 이 양 극단의 이미지는 한 영상 속에 있다. 그러나 그것은 조금도 이상하지 않고 거부감도 일지 않는다. 오히려 이 부조화의 이미지에서 우리는 현실 이상의 것을 상상하게 된다.

마지막 장면은 어떤가. 모든 비극이 끝나고 제프리는 안락의자에 누워 하늘을 향해 눈을 뜬다. 푸른 하늘, 나뭇가지 위에는 새가 예쁜 목소리로 지저귀고, 사랑하는 샌디가 그 새를 바라보며, '이 새가 울면 사랑이 다시 찾아온다.'고 말한다. 영화는 지금까지 관객을 섬뜩한 공포에 휘말리게 하다가 마지막으로 카타르시스를 전해주는 듯하다.

그러나 데이비드 린치는 마지막까지도 긴장을 늦추지 않는다. 화면은 그 울새의 모습을 클로즈업 한다. 영화의 대미를 장식하는 순간이니 만큼 그 새는 '사랑의 상징'처럼 지극히 순수하고 아름다울 거라고 예상될지 모르나, 클로즈업 된 울새의 작은 부리에는 벌레 한 마리가 물려 있다. 현실 속에 감추어져 있는 이 또 다른 삶의 비극성. 현실을 마냥 아름다운 것으로만 보지 않으려는 작가의 치밀한 정신. 영화는 끝났지만 이 처참한 미학에 말을 잃어버릴 정도다.

《블루 벨벳》은 아련한 감동이 밀려오는 러브스토리는 아니다. 단지 현실과 타협하지 않으려는 데이비드 린치의 천재적인 미학을 만나보고 싶어 하는 사람에게는 지극히 아름다운 영화일 수 있다.

기억 속의 사랑

공선옥 — 소설가

1963년 전남 곡성에서 태어나 전남대 국문과를 졸업한 공선옥은 1991년 계간《창작과 비평》 겨울호에 단편 〈씨앗불〉을 발표하면서 작품 활동을 시작했다. 고단한 삶의 속내를 실감나게 담아내는 토속어와 생동감 있는 입말의 향연 속에 우리 사회 여성들의 운명적인 삶과 끈질긴 모성, 그리고 사회적 리얼리티로서의 가난을 탁월한 구성력으로 그려내고 신산한 세상살이에 악전고투하는 서민들의 모습을 꾸밈없이 보여주고 있다는 평을 받고 있다. 〈신동엽창작기금〉을 받았으며, 〈오늘의 젊은 예술가상〉, 〈오수영문학상〉, 〈가톨릭문학상〉, 〈백신애문학상〉 등을 수상했다. 작품집으로《피어라 수선화》,《내 생의 알리바이》,《멋진 한세상》,《명랑한 밤길》과 장편소설,《내가 가장 예뻤을 때》,《영란》,《오지리에 두고 온 서른 살》,《시절들》,《수수밭으로 오세요》,《붉은 포대기》등을 펴냈으며, 산문집으로는《자운영 꽃밭에서 나는 울었네》,《공선옥, 마흔에 길을 나서다》,《행복한 만찬》 등이 있다.

ⓒ 백다흠

세상에 말똥만큼이나 굴러다니는 사랑, 아니 요즘 길거리에는 말똥이 없으니, 자동차 매연만큼이나 세상을 꽉 채우고 있는 사랑. 엄밀히 말해 사랑이라는 말, 연속극도 그렇고 유행가도 그렇고 세 살 먹은 애기도, 칠십 먹은 노인도 태연하게, 아무렇지도 않게 "사랑해." 하는 세상.

이런 세상이 사랑이 충만한 세상이라면 두 말할 건더기도 없겠으나, 내게는 사랑이 충만했다기보다 사랑이라는 말이 횡행하는 것으로만 여겨져서 오늘도 사랑이라는 말을 들으며 민망해지고 허망해지는 것을 어찌 해볼 수 없다.

그런데 내가 사랑이라는 말을 들으면서 민망해 하고 허망해 하는 것이, 꼭이 그 말이 흔하디 흔한 세상이어서일 뿐일까. 어쩌면 내 민망함과 허망함의 기저에는 뭔가 다른 이유가 도사리고 있는 것은 아닐까. 내가 미처 알아채지 못하고 있는 것이 분명한 사랑에 대한 어떤 오해 내지는 몰이해 혹은 내가 사랑이라고 여겼던 것들로부터 받은 상처 따위들이 내 내면에, 혹은 내 의식의 배면에 깔려 있는 것은 아닐까. 그래서 내가 사랑이라는 말에, 더 나아가 사랑 자체에 그토록 민망해 하고 허망해 하고 낯설어 하고 서먹서먹해 하고 부끄러워하고 모르는 척 하고 그러는 것일까. 그래서는 진짜 사랑이 곁에 다가왔을지도 모를 많은 순간들을 내가 그렇게 민망해 하고 허망해 하고 낯설어 하고 서먹서먹해 하고 부끄러워하고 모르는 척해버렸던 것은 아니었을까. 그런데 내게도 과연 사랑이, 그러니까, 내가 여자고 네가 남자여서, 그리고 내가 여자고 네가 남자여야만 가능한 사랑이 있기나 했던 것일까.

그런데 또 나는 왜 유독 그 사랑, 내가 여자고 네가 남자여서 가능할 수 있는 사랑에 그토록 '애증'의 감정을 갖고 있는가. 다른 사랑, 일테면 부모자식간의 사랑으로 대표되는 가족 간의 사랑 혹은 조국에 대한 사랑, 또 인류 전반에 대한 사랑 따위들에는 그렇게도 우호적인 반응을 보이면서 왜 나는 가장 기본이 될 수 있는 그 사랑, 남녀 간의 사랑에는 화들짝 놀라는 시늉을 해 보일 수밖에 없는 것일까. 그것은 내가 아직도 그 사랑, 내가 여자이고 네가 남자여서 가능한 사랑, 아니 사랑이라고 하기 뭣하면 그냥 연애라고 하자. 그 연애라는 것을 제대로 못해봤다는 증좌가 아닐런가. 혹자는 내 이런 발언에, 누구는 한 번도 못해본 결혼, 당신은 두 번이나 해놓고 그 무슨 소리냐고 할런지도 모르겠다. 그리고 당신이 낳은 세 아이는 그럼 다 무엇이냐고. 이 대목쯤에 이르면 나는 또 왜 막가고 싶은 심정이 드는 것일까. 그래, 나 사랑이 뭔지도 모르고 결혼했다, 그러니 어쩔 테냐? 사랑이 뭔지도 모르고, 그게 사랑인지 아닌지도 모르고 결혼해서 애 셋 낳으면, 모두 사랑에 대해 도통해야 하느냐고. 그러나 나는 또 이쯤에서 정색을 하고 말할 수밖에 없다. 나는 정말로 사랑을 모르겠노라고. 아니, 내게 사랑은 '징글징글한' 그 무엇일 뿐이라서, 사람들이 세상에서 제일 좋다고 말하는 바로 그 사랑을 나는 모르겠노라고. 세상의 사랑 중에 남자 여자가 만나 하는 사랑이 제일 좋다고들 한다면, 나는 정말 그 좋은 사랑을 해보지를 못한 것 같다고. 사랑 못해보고 결혼하고 애 셋 낳은 것이 흉이 된다면 흉 잡혀도 할 수 없는 일이라고.

그러니, 나는 다시 물을 수밖에 없다. 남자 여자가 만나 하는 사랑이 도대체 어떻게 생겨먹은 거냐고. 그 사랑, 누구는 만나자마자 전기가 통했다고도 하는 그 사랑이 뭔지를 나는 애가 터지게 알고 싶다. 생전 처음 본 남자한테 '첫눈에 반하는' 그런 경지를 한 번도 아직 한 번도 경험해 보지 못한 나는.

한번 물어보자. 남자, 여자가 만나 첫눈에 반하는 것이 사랑일까? 그렇다면 남자, 여자가 만나 첫눈에 반할 수 있는 조건에는 어떤 것이 있을까? 그리고 남자, 여자는 첫눈에 반해야만 사랑에 빠질 수 있는 것일까? 그렇다면 첫눈에 반하지 않은 남녀들이 하는 사랑은 또 무엇일까! 그들은 첫눈에 반하지도 않았는데 어떻게 사랑에 빠질 수 있었던 것일까!

내가 보기에도 질투가 날 정도로 예쁜 한 여자가 말한다. 그 사람은 너무너무 잘 생겼어요. 내가 보기에도 욕심이 날 정도로 잘 생긴 한 남자가 또한 말한다. 그녀는 너무너무 섹시해요. 그렇다면 사랑은 섹슈얼리티인가. 상대방이 보기에 '성적 흥분'을 유발시킬 만한 조건을 가지고 있지 않다면 두 사람 사이에 사랑은 싹틀 수 없는 것일까. 그리하여 모든 남녀들 간의 사랑이 성립될 수 있는 처음과 끝은 오직 '섹시' 그뿐인가. 이제껏 살아오면서 예쁘다는 소리 한번 들어본 적 없는 나는, 더군다나, 섹시하다는 소리는 아예 들을 생각도 안하고 살아온 나는, 더더군다나 그 나이가 되면 더 이상 여자일 수 없다는 나이 마흔을 훌쩍 넘어서버린 나는, 이제 영영 '첫눈에 반하는 사랑' '섹슈얼리티'로서의 사랑 같은 건 꿈을 꿔볼 수도 없는 형편 무인지경이 되어버렸는가. 세상에서 제일 신나고 세상에서 그것만큼 사람을 살맛나게 하는 것이 없고 세상에 그것만큼 남자를 남자답게, 여자를 여자답게, 종국에는 사람을 사람답게 하는 것이 없다는 그 사랑, 연애로서의 사랑이란 것을 나는 이제 영영 해볼 수조차 없는 것일까. 그래서는 이제, 앞으로 남은 나날들을 애 셋 딸린 중년으로, 성적 정체성이라고는 아예 포기한 삶을 살아야만 하는 것일까. 그렇게 살아도 아직은 살아야 하는, 예쁘지도 않고 나이도 마흔이 넘었고 애가 셋이나 딸린 여자는 그러면 어디서 삶의 재미를 찾아야 할까? 어디서든 재미 못 찾으면 죽어야 하나? 더 이상 살아버리지 말까?

밤인데도 더위가 가실 줄 모른다. 밤에 집 근처 소양강변에 나가본다. 모두 쌍쌍이다. 젊은 사람, 늙은 사람들 모두. 나는 이방인이 된 느낌이다. 그래서 나는 자연스레 혼자 있는 사람들이 동지 같다. 강변에 홀로 앉아 소주병을 까는 아저씨, 나랑 한잔 할까요? 그러나, 위험하다고 했다. 요새 툭하면 여자들이 죽어나가는 세상이다. 서둘러 집으로 기어들 수밖에 없다. 우리 아이들은 어미가 술 먹는 것을 싫어한다. 술 대신 우유를 먹으라 한다. 텔레비전에 나오는 우유광고가 내 아이들이 내게 우유 권하는 동기가 되고 있다. 사랑한다, 사랑한다, 사랑한다, 사랑한다면 우유를 주세요! 아이들이 한사코 내게서 술잔을 빼앗고 우유 잔을 내미는 것도 사랑일 테지. 나는 기꺼이 사랑을 마셔준다. 그러자 생각나는 것이 있다. 아주 오래 전 일이다. 내가 열일곱이던 때도 나는 우유를 마셨다. 열아홉 살이었던 그 남자아이와.

광주에서 고등학교 다닐 때, 내가 다니는 학교 옆, 살레시오 고등학교에 다니던 그를 그때 한참 고등학생들 사이에서 유행하던, 문학의 밤 행사에서 알게 되었다. 가만 생각해 보니, 그 남자아이가 내 첫사랑이었던 듯도 싶다. 왜냐하면 남자를 만난다는 것이 그토록 가슴 설레는 일이라는 걸 그때 처음 경험했으니까.

그해 겨울 어느 날, 광주 YWCA에서 문학의 밤 행사를 마치고 집으로 그 아이와 함께 걸어가던 길. 골목 초입에 있던 파랑새 휴게실. 다른 지방은 어땠는지 모르지만 그때 광주의 청소년들이 갈 수 있었던 '업소'란 빵집과 휴게실, 이 두 종류가 있었다. '고등학생 레벨'에 빵집은 아무래도 격이 좀 낮다고 생각했던 것일까. 그와 나는 휴게실을 선택했다. 윤시내의 열애가 그야말로 고혹적으로 흐르고 있었다. 메뉴는 주로 음료들이다. 사이다, 콜라, 환타, 코오피, 그리고 밀~크. 그랬다. 우유도 아니고, 그냥 밀크도 아닌 밀~크. 따뜻하고 달콤한(설탕을 넣어서) 밀~크가 길쭉하고 투명한 유리잔에 빨대가 꽂혀서 나온다. 아, 나는 세상에서 그렇게 맛있는 것을 처음 먹어봤다. 그토록 새하얗고 그토록 달콤한 밀~크라니!

그러고 보니, 사람들이 흔히 말하는 사랑이라는 것이 딱 그거 아닐런가. 아니, 그렇다면 다른 누구도 아닌, 내가 제대로 사랑의 맛을 봤단 말인가. 그날 내가 맛봤던 새하얗고 달콤한 그 밀~크가 내게 사랑이었던 것일까. 다른 사랑도 아닌 첫사랑이었던 것일까. 내가 그날 만약에 사이다나, 코오피를(커피가 아니라) 마셨다면 또 내가 기억하는 첫사랑의 맛은 달라질 수도 있지 않았을까. 마흔이 넘은 여자가 건강을 생각하면서 저지방 우유를 마시며, 혹시 그것이 내 사랑이었을까를 골똘히 생각한다.

20대의 한때를 남자 만나서 술 마시며 보낸 적이 있다. 주로 막걸리. 공대 철학과(금속공학과)엘 다닌다는 그는 막걸리로 밥을 삼고 막걸리로 철학을 삼고 막걸리 반공법이 아니라 막걸리 국보법에 걸려 내 곁을 떠나갔다. 나는 그때 대학 신입생. 그때만 해도 똘망똘망, 예쁘진 않아도 귀여운 데는 있었던 듯. 공대 철학과생이랑 시외로 나가는 버스를 타고 나가 '가르마 같은 논둑길'을 하염없이 걸어간 적이 있다. 물론 막걸리 병 손에 들고서. 그때, 문득 그가, 공대 철학과생이 논둑에 코를 처박고 제 가슴을 제 손으로 두들겨 패댔다. 나는 나쁜 놈이야, 죽어도 쌀 놈이야. 왜 그러느냐고 물으니, 묻지를 말란다. 하루 종일 논둑길을 헤매고, 시골 동네를 배회하다 도시로 들어와, '대학다방'이란 데 정좌해서 그가 하는 말. 자꾸 흑심이 생기더란 말이야. 내가 예의 똘망똘망한 눈동자로 물었다. 흑심이란 것이 뭔데? 그는 더 이상 내게 그 흑심이란 것에 대해 말해주지 않았다.

오랜 세월이 지나 생각해 보니, 남녀 간에는 그렇게 흑심이란 것이 생겨야 뭔 역사가 이뤄져도 이뤄지는구나, 싶은 것이었다. 말간 마음에는 부끄러워 무슨 일을 벌이겠는가. 포장을 쳐줘야 비밀이 생기고 서로 간에 비밀이 생겨야 아이를 낳는 것인데. 그래서 또 생각해 보건데, 사랑을 하려거든, 새하얗고 달콤한 우유 가지고는 어림도 없다는 결론이 나오는 것이다. 사랑에는 반드시 술이, 흑심 동하게 하는 술이 필요한 것! 그리하여 결론은 술은 사랑을 불러오는 신비의 묘약이다.

내가 애 둘 데리고 혼자 살고 있으니, 어떤 남자가 그런다.

밥은 드셨나요?

아니요, 아직 못 먹었는데요.

세상에, 지금이 몇 신데 여직 점심도 못 먹었단 말입니까? 어서, 갑시다.

자기가 밥을 사주겠다는 것이다. 이후로도 그 남자는 틈만 나면 밥 타령이다.

혼자서 애들 키우려면 엄마가 건강해야 한다고. 그 남자의 충심에서 나온 소리라는 걸 내가 왜 모르겠는가. 진심으로 나는 감사하게 생각했다.

어느 날 어떤 마음에서 그랬는지 모르지만, 내가 불쑥 물었다.

사랑이 뭐라고 생각하세요?

밥 타령을 해대는 사람답게 그가 명쾌하게 대답한다.

사랑은 밥이지요.

그런데, 내 입에서 단말마처럼 나온 한 마디.

아이고, 징그러워라!

내 생각에는, 사랑이 새하얗고 날콤한 밀~크 정도는 못되더라도, 사람 맘을 신묘하고도 오묘하게 해주는 술 정도는 되어야 하지 않을까, 또 그 정도까지는 안 가더라도 적어도 우리가 일상에서 맨날 먹는 밥 정도는 벗어난 뭔가 특별한 것이어야 하지 않을까 싶었는데 밥이라니. 이건 사랑에 대한 모독이 아닌가.

남자가 사준 밥이 내게 사랑으로 기억될 리 만무하다. 그러고도 또 한 십년 세월이 흘렀다. 그 사이에 나는 또 내게 밀~크도 안 사주고 술도 안 사주고 밥도 한번 안 사준 남자하고 무슨 조홧속인지, 덜컥 결혼을 하고 말았다. 포장도 안 치고 비밀도 안 키웠는데 애도 하나 더 생겼다. 내 생애 두 번째의 결혼을 하고서부터, 그러니까 내게 밀~크 사주는 이 없어지고 술 사주는 이 없어지고 밥 사주는 이 없어지고부터 밀~크, 술, 밥 대주는 일을 내가 하고 있었다. 남편과 아이들에게 내가 바로 밀~크 대주는 사람이요, 술 대주는 사람이요, 밥 대주는 사람이 되어 있었다. 나는 그 일을 사랑이라고 생각해 보지도 않고서 해내고 있었다. 해야만 하는 일이니 하고 있었다.

또 그로부터 세월이 흐른 지금, 나는 완전히는 아니더라도 어느 정도는 밀~크 대주는 일로부터도, 술 대주는 일로부터도, 밥 대주는 일로부터도 졸업했다. 이제 내게 그것들 대주는 이도 없고 나 또한 그것들 대주는 일을 거의 하지 않게 되었다. 그렇게 된 지금, 곰곰이 생각해 보건데, 누군가 내게 우유 사주고 술 사주고 밥 사주고 했던 것들이 모두 사랑이었다는 것을 알겠다. 그와 마찬가지로 내가 우유 대주고 술 대주고 밥 대주고 했던 것들도 모두 사랑이었음을 알겠다. 하면, 서두에 내가 사랑이란 것을 해본 적이 없다는 투로 말한 것들을 전면 수정해야 할 때가 온 건가. 그러고 보니, 나 또한 만만치 않게 사랑을 하고 살았단 것을.

한 후배가 울며불며 전화를 해 왔다.

선배, 아무리 생각해도 사랑은 정말 추접스러운 거야.

이전에 그는 사랑을 해서 너무 '해피'하다고 했었다. 행복도 아니고 '해피'하다고 후배가 말했을 때, 그 '해피'라는 발음이 징그러울 정도로 해피하게 느껴져서 나는 공연히 심통이 다 났었다. 그랬는데 똑같은 입에서 이제 발음하기도 민망스러운 '추접'이란 말이 거침없이 튀어나온다. '해피'와 '추접' 사이에는 1년간의 간격이 있었다.

한 십년 연상인 내가 사랑에 대해 꽤 안다는 투로,

사랑이 추접스러운 것이라는 걸 인제 알았냐? 오죽 했으면 소설가 윤영수가 '사랑하라 희망 없이'라고 했겠냐. 사랑이 아름답다고 하는 건 다 사기야, 넌 이제 인생을 제대로 알기 시작한 거야, 인생초보자, 사랑은 말이다 그 모든 추접스러움을 온몸으로 껴안아버릴 때 비로소 명실상부하게, 명약관화하게, 명명백백하게 사랑이라고 할 수 있는 거지, 운운.

독자라고 하는 사람이 찾아와서 묻는다.

작가 선생님은 사랑을 뭣이라고 생각하십니까?

이제 겨우 나이 마흔을 갓 넘긴 여자한테, '한 말씀만 하소서' 식으로 압박해 들어온다.

글쎄요, 제가 뭘 얼마나 알겠습니까만, 사랑은 그저 서로 책임져주기가 아닌지요. 어떤 일이 있어도 서로가 책임져주는 것. 상대방의 목숨을 지켜주는 것!

내 의지와는 상관없이 이런 대답이 나갔을 때는 내가 너무 세게 나갔는가 싶어, 후회막급이기 십상이다.

그래 또 누군가 사랑이 뭐냐고 물어온다면, 그때는 이렇게 대답하리라. 사랑은 눈물의 씨앗이지요. 사랑하니까, 눈물 나는 거지요. 정호승 시인이 그랬잖아요. 사랑하다가 죽어버리라고. 눈물 나는 사랑을 하면 죽는다 한들 여한이 있겠습니까…….

나는 내가 묻고 내가 대답한다. 사랑이란 무엇일까, 나는 과연 사랑이란 것을 제대로 하고 살기나 했던 것일까, 내게도 사랑이 있기는 있었던 것일까. 그런 질문을 던지는 어느 적막한 순간에 때맞춰 전화가 온다. 내가 기대하는 건,

비도 오는데, 술 한잔 할까요?

그러나, 현실은,

아람이 엄마, 왜 안 나와? 여기 물 좋아.

괜찮은 남자들 많아?

남자는 무슨, 이 찜질방 물이 너무 좋다구, 비 오면 아프다며? 게르마늄 물이래, 여기로 와.

© 이지누

그나 저나, 지금은 남녀공용인 찜질방을 좀 있으면 남녀 분리한다는데, 그것이 나 같은 사람들 때문인가? 그런데, 지나가는 사람들에게 길을 막고 물어보라, 남자만 있고 여자 없는 세상에 사는 남자들이 무슨 재미로 살겠는가. 여자만 있고 남자는 없는 세상에 사는 여자들이 또 무슨 낙으로 살겠는가. 기본이 중요하다고 했다. 그 기본의 기본이 되는 것이 바로 음양의 조화 아니겠는가. 남자 없는 찜질방, 아무리 물 좋아도 재미는 덜하겠다. 그런데 비 좀 온다고 이렇게 팔목이 시어서야. 이제 또 내게 사랑이 온다면, 밀~크도 아니고 술도 아니고 밥도 아닌 손목 안 아프게 해주는 약손 가진 사람이나 될까. 이름 하여 그 사랑을 찜질방 사랑이라 하면 어떨까. 그런데 지금 내가 사랑을 꿈꾸어도 되기는 되는 것일까. 아이고, 부끄러운 김에 후딱 찜질방에나 가야겠다.

사랑은 때로 그 의지만으로도 잘 살게 하는 힘이 있다

구스타프 클림트Gustav Klimt, 《키스The Kiss》, 1907~8

이를 치료하러 치과에 갔다. 밥을 먹을 때마다 어금니가 욱신거려 치과에 가니, 의사 말이 신경치료를 하고 이를 새로 해 넣어야 한다는 것이다. 돈도 돈이지만, 나는 이제 내 청춘이 이런 식으로 가

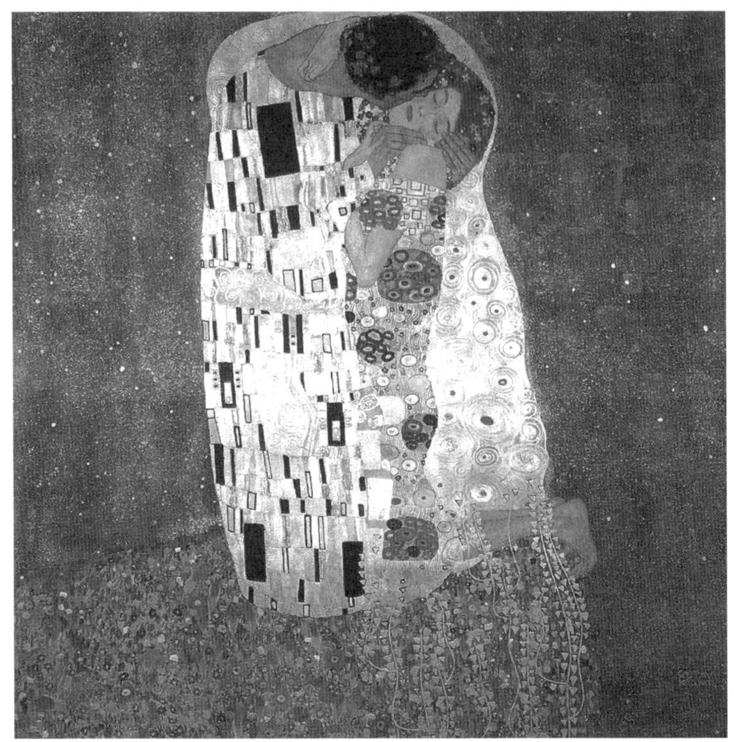

구스타프 클림트Gustav Klimt, 《키스The Kiss》

는가, 싶어, 적잖이 속이 상했다. 바로 그때, 여봐란 듯이 벽면에 걸린 그 그림이 눈에 들어왔다. 클림트Gustav klimt의 〈키스The Kiss〉. 금색의 화려한 옷을 치렁거린 두 남녀의 정열적인 키스. 남자에게 포획되어 있는 여자는 한 마리 가녀린 새 같다. 나는 느닷없이 의사에게 물었다.

"이빨 치료하면, 진짜 이빨 같아지나요?"

"그럼요. 다만 이빨 색 나는 걸로 하려면 돈이 좀 들 뿐이지요."

"돈이 좀 들더라도 이빨 색 나는 걸로 하는 게 낫겠지요?"

"그럼요, 아무래도 잇속이 좋아야 사회생활도 원만히 할 수 있는 거지요."

의사가 말하는 사회생활이라 함은 여러 가지 의미가 있겠다. 그 중에는 분명 '연애'도 포함되어 있으리라.

시중에서 '잇속'을 차린다는 의미가 치과에서 말하는 '잇속'과 별반 다를 것이 없구나, 싶었다. 전직 대통령 부부도 거금을 들여 성형수술을 하는 세상, 현직 대통령도 한때 이마의 주름살을 없애려 무슨 주사를 맞았다는데, 살아가는 데 필수인 이빨에 돈 좀 들인다고 누가 흉볼 사람은 없겠지. 어떤 잇속이나 간에 사랑도 잇속이 좋아야 하는 것이란 걸 나는 치과에 가서 절실히 깨달았다.

'빨리 이빨 치료하고 원만한 사회생활 하러 가야지'

나는 치과에서 '연애가 포함된 원만한 사회생활에의 의지'로 불타올랐다. 그 투지로 치료 잘 받고 지금 밥 잘 먹고 있다. 사랑은, 때로 사랑에의 의지만으로도 사람을 '잘 살게'하는 힘이 있다. 그 치과에서 그 그림을 걸어놨던 것도 어쩌면 나 같은 사람들을 위해서였던 것일까. '나도 빨리 잇속 좋게 만들어 나가서 저렇게 멋진 키스하며 살아야지' 하는 투지를 북돋기 위해서 말이다.

© 한희덕

영혼의 변명과 진실한 사랑의 이중주

김갑수 — 시인. 방송인

I

사랑에 관한 담론들을 책으로 읽거나 TV 토론에서 본다. 그때마다 궁금해지는 게 하나 있다. 남성의 경우 그 주장을 펼치는 순간이 사정射精 전이었을까 후였을까 하는 것이다. 여성 논객의 경우는 시점이 약간 확대되어서 평상시 만족스러운 성생활을 누리는지 아닌지가 궁금해지곤 한다. 화장실에 다녀오기 전후와는 비교할 수 없게 사정 전후의 애정 이데올로기는 판이해진다.

경험상, 파이프에 물줄기가 고여 있을 때는 급진 과격 개방론자였다가 해소가 되는 순간 졸지에 수구 반동 보수 전통주의자로 돌변해 버리고 만다. 이런 식의 관념 또는 이데올로기는 동물 생태학으로 설명되어야 한다. 그렇다. 생태학을 벗어난 말잔치가 너무 많다. 나를 지배했던 사랑의 감정이 프로이트로부터 단 한 발자국도 벗어나지 못했다는 것을 인정하고자 한다. 의식을 했건 못했건 사랑하는 감정의 9할은 성적 동기를 지니고 있었다. 사랑을 말하라면 차라리 섹스를 말하겠다. 별종일까? 그렇게 생각하는 사람은 손들어 보시라.

2

남들처럼 나도 중학교 시절에 빨간책《동굴초》를 읽으며 독학으로 마스터베이션을 깨쳤고, 고등학교 때 부들부들 떨며 여학생의 손을 처음 잡아 보았고, 대학에 들어와 사귀던 여자와 여관에서 몸을 풀었다. 아, 그 사이, 그러니까 재수를 마치던 날 음악감상실 친구들과 떼 지어 용산 역 앞 사창가로 몰려가 동정을 바친 일도 있다. 이 역시 남들과 비슷한 보편적인 코스. 까놓고 이야기 해보면 대개들 이런 과정을 거친다.

그런데 정말 결정적으로 똑같은 코스가 또 하나 있다. 차마 남들에게 털어놓을 수 없는 자기만의 좀 이상하고 수치스러운 비밀을 갖고 있다고 믿는다는 사실이다. 그 비밀들을 까발려 보면 아닌 게 아니라 개별적인 정황에서는 꽤나 다양한 변주가 있다. 사촌누이와 어쨌다는 친구, 가정부 아줌마와 고교시절 내내 어쨌다는 부잣집 녀석, 때로는 차마 옮길 수 없을 정도로 엽기적인 활약의 소유자도 있다. 그런데 그게 뭐 어쨌다는 것인가. 남모르는 비밀이 있다고 믿는 사실도 실은 보편적인 코스워크이다. 나의 경우는 내가 변태가 아닐까 하는 고민을 대학시절까지 했었다. 오럴섹스에 대한 욕망을 참을 수 없어서였는데 그게 정상적인 행위의 하나라는 것을 납득하기까지 의외로 꽤 오랜 시간이 걸렸다.

3

이념적 성향이 그렇듯이, 성에 대한 관념도 사적 범주와 이론적 범주의 낙차가 꽤나 크게 벌어진다. 우리 사회처럼 관념의 후진성과 실천의 포스트모던이 기묘하게 포개어져 있는 경우에는 그가 하는 주장과 실제 행동이 하도 격차가 나서 어안이 벙벙해지는 수가 참으로 많다. 그런 그를 누가 탓하랴. 듣기 편한 말로 해서 '한국식'이다. 경제의 고속 압축성장이 낳은 한국식 윤리관은 한 마디로 정의해서 위선 또는 이중성이다. 모두가 그러하고 그것이 참으로 자연스럽게 통용된다면 위선은 더 이상 위선도 뭣도 아니다. 그야말로 한국식. 그래서 같은 입으로 고매한 도덕적 훈계를 하고 저녁에는 술집에서 영계를 찾는 것이다. 하나도 이상할 게 없다. 다들 그러니까. 언젠가, 텔레비전에서 자연녹지를 훼손하는 식당영업을 호되게 질타하던 시사평론가와 마침 산을 까뭉개고 들어앉은 토종닭 집에서 점심을 먹게 되었다. 그이에게 좀 민망하지 않느냐고 이죽거려 보았다. 답변이 너무도 자연스러웠다. "먹을 건 먹어야쥐~." 그게 그렇다는데 뭐가 문제이겠는가. 영계를 먹든 폐계를 먹든, 청탁을 가리든 안 가리든.

4

그러나 잠깐. 주장하는 바가 거기서 거기라도 강조점의 차이는 약간씩 있다. 가령 나는 강력한 매춘 혐오론자에 해당된다. 실제로 대학 들어가던 무렵 한 두 차례의 지옥 같은 매춘을 경험하고 나서는 돈 주고 여자를 사 본 일이 없다. 몇 해 전 제주도에서 세미나가 있었는데, 아마도 정치 지망생이 아닌가 싶은 그곳 유지라는 사람이 나와서 거창한 술판에다가 여자를 하나씩 붙여준다. 이른바 2차의 화대도 다 지불했다고 한다. 하지만 술집을 나오면서 나는 파트너에게 "고맙습니다아~." 하고 90도로 절을 하고는 반대방향으로 뚜벅뚜벅 걸어가 버렸다. 이 일을 떠벌리고 다니면 아마도 나는 언행이 일치하는 고매한 도덕군자쯤 되겠지? 안 그런가?

그러나 진실을 밝히자면 내 행동은 도덕과는 전혀 거리가 멀다. 직업여성 앞에서는 심리적으로 위축되어 몸이 전혀 작동을 하지 않는다는 사실 때문이다. 그리고 나는 그런 곳에 쓰는 돈이 정말로 아깝다. 정 급하다면 속된 말로 '꼬여서' 하면 되지 않는가. 수준에 맞는 멋진 여성을 꼬여서 하면 되지 않느냐는 이 매춘 반대론자의 주장을 어떻게 생각하시는지?

5

아마도 대부분의 남자들은 주먹으로 나를 한 대쯤 때려주고 싶다고 할지 모르겠다. 누구는 그러고 싶지 않아서 돈 주고 여자를 사느냐……. 그런데 참 이상한 일이다. 꼬여서 하는 일이 생각보다 그리 어려운 일이 아닌데 그렇게들 엄두를 못 내니 말이다. 이 고매한 매춘 반대론자가 짬을 내 연구를 해본 결과 한국의 남성들이 공통적으로 안고 있는 중대한 문제를 하나 발견했다. 남자에게 성욕이 있듯이 여자들에게도 마찬가지로 욕망이 존재한다는 단순한 진실을 모르거나 외면한다는 점이다. 여자의 욕망을 무시하고 드니 남자 쪽의 욕구를 해소하는 정복의 대상으로만 여기게 되는 것이고 그런 속셈이란 금방 들통 나게 마련이어서 상대편의 방어심리를 발동시킨다.

물론 욕망과 충족의 변증법에는 고난도의 심리학이 필요하다. 가정의례준칙에 어긋나는 성행위의 리스크는 여자 쪽이 몽땅 떠안아야 하는 무지막지한 사회관습 탓에 일단 방어적으로 될 수밖에 없는 상대방의 입장을 최대한 존중해야 한다. 그러고 나서? 그 다음부터의 프로세스야 글쎄, 심리 테크닉의 세기細技를 늘어놓기에는 사랑을 논하는 고매한 지면에 너무 결례가 되는 것이 아닐까? 어쨌든 이야기가 잠깐 빗나갔다. 사랑과 성에 대한 각종 주장마다 강조점의 차이가 존재하는데 그것의 배경은 윤리적 결단 또는 공익(?)에 의해서라기보다 개인적 처지에 좌우된다는 사실을 말하고 싶었다.

6

다시 사랑과 성의 관계에 대하여. 성을 떠올리면 누구나 자동반응으로 연상하는 신화가 바로 사랑이다. 성과 사랑이라는 테마는 신기할 정도로 같이 붙어 다닌다. 사랑을 전제로 해야 직성이 풀리는 성, 나는 그것을 좀 아름답게 치장해서 '영혼의 변명'이라고 표현하고 싶다.

풍속사를 보면 집단에서 개인이 분화되어 나오는 근세 이전까지 사랑이란 감정은 좀 특별하고 예외적이며 비속한 것이었다. 가령 귀족사회에서 부부간의 사랑은 저속한 하층민의 일로 금기시되었다. 사적 감정보다는 가문이라는 '좀 더 높은 가치'를 위해 결혼제도가 존재했기 때문이다. 부부간은 물론이고 자녀에 대해서도 사랑은 배격되어야 했다. 따라서 애정이라는 '천한 감정'은 정부하고만 나누는 것으로 규정되었고 자녀의 양육도 과도한 육친애를 방지하기 위해 반드시 유모에게 맡기도록 했다. 가문 또는 계급의 지위를 독점적으로 계승하기 위해 이러한 윤리관은 꽤나 효율적인 선택이었다.

중세의 계급적 질서가 붕괴되어 가고 산업화로 인한 생산력 증대가 급속히 이루어지는 근대사회로 진입하면서 새롭게 각광받게 된 무기가 사랑이었다. 첫째가 노동력 확보라는 과제였다. 더 많은 생산 노동력이 필요해졌고 그를 위해 더 많은 개별 가정이 형성되어 더 많은 일손이 태어나야 했다. 누구에게나 사랑할 권리가 주어졌고 독자적인 가정을 꾸릴 수 있었고 그 많은 가족들을 유지하기 위한 노동력으로 아이들은 고구마 줄기처럼 주렁주렁 달려나왔다. 이 모든 일이 사랑의 이름으로 예찬되었다.

두 번째는 사적 소유권에 대한 정당성 부여였다. 더 많은 가정은 더 많은 소유를 요구하게 된다. 하지만 재화는 한정되어 있고 소수의 특권계층이 독점하게 마련이다. 이럴 때 사랑은 마법의 위력을 발휘한다. 너희는 비록 천하디 천한(?) 재물을 소유하지는 못했으나 그보다 존귀한 사랑을 가졌노라고. 신을 섬기고 사랑하는 것만으로는 충족될 수 없는 근대의 개인들에게 이성간의 사랑이라는 푸짐하고도 헛배 부르게 만드는 선물이 주어졌다. 사랑은 물질의 소유욕에 대한 대체품으로 사회적 기능을 하게 되었다.

7

증기기관이 발명되던 산업혁명 초창기에 귀족의 살롱에서 나누던 주된 화제가 마력馬力이었다고 한다. 새로 몇 마력짜리 발동기가 나왔다더라. 한꺼번에 얼마만한 힘을 발휘한다더라. 자동차라는 게 나왔는데 장장 몇 마력으로 굉장한 속도를 낸다더라. 10여 년 전쯤, 사람만 모이면 도스에서 윈도로, 386이 486, 펜티엄으로 바꿔는 현란한 컴퓨터 업그레이드에 대해 침을 튀기며 이야기꽃을 피우던 것과 똑같다. 지금은 디지털 시대의 개화기라고 한다. 장차 성숙기에 이르면 도대체 얼마나 상상 못할 일이 벌어질 것인가. 분명한 사실은 우리의 상상과 예측의 범위를 훨씬 뛰어넘는 가공할 미래가 찾아올 거라는 점이다.

'시뮬라시옹' 이론으로 유명한 장 보드리야르가 내한했을 때 TV 대담의 기회가 있어 직접 물어본 적이 있다. "우리가 인간 또는 인류라고 부르는 종의 명칭을 미래에도 사용할 수 있을까요?" 보드리야르의 답변은 놀라왔다. 생물학적 속성이 유지되는 한에서까지는 인간이라고 부를 수 있겠지만 앞으로는 각종 신체적 요소조차 디지털로 대체되지 않겠는가 하는 전망. 그렇게 된다면 인간이라는 익숙한 분류 항은 다른 이름으로 바뀌어야 할 것이다. 그때가 언제일까. 100년 후? 200년 후? 경험에 비추어 역시 분명한 사실은 우리가 예상하는 것보다 훨씬 빠르게 그 시기가 닥쳐올 거라는 점이다.

8

개화기 지식인들이 수구파와 개화파로 나뉘어 치고받고 싸웠듯이 이 디지털 개화기에도 마찬가지 현상이 벌어지고 있다. '생각의 속도'를 따라가느라 넋을 잃고 멍해져 있는 부류와 '느림'의 미학을 추구하느라 무지하게 바쁜 부류가 진영을 나누어 다툼을 벌인다. 주로 누가 속도 파에 가세하고 누가 느림 파에 가세하는지 가만 보면 세대적 기반, 계층적 기반의 차이가 있어 보인다. 간혹 유한有閑이 넘쳐 지적 여기로 속도를 예찬하거나, 불가항력적인 속도전의 한 가운데 서서 느림을 갈망하는 역설도 보이지만 대개는 자기가 점한 영토에 근거해서 주장과 논리를 개발한다(그러니까 아직까지는 다들 인간에 속한다).

9

우리에게 익숙한 모럴, 그중에서도 성 윤리는 지금 어디로 향하고 있는 것일까. 인터넷을 전제로 보면 지금이 포르노의 시대라는 말에 동의할 것이다. 흡사 현실사회주의 정권이 붕괴되는 과정과 같다. 인간의 이성과 신념을 근거로 극단적으로 통제된 이념형의 국가 체제를 만들어 보려던 시도가 사회주의 공산체제였다. 그러나 그것은 결국 인간의 자연적인 욕망을 넘어서지 못하고 붕괴되었다. 수천 년간 문명이 구축해 온 역사는 성 통제의 역사와 맥을 같이 한다. 지역별 편차는 있지만 성은 소수 특권자의 독과점에서 좀 더 넓은 범위로 확대되어 오는 과정이었다. 거기에는 종교와 가족관계라는 수단이 가장 유효하게 사용되었다.

소유에 대한 인간의 욕망이 공산체제를 압도했듯이 이제 성 통제의 역사는 인터넷 속에서 문명 이전의 상태로 환원되고 있는 것처럼 보인다. 다만 다른 점이 있다면 인터넷 포르노에서의 성 해방은 인간의 자연적인 욕망의 발현이라기보다는 극단적으로 개발되고 확장된, 탈 생물학적 지향을 보인다는 점이다. 사실 대소변을 활용하거나 신체 상해를 통한 쾌감의 확장도 제법 오랜 역사를 가진 것이지만 보편적이고 자연스러운 것으로 보기는 어렵다. 그러나 이제 인터넷 포르노 시대에는 더 이상 이상하거나 부자연스러운 것은 존재하지 않는다.

IO

종족 보존을 원리로 하는 생식적 성은 급속히 진행되고 있는 가족 형태의 붕괴와 함께 급속히 사라져갈 것으로 보인다. 쾌락의 확장을 위한 성 행위는 인류의 사적 영역이 확장되어온 과정과 더불어 지금이 최고조에 이른 것이 아닌가 생각된다. 가상과 실재 공간이 병행하면서 전통적인 성 관념이 아노미 상태로 치닫고 있는 오늘날은 어쩌면 인류가 처음 경험하는 새로운 성 문명의 진입단계가 아닌가 싶다. 그것은 문명, 특히 종교와 윤리, 도덕을 통한 통제 이전의 동물적 상태로 환원되는 측면이 반영되면서 또 한편으로는 사이보그적인 무성 상태로 진입해 가는 모습이 함께 한다. 동물과 기계가 혼효된 기묘한 성 생활이 어떤 모습을 띨지 쉽게 그려지지는 않지만 어쨌든 프로이트에서 라캉에 이르기까지 좀 야단스럽게 정의되어온 온갖 가정들이 헛것이 될 개연성은 꽤 높다.

II

사랑은 어떻게 될까. 역시 집단과 개인의 관계 속에서 살펴보아야 한다. 근대사회로 접어드는 지난 삼백 년간 좀 유난스러운 각광을 받았던 남녀 간의 사랑의 감정은 집단으로부터 분화되어 나오는 개인의 불안과 고독, 그리고 귀속의지를 반영한다. 집단도 아니고 혼자도 아닌 남녀 한 쌍의 감정적 독점이라는 의미에서 사랑은 무척 편리한 절충방식이 아닐 수 없었다. 그 과정에서 고안된 지고지순한 순애보 또는 일부일처제라는 독특한 제도는 동물 생태학적으로 보자면 엉뚱하고 무리하기 짝이 없는 것이지만, 그것이 무리한 만큼 인간에게 목표와 성취동기를 안겨주는 것이기도 했다. 사랑에 목숨 거는 일은 서구의 낭만시대에 흔한 유행이 되기도 했고 현재도 강력한 위력을 발휘하는 현대의 신화이다.

그러나 이제 모든 것이 변화하는 사회 환경으로 진입하고 있다. 산업시대에 '대중'이라고 불렀던 집단이 사라지고 있고, 정체성과 자의식을 지닌 개인의식도 소멸의 길을 걷고 있다. 아마도 현생인류는 집단도 개인도 사라지는 환경에서, 제도보다 훨씬 오래 유지되는 속성이 있는 관습적 감정을 끌고 그 관계의 모순 속에서 한

동안 살아가야 할 것이다. 가령 내가 한 여자에게 특별한 감정을 느끼게 되어 몹시 만나고 싶어 하고 성적으로 독점하고 싶어 한다면 지금까지는 그런 욕망을 사랑이라고 부르며 옹호 받을 수 있었다. 기껏해야 간통혐의라든지 혹은 이중 플레이를 하는 것은 아닌지 따위의 법과 인습의 통제를 살펴야 하는 정도였다. 그러나 예측할 수 있는 미래에 이성을 독점하고자 하는 욕구, 아니 특정한 이성에게 신비와 열망을 품는 감정 자체가 매우 이상한 태도로 평가받게 될지도 모른다.

12

나는 과거 역사를 떠올려볼 때나 또 먼 미래를 예측해볼 때나 허망한 감정에 사로잡힌다. 사람은 모두 일정한 생존의 시기를 누리다 가는 것뿐이다. 당대의 규범에 잘 순응하여 편안한 생애를 도모하는 것이나 그에 반하여 좀 고달프게 사는 것이나 크게 편차가 나는 것으로 생각하지 않는다. 가끔 추문에 휩싸여 매스컴에 오르내리는 인물을 목격할 때면 그 죄질(?)에는 그다지 관심이 가질 않는다. 오직 운이 없다고 여겨질 뿐이다. 반면 당사자의 심리의 이면은 어떨지가 꽤 궁금하다. 물론 당장은 무척 괴로운 일이겠지만, 좀 거시적이고 전생애적으로 보자면 그토록 왕성하게 아드레날린이 분비될 기회를 맞는 사람은 그리 많지 않다. 극단적인 수치심도 꽤 익사이팅한 것은 아닐까.

아직 나는 법망에 걸리거나 요란한 추문에 휩싸여 보지 않았다. 물론 저지른 일이 없어서가 아니라 그럭저럭 잘 은폐했기 때문이다. 똑같은 행동이 어떤 시대에는 당연하거나 미덕이기까지 했다가 다른 시대에는 감옥행이거나 사회적 추문이 된다는 건 좀 웃기는 일로 생각된다. 모든 죄악은 불운의 표지판이 아닐까.

13

성 생활은 말로 하는 사람과 직접 행하는 사람으로 나뉘는 것 같다. 여자의 경우는 특히 그러해서 풍부한 성 생활을 누리는 사람은 성을 입담거리로 잘 올리지 않는다. 좀 부끄러워한다거나 샐쭉 웃고 마는 여성 가운데 어마어마하게 화려한(?) 사생활을 갖고 있는 사례를 여럿 알게 되면서 마치 확신처럼 그러한 생각이 굳어지게 되었는데 그런 모습은 정말 멋져 보인다. 주로 골병이 든 것처럼 내면이 공허한 사람이 끊임없이 섹스 이야기를 떠올리는 듯한데 그 역시 좌중을 즐겁게 한다는 점에서는 미덕이기도 하다. 나 자신은 떠버리에서 점차 과묵한 쪽으로 변해 가는 걸 느낀다. 그 이유가 '풍부함' 때문인 것 같지는 않고 편안해져 가기 때문이 아닌가 싶다. 일단 인터넷 포르노는 방에서 혼자 놀기 좋아하는 유형의 사람에게는 구원과도 같다. 미래세계를 앞당겨 사는 즐거움

김갑수 1958년 서울에서 태어난 김갑수는 시인이자 방송인, 그리고 음악칼럼니스트 등으로 다양한 활동을 하고 있다. 성균관대학교 국문과 및 동대학원을 졸업한 그는 1984년, 《실천문학》에 시를 발표하면서 등단하였다. 그러나 그는 문학뿐만 아니라 오디오와 음악에 일가를 이룬 마니아로 더 일찍 알려진 음악애호가이자 각종 방송 매체에서 활발하게 활동하는 전문방송인이다. 시집으로 《세월의 거지》가 있으며, 자신의 삶과 음악을 정리한 산문집으로 《삶이 괴로워서 음악을 듣는다》, 《텔레만을 듣는 새벽에》, 《나의 레종 데뜨르》, 《지구 위의 작업실》 등이 있다. 여러 잡지에 고정 칼럼을 연재하고 있으며, YTN 라디오의 〈김갑수의 출발 새아침〉을 진행하면서 그외 다양한 방송 프로그램에도 출연하고 있다.

ⓒ 한희덕

도 있다.

가상공간을 벗어난 실재 세계에서 욕망으로부터 편안해지는 것은 더욱 유익한 생존술이다. 일단 여자를 대상으로 아주 오랜 전통을 지닌 '진실한 사랑'의 외피를 쓰고 있으면 된다. 한국 사회에서 진실한 사랑처럼 쉬운 일은 없다. 어떻게 된 영문인지 누군가와 질풍노도의 사랑을 나누어도 섹스만 없으면 무죄인 반면, 함께 테니스를 치는 듯이 가벼운 관계를 맺었어도 신체기관의 교접이 존재하면 유죄가 된다. 남자들의 참을 수 없는 성욕이란 대체로 과장된 것이다. 참을 수 없이 외로웠다는 쪽이 사실에 가깝다. 참을 수 없다니! 아울러 신체기관 대신 감정교류, 그러니까 이른바 '진실한 사랑'으로 충족되고자 마음먹는 순간부터 이상하게도 상대편의 아드레날린이 격심하게 분비되는 현상이 생기곤 한다. 그 다음에 벌어지는 절차에 대해서는 입을 다무는 게 좋겠다.

14

동물 생태학의 원리와 디지털 문명세계의 인간학은 그리 먼 거리에 있는 것도 크게 다른 것도 아니다. 5천 년 전으로 회귀하고 싶거나 몇 백 년을 앞질러 살고 싶어 하는 사람들이여. 다만 조심조심 우매한 법망과 인습의 화살을 피하라. 그것뿐이다.

통속한 사랑의 진실

《라 보엠La Boheme》

일생에 한 번뿐이었던 것으로 기억하는 사랑의 사연이 험악하게 끝을 맺고 난 후 내 일기장을 장식한 구절은 다음과 같았다.

"아무리 통속해도 지나치지 않다!"

그렇다. 최종적인 귀결은 아무리 통속하게 표현해도 지나치지 않을 꼬락서니였다. 뭐 그렇다고 해서 오페라를 듣게 된 것은 아닐 것이다. 먼저 사태가 있었고, 세월이 흐른 다음에 오페라를 통해 과거의 감정적 정황이 재구성되는 체험을 했던 것이리라.

세상의 모든 오페라는 통속하다. 텔레비전 연속극보다 더 한 것이 푸치니, 도니체티, 거기에 모차르트, 베르디까지 포함된다. 바그너는 글쎄, 뭔가 심상치 않게 지긋지긋한 것이고.

푸치니의 《라 보엠》을 모르는 사람은 없을 텐데, 의외로 〈그대의 찬 손〉 이후를 기억하는 이가 많지 않다. 아무리 봐도 앙큼한 미미 쪽에서 고의로 열쇠 분실을 연출한 것으로 보이는 그날 이후 이들 동거 커플이 마주쳐야 했던 것은 생활고로 인해 지지고 볶는 일상이었다. 《라 보엠》의 리얼리티가 바로 이것. 먹고 살기 힘들어 로돌포는 신경질적으로 화만 내고, 이에 대한 미미의 대응도 만만치 않다. 헤어지는 게 당연하지 않은가. 두 사람은 떨떠름하게 갈라서고 만다.

실제의 인생은 대부분 여기까지이지만 푸치니 혹은 원작자 뮈르제의 상업주의는 그 다음을 만든다. 부자의 품을 떠나와 로돌포의 품에 안겨 신파극처럼 애절하게 죽어가는 것. 아, 통속하고도 통속하도다!

하지만 말이다. 그것이 더럽고 유치해서 침을 뱉고 싶으면서 또한 그래서 《라 보엠》을 보고 듣게 된다는 말이다. 심지어 어떤 날은 징징 짜면서까지 듣게도 된다는 말이다. 내 사랑은 가련하게 전락하지도, 비참하게 죽지도 않았으므로. 억울하지 않은가. 피차 다른 시간 다른 장소에서 이토록 멀쩡하게 살아가고 있다니!

어떤 《라 보엠》을 만날 것인가. 아무리 노력해도 불쌍해지지 않는 목소리와 풍채를 지닌 파바로티가 미렐라 프레니와 함께 한 공연 음반이 가장 많이 팔린 것으로 기억한다. 그밖에도 수많은 버전이 있지만, 나의 애청 음반은 토마스 비첨이 지휘한 1956년 녹음이다. 미미 역에 빅토리아 데 로스앙헬레스, 로돌포 역에 유시 비욜링이다. 정확히 말해 이들도 가련하기보다는 아름답고 청아한 쪽에 가깝지만 꽤나 슬픔으로 깊숙이 가 닿아 있다. 사랑의 기억이 전설처럼 먼 오후, 다시 《라 보엠》에 흠뻑 빠져야 할까 보다.

© 이지누

오래된 사랑

유용주 — 소설가, 시인

버스 안은 한산했다.

도청 소재지에서 무진 읍까지 가는 직행버스는 표정이 없었다. 나는 맨 뒤에서 앞쪽으로 세 번째 좌석 창 쪽에 앉았다. 천지는 바야흐로 봄이 무르익어 여름으로 터져나가고 있었다. 쓸쓸했다. 스물 두 해를 꼬박 살고, 아무 것도 이룬 것 없이 군대에 끌려가게 생겼으니. 군대란 얼마나 무식하고 살벌한 조직인가. 작은 형은 사고를 쳐 영창까지 살고 나오지 않았던가.

시 외곽을 벗어나자 앞쪽에서부터 검표가 시작되었다. 짙은 바다색 제복을 입은 안내양이었다. 그러거나 말거나 멀리 다가오는 운악산을 바라보았다. 바람이 불 때마다 흰 배를 뒤집어 거대한 초록파도를 만드는 숲, 그 숲 속에 얼마나 많은 나무 치어들이 숨어 살고 있을까. 해발 천 미터 고지가 넘는 장엄한 산이었다. 저 산을 넘으면 사평읍이 나오고 거기에서 또 저만한 비행기재를 넘으면 무진 읍에 다다를 것이다. 해가 남아있을 때 집에 들어가기 싫어 일부러 도청 소재지에서 머뭇거렸지만 슬그머니 걱정이 앞선다. 읍내에서 20여 리나 더 들어간 골짜기, 금촌까지 가는 완행버스는 틀림없이 끊어졌을 터였다. 쳇, 될 대로 되라지, 하고많은 시간 슬슬 걸어가지 뭐. 하긴 그랬다. 중학교에 막 입학했을 때에도 토요일 오후가 되면 차비 15원을 아낀다고 선배들하고 걸어 다닌 적이 많았으니까. 제법 으슥한 수풀 길에서 선배들 강압에 못 이겨 피우다가 콜록대고 눈물까지 흘렸던 첫 담배에 대한 기억이 아련히 떠올라 혼자 피식 웃었다.

"손님, 표 주세요."

사무적인 목소리였다. 나는 만사가 귀찮은 표정으로 창밖을 보며 표를 내밀었다. 안내양은 반으로 잘린 표 중에 한쪽을 내 손에 넘겨주고 돌아섰다. 돌아서서 앞쪽으로 서너 걸음 가다 움찔, 나를 다시 한 번 뒤돌아보는 느낌이다. 틀림없다. 그러더니 고개를 갸웃거리고 아무 일 없다는 듯 출입구 쪽에 서서 표를 정리한다. 왜 그랬을까, 새삼스레 뒷모습을 보니 키가 무척 크다. 구두를 신었는지는 모르지만 버스 천장에 닿을 듯도 싶다. 긴 생머리가 허리 근처까지 내려오는 보기 드문 몸매다. 침을 꿀꺽 삼켰다. 내 삶에 무슨 여자 복이 있다고, 군대 가기 전에 딱지나 떼고 가라고 공장 동료가 서울역 앞에서 창녀를 한 번 붙여준 게 처음이었다. 그 전에는 부끄러움과 수치심에 벌벌 떨면서도 마약처럼 끊지 못해 식은땀을 흘리며 용을 썼던 수음이, 여자에 대한 관심의 전부였다. 욕망이 크면 클수록 현실은 허무했다. 무엇보다 늘 그놈의 돈이 없었다.

버스가 굽이굽이, 아흔 아홉 구비라고 유명짜한 운악산 들머리에 마악 들어섰을 때는, 산 중턱에 해 그림자가 걸릴 무렵이었다. 해 그림자는 곡선으로 꿈틀대는 산날짜기에서도 곧은 수평으로 선명한 색깔의 대비를 이루었다. 곧 어두워지리라. 어두워지면 별이 뜨리라. 별이 뜨면 산짐승이 울고, 신작로를 따라 타박타박 한 사내가 걷고 있으리라. 어서어서 나이가 들어 죽어야 할 텐데, 숨은 붙어 있고 세월은 늘 완행이었다. 고향을 떠나 떠돌아다닐 때 얼마나 힘이 들었는지, 저녁에 잠이 들면 다시는 깨어나지 말기를 기도하고 기도한 날들이 또한 얼마나 많았던가.

돌연, 앞만 바라보고 서 있던 안내양이 또각또각 걸어오는 것이었다. 나는 얼른 주머니에서 승객용 표를 꺼내보았다. 아무 이상이 없었다. 뭐가 잘못되었나. 약간은 어리둥절한 얼굴로 안내양을 올려다보았다. 처음 보는 얼굴이었다.

"저……, 혹시, 무진초등학교 나오지 않았나요?"

갸름한 얼굴에 피부가 참 곱다.

"아, 예……."

"그러면, 장안리에 사는 선자라고 아세요?"

서글서글한 눈썹 밑에 자수정 같은 눈이 반짝 빛난다.

"아, 예……, 제 동창인데요."

"어머, 어머, 내 생각이 맞았네. 오빠, 나, 선자 동생 선숙이에요. 오빠 육학년 때 나, 삼학년이었는데. 기억 안 나지요? 나는 오빠 기억 다 나는데. 조회 설 때……, 음, 운동회 연습할 때도 맨 앞에서 구령을 넣었잖아."

그랬었나? 선자는 기억이 난다. 장안리 뿐만 아니라 금촌, 송계를 포함한 삼동에서 선자 따라갈 억척이 없었다. 오죽했으면 별명이 '꺽정이'였으니 말이다. 얼마나 힘이 센지 말만한 머슴애들도 선자에겐 꼼짝 못했으니까. 언젠가 북치재에서 집채만 한 나무를 이고 내려오는 선자를 본 적이 있었다. 거짓말 하나 안 보태고 머슴들이 지게로 져야할 만큼이나 나뭇짐이 커 보였다. 그런 선자에게 이런 동생이 있었다니.

"근데…… 무슨 일로……."

"음, 병무청에 다녀오느라고."

나는 짤막하게 이유를 말했다. 한여름에 입대하라는 현역 입영통지서가 나왔는데, 그냥 육군 보병으로 끌려가기 싫어, 특수부대 시험을 봤다고. 다행인지 불행인지 합격을 해서 가을에 입대하는데, 합격증을 가지고 병무청에 가서 현역 입영을 연기하고 오는 길이라고.

"그렇구나. 난, 오빠가 공부 잘해서 학교에 다니고 있을 줄 알았는데."

"공부는…… 무슨……."

나는 어디 의자 속으로라도 기어들어가고 싶었다. 전체 학생 수 230명이 조금 넘는 시골 학교에서 공부를 했으면 얼마나 했을까. 공부보다는 일하고 맞은 기억밖에 없다. 학교림 조성사업, 퇴비증산, 상전비배桑田肥培, 코스모스 꽃길 조성, 애향단 단원으로 마을

청소하기, 솔방울 따기, 장작 가져오기, 화장실 똥푸기에다 선생님들 술심부름까지, 되돌아보니 학교라기보다는 농장에 고용된 머슴 같은 시절이었다.

"오빠, 나 오늘 막탕이거든. 읍내 가면 다방에 가서 조금만 기다려, 저녁 안 먹었지?"

미처 대답할 사이도 없이 고개를 잔뜩 숙이고 '나, 오늘 삥땅 많이 쳤거든.' 속삭이며 돌아서는 게 아닌가. 아찔했다. 흑단 같은 머리카락에는 뭐라고 꼬집을 수 없는 좋은 냄새가 났다. 그것은 하지감자 밭에 거름을 주기 위해서 품앗이로 산 풀을 벨 때 산속에서 나는 냄새였다. 땀범벅이 되어 그 냄새를 맡으면 숨이 턱턱 막혀 아랫도리에 힘이 빠진 적이 많았지. 그러고 보니 옆모습이나 목선이 선자를 닮기도 닮은 것 같다.

버스가 읍내에 도착했을 때에는 어스름 깔리고 마악 불이 켜지기 시작했다. 그 불을 감싸듯 안개가 스멀스멀 몰려왔다. 이 고장의 안개는 유명했다. 고지대인데다 분지 형태여서 사시사철 안개가 끼었다. 그렇다고 끈적끈적하거나 불쾌한 느낌을 주는 안개는 아니었다. 꼭 무슨 잘 마른 풀에 불을 붙였을 때 나오는, 습기가 죄 빠져버린 연기 같은 안개, 구수하고 들큰한 나무 냄새가 나는 그런 안개였다. 그렇다고 하더라도 안개 끝에는 늘 촉촉한 물방울 한두 개쯤은 달고 있는 것이다. 그것은 어머니 자궁을 빠져나온 이래로 우리 모두가 슬플 때나 기쁠 때 달고 다니는 눈물방울 비슷한 거였다.

"오빠, 저기, 저기 보이는 다방에 들어가 있어. 금방 갈게."

종점에서는 나 이외에 두 사람이 더 내렸다. 다방은 차부(아, 그때는 터미널을 차부라고 불렀다) 건너편 이층에 있었다. 나는 차부가 내려다보이는 창가에 앉아 커피를 시켰다. 껌껌한 주차장에는 직행버스 두 대와 완행버스 세 대가 짐승처럼 웅크리고 있었다. 선숙이는 물통과 봉걸레를 들고 나타나더니 버스 앞 유리창에 물을 좌악 뿌리고 봉걸레로 씩씩하게 문질러댔다. 키가 커서 그런지 별로 힘들이지 않았다. 가루비누가 채 흘러내리기 전에 새 물을 퍼 와서 뿌리기를 몇 번, 마치 춤을 추는 듯했다. 펄펄 나는 듯했다. 나는 그저 봉걸레질 할 때 제복 속으로 드러난 하얀 속옷을 생각했다. 마치 오래 전에 본 듯한 풍경이었다. 불현듯 목이 메어왔다. 학교 후배가 아니라 친누나 같은, 사촌 누이 같은 감정이 싸아 하니 훑고 지나갔다.

"오래 기다렸지? 나가자."

약간 상기된 얼굴로 나타난 선숙이가 팔을 끌었다.

"어떻게 나왔어?"

"으음, 종점에는 대부분 숙소가 있어. 근데, 오늘같이 고향 쪽으로 왔을 때는 기사한테 얘기해. 집에 가서 자고 오겠다고. 대부분 다 허락해. 깐깐하게 굴면 이로울 게 없거든. 돈은 내가 만지니까. 그건 그렇고 빨리 나가자. 커피 값? 내가 계산했어. 오빠는 돈 없잖아."

슬쩍 한쪽 눈을 감았다 뜬다.

"우리, 오랜 만에 고기 좀 먹자. 나 돈 많거든."

선숙이는 주머니에서 꼬깃꼬깃한 지폐를 한 주먹 꺼내 보였다. '삥땅 친 거?' 하고 물어보려다 지그시 눌러 막았다. 우리는 다정한 오누이처럼, 단칸방부터 시작한 신혼부부처럼 저녁을 먹었다. 삼겹살에는 소주가 최고지 하면서 연신 상추쌈을 만들어 입 속에 넣어주는 선숙이는 말 그대로 하느님이었다. 행복이라는 말에 그림이 있다면 바로 이런 풍경이 아닐까 떠올려 보았다. 고백하자면 스물두 해 살아오면서 삼겹살 먹은 지가 언제인지 기억이 나지 않았다. 공장에서 일할 때, 사장이 밖에 나갔다 들어오면서, 안주가 남아서 가져왔다고 호일에 싸온 돼지갈비가 그나마 맡아본 고기에 관한 첫 추억이었으니까. 소주 두 병을 비우고 나오자 안개는 더욱 짙어졌다. 아주 가늘게 안개비가 내리기 시작했다. 거리는 소주잔만큼이나 젖어 있었다.

"오빠, 우리 어디 갈까?"

비에 젖어, 안개에 젖어 더없이 깊어진 눈망울이 물었다. 막차마저 끊긴 읍내는 쥐 죽은 듯 조용했다. 모든 소리란 소리는 안개바다가 다 들이마신 듯, 어둠 속에서 오직 우리 둘뿐이었다. 나는 깊이깊이 가라앉고 싶었다. 급히 들이마신 소주 탓이 컸다.

"좀 걷지, 뭐."

"그럴까. 술도 깰 겸."

선숙이는 스스럼없이 팔짱을 꼈다. 나는 숨을 깊게 들이마셨다가 천천히 뱉어냈다. 피가 역류하는 내 몸을 들키기 싫었기 때문이다. 북동 파출소에서 오른쪽으로 꺾어 들자 우체국과 등기소와 산림조합이 나왔다. 거기에서 조금만 더 올라가면 읍내에서 제일 큰 국민학교가 나오고, 국민학교 가기 직전 사거리에서 왼쪽으로 돌면 교육청과 그리운 중고등학교가 나온다.

우리는 천천히 걸었다. 따지고 보면 일 년밖에 다니지 못한 중학교에 무슨 애정이 있다고, 하지만 그 골목, 그 운동장, 그 교실, 소풍 갔을 때와 운동회 장면이 생생하게 떠올랐다. 한 겨울의 토끼 사냥, 강 하류를 따라 달렸던 마라톤 대회, 누에를 키우기 위해 학교 농장에서 뽕을 따던 추억들……. 고등학교 형들은 각반을 차고 목검으로 집총 훈련을 받기도 했다. 교련 담당 선생은 현역 육군 중위였다.

"무슨 말 좀 해봐, 화난 사람처럼. 오빠, 노래 좀 불러줘. 오빠 목소리 끝내주잖아. 학교 다닐 때도 좋았는데……."

또 얼굴이 붉게 달아올랐다. 다행히 안개비와 어둠이 감싸주었다. 어머니가 갑자기 쓰러지고, 병원비에 논과 밭이 팔리고 학교를 그만두고, 빵 공장으로, 구두닦이, 신문 배달, 중국집 배달부로, 야학으로, 검정고시로 떠돌아 다녔던 십여 년 세월이 꿈결 같았다. 나는 야학에서 검정고시 공부할 때 친구에게 배웠던 팝송을 불렀다. 발음은 촌스러웠지만 정성을 다해 불렀다. 〈The saddest thing〉, 〈Wednesday child〉, 《God father》 주제곡, 〈Love story〉를 연거푸 불렀다. 선숙이한테 들려주기 보다는 안개에 취해, 어둠에 취해, 내가 내 노래에 취해 거듭 불렀다. 나는 내친김에 시낭송도 했다. 야학에서 친한 친구 영석이가 단골로 암송했던 윤동주의 〈서시〉와 한용운의 〈알 수 없어요〉를 꼭 영석이가 하듯이 눈을 지그시 감고 노래 부르듯 낭송을 했다. 마음 같아선 무엇이든 해주고 싶었다. 몸이라도 팔 수 있다면 온 세상을 다 사서 안겨주고 싶었다.

선숙이가 팔짱을 풀고 내 손을 잡았다. 힘든 일을 하는데도 손은 부드러웠다. 미꾸라지를 맨손에 잡는 기분이었다. 미꾸라지는 꽉 잡으면 오히려 빠져나간다. 달걀 만지듯 섬세하게 다루어야 하지만, 나는 도망치지 못하게 있는 힘껏 틀어쥐었다. 노래와 시낭송을 듣는 동안 선숙이는 아무 말도 하지 않았다. 꿈을 꾸는 것 같았다. 가끔씩 팔에 부딪치는 젖가슴 감촉 때문에 걷기가 힘들 정도였다. 또다시 온 몸의 피가 한쪽으로 쏠리기 시작했다. 선숙이는 후배이기 전에 펄펄 살아 숨 쉬는 성숙한 여자였다. 그것을 아는지 모르는지 선숙이 고개가 살며시 내 어깨에 닫는 순간, 화들짝 자동차 헤드라이트가 우리를 비추었다. 깜짝 놀란 선숙이가 내 손을 골목 안으로 잡아끌더니 번개 같이 입을 맞춘다. 아까 맡았던 산풀 냄새가 났다. 곧이어 물고기보다도 더 미끄러운 혀가 쑤욱 들어왔다. 온 몸에 힘이 빠져 하마터면 무릎을 꿇을 뻔했다. 우리는 상처 난 짐승처럼 오래오래 서로의 입술을 쓰다듬었다.

그 다음부터는 말이 필요 없었다. 빗줄기가 굵어지기 시작했다. 어떻게 손을 잡고 뛰었는지, 어떤 가게에서 맥주를 샀는지, 얼마나 급하게 무진 여인숙에 뛰어들었는지 기억이 없다. 다만, 밤새도록

ⓒ 한희덕

양철지붕을 때리는 빗소리를 들었을 뿐이다. 비에 젖은 머리칼을 말리지도 않고 우리는 그대로 한 몸이 되었다. 나이로는 3년 후배지만 몸으로 봤을 때 선숙이는 분명 나보다 훨씬 무르익어 노련하기까지 했다. 몇 번을 까무러쳤는지 모른다. 선숙이 몸에서는 싸리꽃 향기가 났다. 찔레꽃 향기가 났다. 물 창포 내음이 났다. 산나리꽃 냄새가 났다. 오랜 가뭄 끝에 갑자기 소나기 내릴 때 맡아본 흙 비린내가 났다. 물비린내가 났다. 안개 냄새가 났다. 이 세상에서 한 번도 맡아보지 못한 깊은 바닷속, 바다 냄새가 났다.

유용주 1960년 전북 장수 출생인 유용주는 우리가 흔히 이야기하는 산전수전을 다 겪으며 살아온 사람이다. 또래들이 부모에게 용돈 받아가며 학교에 다닐 때, 그는 팔뚝을 걷어붙이고 안 해본 일이 없을 정도로 많은 일자리를 전전하며 몸으로 세상살이를 공부했다. 중국집 배달원, 금은방 종업원, 배관공, 벽돌공, 빵공장 화부, 신문팔이, 구두닦이 등 주로 몸으로 때우는 밑바닥 일자리였다. 그 신산한 삶 속에서도 문학에 대한 열정을 버리지 못하고 가슴앓이를 하던 그는 1991년 계간《창작과 비평》에 〈목수〉 외 두 편의 시를 발표하면서 마침내 시인으로 등단했다. 이후《가장 가벼운 짐》과《크나큰 침묵》두 권의 시집을 펴냈으며, 2000년에는 계간《실천문학》에 단편 〈고주망태와 푸대자루〉를 발표하면서 소설가를 겸하고 있다. 그간 제15회 〈신동엽창작기금〉을 받았으며, 장편소설《어느 잡범에 대한 수사보고서》,《마린을 찾아서》와 베스트셀러 산문집인《그러나 나는 살아가리라》등을 펴냈다. 이 산문집에서 유용주는 "삶의 주름진 고랑을 갈아엎어보지 못한 사람은 모를 것이다. 눈물이, 상처가, 고통이 얼마나 소중한 씨앗인지."라고 나직하나 굵은 떨림으로 세상을 향해 이야기한다. 삶의 상처와 고통의 씨앗에 희망의 물을 주고 거름을 덮어 스스로 장대한 나무가 되어 '노동일기'라는 열매를 수확한 그답다.

나는 그 바다 속으로 침몰하지 않으려 눈을 부릅떴지만 매번 질 수밖에 없었다. 가라앉으면 건져 올리고, 가라앉으면 건져 올리고, 숨을 가다듬기도 전에 또 엄청난 속력으로 추락하기 시작한다. 이번에는 맨땅이다. 낙하산을 펴야 하는데, 아래로 떨어지면 온 몸이 산산조각 날 텐데. 떨어지면 받아주고, 떨어지면 안아주면서 선숙이는 밤새도록 나를 놓아주지 않았다. 마름모꼴 창문으로 훤히 날이 샌 뒤에야 까무룩히 나는 가라앉았다. 죽음보다 깊은 잠이었다.

얼마나 시간이 흘렀을까. 그새 비는 그치고 날은 환장할 만큼 밝았다. 타는 듯한 갈증에 일어서다 그대로 꼬꾸라지고 말았다. 양 무릎 안쪽 생살이 까져 맑은 이슬이 맺혔다. 뼛속까지 아려왔다. 나는 엉거주춤 기어 양은 물주전자를 들고 끝까지 들이마셨다. 아아, 저 햇빛이 나를 살렸구나. 저, 미루나무 잎사귀가 나를 살렸구나. 장안산에서 내려오는 맑은 물소리가 나를 거듭 태어나게 했구나. 간밤에 나는 하느님 왼쪽 옆구리를 만졌다. 하느님 머리카락 냄새를 원 없이 맡았구나. 아니, 바람이었는지도 몰라. 바람의 뼈를 밤새 갉아먹었는지도 몰라. 이슬을 털고 정신을 차려보니 윗목에 작은 메모지와 돈 삼천 원이 수줍게 놓여 있었다.

"오빠, 나, 오늘 첫탕이거든. 먼저 갈게."

'첫탕' 과 '먼저 갈게' 글자 사이로 투둑 코피가 떨어졌다.

《부초浮草》

한수산, 1976

백년 만의 폭설에 이어 십년 만에 찾아온 더위에 온 가족이 선풍기 자락을 부여잡고 헉헉대고 있었더니 아내가 깜짝 이벤트를 제안했다. 안면도 밤 바닷가를 다녀오잔다. 나는 원래 체질이 사람 많은 곳을 싫어하지만 못 이기는 체 따라 나섰다. 꽃박람회가 열렀던 꽃지 해수욕장은 밤인데도 불야성이었다. 사람과 차와 음식 냄새와 쓰레기 냄새가 범벅이 되어 그야말로 아수라판이었다. 형식적으로 바닷물에 들어갔다 나온 우리는 밤하늘을 배경으로 막 꽃을 피우기 시작한 중국 〈등꽃 축제〉에 들렀다가 우연히 중국 곡예단의 서커스를 보너스로 보게 되었다. 한마디로 탄성의 연속이었다. 십대 초반에서 많이 먹었어야 이십 대 초반에 이르는 중국 청소년들의 곡예는 그야말로 묘기에 가까워 관람객들은 가슴을 졸이며 구경을 했다. 입장료가 아깝지 않았다.

자정이 넘어 가까운 마을에 하나 둘 불이 꺼지고 먹장하늘에 달이 드러났다 숨고 별빛이 사파이어처럼 띄엄띄엄 박혀 있는 해안도로를 타고 돌아오면서 나는, 오래 전에 읽은 소설 한 편을 떠올렸다. '비단결 같은 서정의 눈물방울'이라고 찬사를 받았던 감성의 작가 한수산의 《부초浮草》였다.

세월을 한 삼십 년만 거슬러 올라가면 우리나라에도 서커스가 유행하던 시절이 있었다. 텔레비전이 대중적으로 보급되기 전, 마을이나 읍내에 곡마단이 들어오면 우리는 얼마나 설레었던가. 태어나서 한 번도 보지 못한 동물들과 덤블링, 오토바이 묘기, 접시 돌리기, 어릿광대의 몸짓, 환상적인 마술쇼, 간이 오그라들 정도로 아슬아슬한 공중 그네타기 등등……. 소설 속에는 작가가 직접 따라다니며 취재를 한 서커스 단원들의 땀과 눈물과 한이 고스란히 배어 나온다.

특히 내내 가슴 아린 느낌으로 다가온 하명과 지혜의 사랑은 눈물겹다. 돈도, 빽도, 집안도, 권력도, 명예도, 그 아무 것도 없는, 그야말로 없는 게 유일한 재산인, 몸 하나가 전부인 밑바닥 인생들이, 그래도 한 번 살아봐야겠다고 목숨만큼이나 중요하게 희망의 끈을 붙들어 매는 게 바로 사랑이었다. 지혜는 사회를 맡았던 규오에게 겁탈을 당한 뒤, 일월 곡예단을 떠나 사라지고, 하명은 신산초고의 나날들을 견디면서 지혜를 기다린다. 스승 같고 아버지 같았던 윤재가 우연히 술집에서 지혜를 만난다. 그렇지만 윤재는 둘 사이의 장래를 걱정하여 세상을 뜰 때까지 지혜를 만났다는 사실을 숨긴다. 그것도 모르는 하명은 끝까지 현장을 떠나지 않고 지혜를 기다린다. 가장 밑바닥에서 건져 올린 사랑이었기에 결코 포기하고 돌아설 사람이 아니었던 것이다.

나는 이 소설을 읽는 내내 '목을 타고 넘어오는 무거운 것을 참느라' '가슴 한쪽 끝이 타들어 가는 기분'이었다. '왜 우리는 환하게 불 켠 방 하나 없는가.' 집도 아니고 방이다! 석이 엄마와 동일의 사랑도 애처롭기 한이 없었다. 몸 팔아 밥 먹는 사람들의 간절한 마음이 곳곳에서 나를 울게 했다. 왜냐하면 내가 바로 그들과 똑같은 사람이었기 때문이다. 그들이 바로 우리 누나와 형, 이모, 사촌 동생이었기 때문이다. 더 이상 내려갈 곳 없는 바닥에서 잡초처럼 끈질긴 생명력으로 꽃을 피우고 씨앗을 퍼뜨리는 그들이 있기에 세상은 그나마 여기까지 이어왔나 보다.

창을 열자, 후끈한 바람이 우리 식구를 감싸고 돌았다. 나는 멀리 어둠 끝에서 물결쳐 오는 밤바다를 망연히 바라보았다.

ⓒ 이훈구

달에서 나눈 얘기

윤대녕 — 소설가

얼마 전 집 근처에 병원이 하나 생겼다. 정확히 언제 생겼는지는 모르겠다. 소아과를 겸한 작은 내과 병원이다. 그 병원 간판이 내 눈에 들어온 것은 한 달 전쯤이었다.

내가 살고 있는 곳은 벌써 두 달 가까이 가뭄에 열대야가 계속되고 있다. 나는 워낙 늦게 잠이 드는 편인데다 종일 에어컨 바람에 지쳐 밤이면 슬리퍼를 꿰신고 바다에 나갔다 와서 맥주를 한 잔 마시고 나서야 간신히 잠이 든다.

그 병원은 밤늦게까지 불이 켜져 있었다. 처음 봤을 땐 그저 그러려니 했는데, 그 다음 날도 열 시에 불이 켜져 있었고 며칠 뒤에는 열한 시가 다 됐는데도 역시 불을 환히 밝혀놓고 있었다. 안을 기웃거려 보았으나 데스크는 비어 있었다. 그렇다면 간호사들은 모두 퇴근하고 의사만 진료실에 앉아 있는 걸까? 내가 알기로 종합병원 응급실을 제외하면 로컬 병원들은 대개 여서, 일곱 시면 문을 닫는다. 한밤중에 급히 병원을 찾는 환자들로서는 야속하게 느껴진다. 사람이 오전 아홉 시부터 오후 일곱 시까지만 시간을

© 백다흠

정해두고 아픈 것은 아니니까. 그러므로 늦게까지 문을 열어두고 있는 병원이 집 근처에 있다는 사실만으로도 마음 든든한 일이 아닐 수 없다. 의사에게 무슨 사정이 있는지는 모르겠으나.

그는 밤 열한 시에 문을 닫고 병원 앞에 세워둔 낡은 프라이드 승용차에 올라타 집으로 돌아가곤 했다. 언제나 어김없이 열한 시 정각이었다. 짐작보다 그는 매우 젊었다. 삼십대 중반 이상으로는 보이지 않았다. 외모는 지극히 평범했고 보통 남자들보다 조금 키가 작은 편이었다.

나는 매일 밤 병원 건너편 버스 정류장 플라스틱 의자에 앉아 열한 시에 그가 병원에서 나와 프라이드 승용차를 몰고 사라지는 것을 지켜보고는 이윽고 집으로 돌아와 맥주를 마시고 잠이 들곤 했다. 그 병원 이름은 '달의 병원'이었다. 어째 좀 낯설지 않은가. 혹시 카페라면 몰라도.

지난 금요일 밤 나는 바다에서 돌아오는 길에 무턱대고 달의 병원 안으로 들어갔다. 아홉 시 반이나 열 시쯤 됐을 것이다. 데스크는 물론 비어 있었고 환자 대기용 소파 옆에는 잡지와 신문 따위가 꽂혀 있는 간이 책장과 아이들 놀이기구가 몇 개 설치돼 있었다. 나는 마치 아파서 온 사람처럼 우선 소파에 가 앉았다. 그것이 하나의 절차인 것처럼. 유리 출입문 밖 길 건너편으로 버스 정류장의 플라스틱 의자가 눈에 들어왔다. 이십대 초반으로 보이는 남녀가 서로 어깨를 껴안은 채 캔 맥주를 들고 귓속말을 나누고 있었다. 그 뒤편으로 달이 떠 있었다. 이어 버스가 와서 그들의 모습을 가렸다.

때맞춰 진료실의 문이 열리고 의사가 얼굴을 내밀었다. 내가 병원 안으로 들어오고 나서 거의 이 분이 지났을 때였다. 흰색 가운에 청진기를 걸친 그가 진료실의 문을 반쯤 열고 서서 안으로 들어오시죠, 라고 무뚝뚝한 어조로 말했다. 나는 천천히 소파에서 일어나면서 반사적으로 이렇게 말했다. 아파서 온 건 아닌데요. 그는 관찰하듯 나를 한동안 마주보더니, 고개를 갸웃거리고는, 아무튼 안으로 들어오라고 했다.

자리에 앉으며 나는 병원 옆 편의점에서 사온 캔맥주를 진료용 책상 위에 올려놓았다. 그가 뜨악하게 나를 쳐다보더니 이어 염소 허파에서 바람이 빠지는 소리를 내며 짧게, 발작적으로 웃었다. 그러고는 서랍에서 담배를 꺼냈다. 나는 재빨리 주머니에서 라이터를 꺼내 그의 입에 물린 담배에 불을 붙여주었다. 연기를 한 모금 길게 내뿜고 나서 그는 등받이에 몸을 기대더니 손가락으로 책상 모서리를 툭툭 치며 내게 물었다. 무슨 문제라도 있는 겁니까? 문제라뇨? 아무 문제가 없다면 이 시각에 병원에 찾아올 리가 없지 않을까요. 나는 내게 어떤 문제가 있는지 골똘히 생각해 보았다. 하지만 소아과나 내과하고는 별 상관이 없는 계통의 문제였다. 캔맥주 표면에서 그새 공기 중에 포함돼 있다 응축된 물방울이 흘러내리고 있었다. 목이 좀 마르군요, 라고 말하며 나는 캔맥주를 들어 뚜껑을 따려고 했다. 그때 잠깐! 하고 의사가 외쳤다. 뚜껑을 따기 전에 찾아온 이유부터 설명해 주십시오. 아니면 밖에 나가서 마시든가요. 아시다시피 여긴 공원이나 카페가 아닙니다. 압니다, 알고말구요. 하지만 병원 간판에 문제가 좀 있더군요. 간판이라고요? 왜요, 간판에 불이라도 나갔나요? 아뇨, 그게 아니라 간판에 써 있는 이름 말입니다. 매일 이때쯤 나는 이 앞을 지나는데 여기가 병원인지 카페인지 도무지 구분할 수가 없어서 한 번 들어와 봤던 겁니다. 주인장이 누군지 궁금하기도 했구요. 그리고 만약 주인이 허락한다면 잠시 얘기를 나눌 수도 있다고 생각했습니다. 그는 외계인이라도 보듯 뚫어지게 나를 살펴보더니 고개를 가로저었다. 그만 나가주셨으면 좋겠군요. 이제 확실히 아셨겠지만 여기는 병원이고 나는 의사입니다. 병원 이름이야 어떻든 당신과는 아무 상관이 없을 테구요. 하는 수 없이 나는 궁둥이만 겨우 붙이고 앉을 수 있는 둥근 회전의자에서 엉거주춤 일어나 밖으로 쫓겨나왔다.

그리고 내가 병원 문을 나서려는 순간에, 그가 진료실에서 나오는 기척이 들려왔다. 돌아보니 그의 손에 캔맥주가 들려 있었다. 그는 잠시 망설이는 눈치더니 벽에 걸려 있는 시계부터 확인했고 나더러 다시 안으로 들어와 보라고 했다.

퇴근 시간이 조금 남았으니 그때까지 머물다 가도 좋습니다. 어차피 이 시간엔 찾아오는 환자가 거의 없으니까요. 하지만 여길 찾아온 이유에 대해서는 분명하게 다시 얘기해 주셔야겠습니다. 아까 말씀드렸을 텐데요. 병원 이름 때문이라구요. 단지 그뿐입니까? 그가 한숨을 내쉬며 물었다. 때를 놓치지 않고 나는 캔맥주의

뚜껑을 따고 담배를 피워 물었다. 기분 나쁘게 들릴 수도 있겠지만, 저는 매일 밤 병원 건너편 버스 정류장 의자에 앉아 당신이 문을 닫고 퇴근하는 것을 지켜보곤 했습니다. 요 며칠 동안 말입니다. 어김없이 열한 시 정각에 문을 닫고 오래 된 프라이드 승용차를 끌고 퇴근하더군요. 그게 어쨌다는 겁니까? 저한테는 그게 어떤 문제를 포함하고 있는 것처럼 보이더군요. 일반적으로 보이지 않았다는 겁니다.

일반적이라……라고 되받아 중얼거린 다음, 그는 그럴 수밖에 없는 이유에 대해 내게 털어놓았다. 그러나 나로서는 얼른 납득하기 힘든 얘기였다. 아내가 그러기를 원하니까요. 그러기를 원하다니요? 아내는 하루 스물네 시간에서 최소한의 시간만 나와 함께 있기를 바랍니다. 쉽게 말해 잠자는 시간 외에는 떨어져 있기를 바란다는 겁니다. 거기에 어쩔 수없이 아침 식사 시간이 추가되는 정도죠. 오후 열한 시 반부터 다음날 오전 여덟 시까지. 그러니까 하루의 여덟 시간 반이 되겠군요. 그건 직장생활을 하는 다른 사람들도 사정이 비슷할 텐데요. 그렇지 않을 겁니다. 특별한 예외가 없는 한 공휴일과 일요일에도 나는 병원에 나와 진료를 합니다. 그녀가 특별히 원할 때를 빼놓고는 말입니다. 그렇다면 예외적이라 할 수 있겠군요. 그런데 왜 그런지 물어봐도 될까요? 그는 의자에서 일어나 창문을 열고 에어컨을 껐다. 무더위가 이내 안으로 닥쳐 들어왔다. 그때부터 땀을 흘리며 그와 나는 이야기를 나눴다. 마침내 그도 캔맥주를 집어 들고 뚜껑을 땄다.

내 아내는 한쪽 팔이 없습니다. 그래서 집안일을 하거나 외출할 때 몹시 불편하고 곤혹스러워 하죠. 그런 모습을 남편에게 보여주고 싶어 하지 않습니다. 결혼 초기에는 그 생각이 옳지 않다고 생각해 옆에서 도와주려고 했죠. 하지만 아내는 거의 필사적이었습니다. 하는 수없이 나는 아내의 뜻에 따르기로 했죠. 듣다 보니 머리가 조금 복잡해지고 있었다. 물어봐도 되는지 모르겠습니다만, 어쩌다 부인의 몸이 그렇게 됐죠? 아, 그건 사고였습니다. 대학 여름방학 때 남자친구의 차를 타고 강릉으로 여행을 가다 승용차가 전복되는 교통사고를 당했죠. 남자친구는 그 자리에서 즉사하고 아내는 오른쪽 팔을 잃었습니다. 그후 아내는 몇 번의 자살을 시도했죠. 자책감 때문이기도 했고 또한 평생 불구의 몸으로 살 자신이 없었던 겁니다. 그렇다면 의사와 환자의 관계로 만나게 된 거군요. 아닙니다. 아내와 나는 중학교 때부터 이미 알게 된 사이였습니다. 교회에서 만났죠. 고백하면 내가 일방적으로 그녀를 짝사랑했죠. 물론 첫사랑이었습니다. 고등학교를 졸업할 때까지 나는 기린처럼 그녀를 좇아다녔죠. 기린이라뇨? 그녀를 좇아다니다 보니 서서히 모가지가 늘어나며 내가 기린처럼 변하더군요. 하지만 그녀는 요지부동이었습니다. 대학에 들어가자마자 그녀는 보란 듯이 남자친구를 사귀었고 더 이상 교회에도 나오지 않았죠. 그때부터는 연락할 방법이 없었습니다. 그후 대학을 졸업하기까지 나는 그저 공부만 했죠. 그리고 군복무를 마치고 종합병원에서 레지던트로 일할 때 어느 날 그녀가 나를 찾아왔습니다. 사고를 당하고 나서 무려 팔 년이 지난 후의 일이었죠. 그녀는 의수를 빼고 한쪽이 빈 소매인 채로 왔더군요. 나는 귀신을 본 듯 놀랐습니다. 우리는 병원 등나무 벤치에 앉아 오랫동안 얘기를 나눴습니다. 그녀는 지난 팔 년 간의 삶에 대해 하나의 긴 문장으로 얘기했습니다. 나날이 반복되는 절망과 외로움에 대해서, 누구의 이름도 부를 수 없게 된 마음의 불구에 대해서, 일주일에 며칠씩 침대 위에서 보내는 스물네 시간에 대해서……. 그동안 그녀는 세 번의 자살 기도를 했습니다. 그리고 세 번째 죽음에서 깨어나던 순간에 불현듯 내 얼굴이 떠올랐다고 하더군요. 그래서 찾아왔다고 말했습니다. 얘기가 끝나고 나서 그녀와 나는 삼십 분 동안이나 서로 입을 다물고 있었습니다. 그리고 벤치에서 일어나기 오 분 전에 그녀가 내게 청혼을 해오더군요. 청하오니 부디 남은 생을 거두어 달라고 말입니다. 그로부터 오 분 동안 길게 우린 또 숨 막히는 침묵에 잠겨 있었습니다. 마침내 그녀는 벤치에서 일어났고 내게 고개를 깊이 숙여 인사를 하고는 하오의 햇빛 속으로 허수아비처럼 사라져 갔습니다.

다음날 나는 그녀에게 전화를 걸어 나를 사랑하느냐고 물었습니다. 그녀는 아직 잘 모르겠다고 솔직하게 말하더군요. 다만 내가 절실하게 필요하다고 했습니다. 그 말을 듣고 나는 오히려 마음이 담담해지더군요. 전화를 끊고 나서 나는 자문해 보았습니다. 내가 아직도 그녀를 사랑하는지를 말입니다. 그리고 아주 짧은 순간에 그렇다는 것을 깨달았습니다. 나는 그녀가 한쪽 팔이 없는 빈 소매로 내 앞에 다시 나타났을 때 여전히 그녀를 사랑하고 있다는 것을 이미 깨닫고 있었던 겁니다. 나는 그녀의 당당함과 절심함 그리고 솔직함 앞에서 감동했던 것 같습니다. 일주일쯤 사이를 두었다가 나는 그녀를 만나 결혼을 하자고 말했습니다. 후회하지 않을 거냐고 그녀가 묻더군요. 세상에는 두 팔을 다 가진 여자들이 많은데 그들을 보며 그때마다 상실감을 견뎌낼 수 있겠느냐고 말입니다. 아직은 잘 모르겠다고 나는 솔직하게 대답했습니다. 하지만 당신을 사랑하고 있으니 어느 날 두 팔을 가진 여자들이 내 눈에는 다들 기형아처럼 보이지 않겠느냐고 되물었습니다. 그러자 그녀가 웃으면서 이렇게 말하더군요. 비록 늦은 감이 없지 않지만 지금부터라도 당신을 사랑하도록 노력하겠다고 말입니다. 나는 그 말이 당장 나를 사랑한다는 말보다 더욱 진실하게 들렸습니다. 한 달 후에 우리는 중고등학교 때 함께 다니던 교회에서 결혼식을 올렸죠. 동시에 첫사랑과 결혼하는 행운까지 얻었던 겁니다.

감동스러운 얘기군요. 하지만 그 결혼에 혹시 연민과 동정심이 함께 작용한 건 아닐까요? 아마 그럴지도 모르죠. 또 거기에는 그녀에 대한 해묵은 복수심까지 포함돼 있었을지도 모릅니다. 그렇다면 그건 매우 위험한 감정 아닙니까? 하지만 나는 그 모든 감정이 사랑 안에 포함돼 있다고 생각합니다. 한번쯤 상대에 대해 분노하거나 증오해 보지 않은 사랑이 어디 있겠습니까? 또 내가 그렇게 느낄 때는 상대도 그렇게 느낀다는 것을 알아야 합니다. 중요한 것은 그 사람이 내게 존재함으로 해서 동시에 내가 존재하고 있다는 것을 매순간 느낀다는 거겠죠.

결혼하고 나서 후회한 적은 없나요? 어쨌든 부인은 불구의 몸이고 부인의 말처럼 살다보면 그것이 자기 연민의 빌미로 작용할 때도 분명히 있을 텐데요. 물론 가끔 그럴 때라는 게 있습니다. 팔이 하나 없다는 것은 다리가 하나 없는 것과 크게 다르지 않습니다. 그것은 본인에게 여전히 치명적인 결함이고 내 쪽에서는 그만큼의 결핍일 수 있습니다. 그러나 그것은 시선을 어디에 두느냐에 달려 있습니다. 두 팔을 다 가진 여자들 옆에 서서 보면 아내는 지극히 불완전하고 무력한 존재입니다. 반대로 아내 옆에 서서 다른 여자들을 바라보게 되면 너무나 완전해 보여서 곧 숨이 막혀옵니다. 결혼 전 아내가 병원으로 나를 찾아 왔을 때 실은 나 자신의 모습을 보고 있었던 겁니다. 나는 지금 이만큼 불완전해요, 라고 아내는 말없이 내게 먼저 얘기하고 있었습니다. 나 자신도 그만큼 불완전한 존재라는 걸 그 순간에 깨달았던 겁니다. 일전에 나는 파리에 갔다가 밀로의 비너스 상을 루브르 박물관에서 실제로 관람할 기회가 있었습니다. 아시다시피 비너스 상은 1820년 그리스의 밀로스 섬에서 발굴될 당시 두 팔이 떨어져 나간 상태였습니다. 나머지 몸체도 두 개로 토막 나 있었죠. 그럼에도 불구하고 유리관 속에 진열된 비너스상은 더없이 아름다워 보였습니다. 숨이 막힐 지경이었죠. 만약 두 팔이 다 붙어 있었어도 내가 그렇게 느꼈을까? 라고 나는 자문해 보았습니다. 쉽게 대답을 할 수가 없더군요. 확실한 건 그 비너스 상이 치명적인 결핍을 드러내고 있기 때문에 더욱 아름다워 보였다는 겁니다. 나는 그것이 그토록 걸작으로 인정받는 이유 중의 하나가 바로 두 팔이 없기 때문이 아닐까라는 역설적인 생각까지 해봤습니다. 그것을 볼 때마다 사람들은 안타까운 마음으로 상상하곤 합니다. 두 팔이 다 붙어 있었으면 어떤 모습이었을까. 손에는 과연 무엇을 들고 있었을까. 그 같은 심정으로 인해 비너스 상이 좀 더 아름답게 보이는 건지도 모른다는 얘깁니다.

그럴 수도 있겠군요.

완전한 사람은 세상에 아무도 없습니다. 어쩌면 그래서 다른 존재를 그토록 애타게 찾아다니는 게 아닐까요? 그럼에도 불구하고 많은 사람들이 사랑하는 사람 앞에서조차 너무 오만합니다. 마치 편의점 안에 들어와 인스턴트식품을 고르고 있는 똑같은 복장의 고객들 같습니다.

쿨한 게 나쁜 건 아니죠. 끈적한 게 그다지 좋지 않듯이 말이에요. 굳이 나쁘다고 말하는 건 아닙니다. 하지만 그런 모습이 가끔 코미디처럼 보일 때가 있는 건 사실입니다. 아침에 뜨겁게 만나 점심 때 아프게 사랑을 하고 저녁에 쿨하게 헤어지는 모습 말입니다. 게임과 사랑은 엄연히 다른 거라고 생각합니다. 격렬함이 없는 사랑, 자신은 방치해 둔 채 상대를 통해서만 성급하게 만족을 추구하는 사랑은 어째 컴컴한 방에서 혼자 키보드를 두드려대는 컴퓨터 게임처럼 보입니다. 일종의 자위행위 말입니다. 알고 보면 나 자신도 또 다른 상대이며 타인일 때가 있습니다. 사람은 매우 섬세한 감정 조직을 가진 동물입니다. 누구나 양성이 포함돼 있죠. 그런데 어느 한쪽을 방치하다 보면 감정에도 녹이 슬고 그만큼 감각이 둔화되게 마련이죠. 더 이상 상대가 보이지 않는다는 말씀입니다.

그렇다는 것을 다들 한쪽 팔이 없어지는 아픔을 겪고 나서야 결국 깨닫게 되는 걸까요? 그건 단언하기 힘들지만 누구나 자신한테 얼마만큼의 결함이 있다는 것은 알았으면 싶습니다. 그걸 인정하고 나면 오히려 자유스러워지지 않겠습니까? 자신을 포함한 상대에 대한 아량과 관용이 거기서 비롯되는 것이니까요.

의사로서 하는 말입니까? 꼭 그런 것은 아닙니다. 하지만 여기 찾아오는 사람들은 모두 어느 정도 아픈 사람들이고 아픔을 안고 있을 때는 누구나 겸허합니다. 그러나 치료가 끝나고 나서 문 밖을 걸어 나갈 때는 대개 오만한 모습으로 다시 변하죠.

나는 벽시계를 올려다보았다. 이미 열한 시가 지나 있었다. 퇴근할 시간이군요. 괜찮습니다. 나는 지금 출근을 하는 게 아니라 퇴근을 하는 거니까요. 한쪽 팔로 밥을 짓고 청소를 하는 모습을 보여주고 싶어 하지 않는 부인의 마음을 어쩌면 이해할 것도 같습니다. 글쎄요. 저는 기다리고 있을 뿐입니다. 어느 날 하루 종일 모든 일상을 공유할 수 있을 때를 말입니다. 하지만 억지로는 되는 일이 아니겠죠. 밤과 낮을 바꿀 수 없듯이 말입니다. 아시다시피 세상에는 어둠이 있고 밝음이 있습니다. 사람도 마찬가집니다. 사랑은 그 틈새에서 벌어지는 일이죠. 우리는 낙타처럼 무거운 짐을 지고 그 좁은 통로를 지나가고 있습니다. 그러다 보면 어느 날 햇빛에 온통 물들어 있는 황금빛의 사막을 발견하기도 하겠죠. 그 한가운데에는 푸른 자작나무에 둘러싸인 오아시스가 있구요.

어렵게 얻어 마시는 한 모금의 물이군요.

바다에 아무리 물이 넘쳐흘러도 정작 마실 수는 없죠. 마찬가지로 흔한 일을 두고 우리는 사랑이라고 부르지는 않죠.

잠들기 전에 밀로의 비너스 상을 다시 눈여겨봐야겠군요. 컴퓨터 화면상으로라도 말입니다.

다시 봐도 그것은 두 팔이 없을 겁니다. 하지만 지중해 근처 어딘가에 틀림없이 파묻혀 있죠.

그렇다면 없는 게 아니라는 말씀이군요.

네, 있죠.

그렇다면 부인의 한쪽 팔도 없는 게 아니군요.

내가 볼 때는 없지만 내가 안 볼 때는 두 팔이 다 달려 있죠. 아내는 나한테 그렇다고 얘기하고 싶은 겁니다.

그와 나는 병원 앞에서 헤어졌다. 주머니에서 차 열쇠를 꺼내드는 그에게 내가 마지막으로 물었다. 그런데 달의 병원은 왜 달의 병원이죠? 그가 빙긋이 웃고 나서 차에 올라타며 말했다.

나는 현재 여기가 달이라고 생각합니다. 네, 처음부터 달이었죠. 사람들은 모두가 달을 바라보며 사랑을 나누지만 나는 달에 살면서 그 일을 합니다. 그럼 이만.

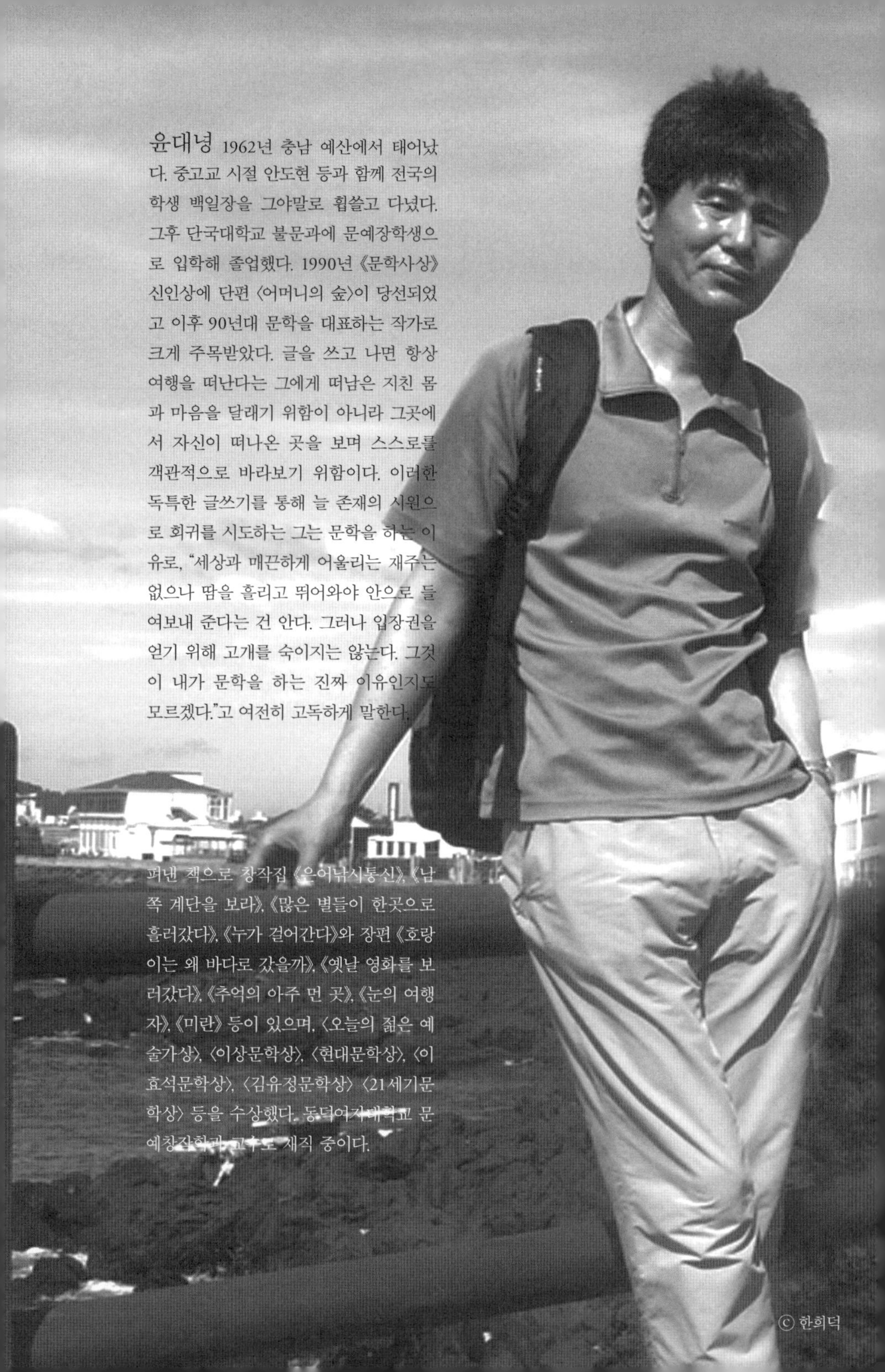

윤대녕 1962년 충남 예산에서 태어났다. 중고교 시절 안도현 등과 함께 전국의 학생 백일장을 그야말로 휩쓸고 다녔다. 그후 단국대학교 불문과에 문예장학생으로 입학해 졸업했다. 1990년 《문학사상》 신인상에 단편 〈어머니의 숲〉이 당선되었고 이후 90년대 문학을 대표하는 작가로 크게 주목받았다. 글을 쓰고 나면 항상 여행을 떠난다는 그에게 떠남은 지친 몸과 마음을 달래기 위함이 아니라 그곳에서 자신이 떠나온 곳을 보며 스스로를 객관적으로 바라보기 위함이다. 이러한 독특한 글쓰기를 통해 늘 존재의 시원으로 회귀를 시도하는 그는 문학을 하는 이유로, "세상과 매끈하게 어울리는 재주는 없으나 땀을 흘리고 뛰어와야 안으로 들여보내 준다는 건 안다. 그러나 입장권을 얻기 위해 고개를 숙이지는 않는다. 그것이 내가 문학을 하는 진짜 이유인지도 모르겠다."고 여전히 고독하게 말한다.

펴낸 책으로 창작집 《은어낚시통신》, 《남쪽 계단을 보라》, 《많은 별들이 한곳으로 흘러갔다》, 《누가 걸어간다》와 장편 《호랑이는 왜 바다로 갔을까》, 《옛날 영화를 보러갔다》, 《추억의 아주 먼 곳》, 《눈의 여행자》, 《미란》 등이 있으며, 〈오늘의 젊은 예술가상〉, 〈이상문학상〉, 〈현대문학상〉, 〈이효석문학상〉, 〈김유정문학상〉 〈21세기문학상〉 등을 수상했다. 동덕여자대학교 문예창작학과 교수로 재직 중이다.

ⓒ 한희덕

《서커스가 지나간다》

파트릭 모디아노 Patrick Modiano

파트릭 모디아노는 《어두운 상점들의 거리》로 우리에게도 비교적 잘 알려진 프랑스의 소설가이다. 《서커스가 지나간다》는 그의 자전적인 소설에 해당하는 작품. 이 소설은 화자인 '내'가 열여덟 살 때인 십년 전, 육 일 동안 일어났던 사건을 담담히 기록하고 있다.

'나'의 아버지는 아들에게도 밝힐 수 없는 이유로 스위스에 도피 중이었고 배우였던 어머니는 내가 어렸을 적 스페인 남부에서 실종되었다. 지금의 나는 어쩐지 아버지의 인질인 상태로, 단지 병역을 기피하기 위하여 대학에 다니며 막연히 소설가가 되리라는 꿈을 품은 채 살고 있다. 그러던 어느 날 나는 누군가의 수첩에 이름에 적혀 있다는 이유로 경찰에서 조사를 받고 나오던 중, 주거부정의 정체가 불분명한 여자와 만나게 된다. 그녀 또한 경찰에 조사를 받기 위해 와 있는 중이었고 알고 보니 누군가를 피해 다니고 있는 신세였다. 나는 경찰서 밖에서 그녀가 나오길 기다렸다가, 그녀에게 스물한 살의 서점 중개인이라고 안심시킨 다음 아파트로 데려간다. 그로부터 나는 그녀의 주변을 서성이는 수상한 사람들과 어울리게 된다. 모두가 가명을 쓰고 마약 밀매업자인 듯한 사람들과의 연속적인 접촉, 시시각각으로 조여드는 알 수 없는 불안.

그녀는 자신이 스물두 살이며 지젤이라는 이름을 가지고 있고 서커스 단원과 결혼한 적이 있다는 것 외에는 더 이상 밝히지 않는다. 마침내 불안에 지친 나는 이 무언가 비틀린 듯한 청춘으로부터 벗어나 그녀와 함께 로마로 가서 새로운 삶을 시작하기로 결심한다. 그녀도 동의한다. 그러나 로마로 떠나기 전날 그녀는 어딘가로 '이상한 돈'을 찾으러 갔다가 의문의 죽음을 당하고 만다.

정체불명이며 가명인 청춘, 애초부터 이루어질 수 없었던 사랑, 곡예와도 같은 삶. 파트릭 모디아노는 《엘르》와 가진 인터뷰에서, 어렸을 때 마을에서 보았던 서커스단이 신속하게 천막을 쳤다가 새벽에 흔적도 없이 사라져버리는 것을 보고 몹시도 두려웠다고 밝히고 있다.

이 소설에서도 암시하듯 지나간 모든 사랑은 그저 한 편의 서커스에 불과한지도 모른다. 그때는 서로를 잘 안다고 믿고 있었으나 지나고 나면 상대에 대해 실은 아는 것이 전혀 없었다는 사실을 깨닫게 될 때가 많다. 그런데 그런 사랑이 오히려 세월이 흐를수록 가슴에 더 큰 파문을 남기는 것은 무슨 까닭일까. 누군가와 이미 헤어진 경험이 있고 그래서 지금도 가끔 쓸쓸함을 느끼는 사람이라면 한 번쯤 읽어볼 만한 소설이다. 쓸쓸할 땐 귀에서 눈물이 날 정도로 아주 쓸쓸한 게 나을 수도 있으니까.

© 박은주

달아난 사랑을 위한 발라드

윤광준 — 글 쓰는 사진가

자주 사용하지 않던 홈시어터를 사용하는 빈도가 늘었다. 이는 극장을 찾을 일이 별로 없다는 걸 의미한다. 나는 영화를 혼자 보지 못한다. 그러나 이젠 함께 영화를 볼 여자가 없다. 드물게 마누라와 같이 영화를 보긴 하지만, 같이 사는 마누라는 여자가 아니라 가족이며 식구다. 가족과 여자를 나누어야 할 만큼 우린 너무 오래 같이 살았다. 친족인 여자와 에로틱한 환상에 빠지긴 참 멋쩍은 일이다. 결국, 극장에 갈 일은 앞으로 점점 더 줄어 들 것이 뻔하다.

영화 티켓을 예매하고 차를 몰고 극장에 가서 인파에 섞여 이리저리 움직여야 하는 번거로움도 싫다. 아니 그 보다 더 싫은 것은 자식뻘쯤 되는 젊은이들 사이에 섞이는 일이다. 그들 사이에서 내가 얼마나 나이든 사람인가를 새삼 확인해야 하는 서글픔이 싫기 때문이다.

나하고는 상관없을 것 같던 노화의 증세는 슬슬 나타나고 있다. 멀쩡하던 어금니가 흔들리고 한라산, 태백산을 누비던 힘 좋던 무릎 관절은 아파 오기 시작한다. 이러한 여러 신체적 증상들은 내 의식의 완강한 거부를 비웃고 있다. 그렇지만, 나이와 연관 지어 이 같은 영감님 증상들을 '자연스럽다'라고 판정을 내린 의학적 소견을 나는 아직 받아들일 수 없다. 쓸 만한 수컷으로서, 한 인간으로서 '나는 여전히 젊다.'란 믿음을 저버리지 못하기 때문이다. 우울증과 함께 불면의 밤을 보내는 날들이 늘어났다.

팬티만 걸치고 밤새 혼자 거실에 쭈그리고 앉아 맥주를 마시며 영화를 본다. 이러한 청승은 어느새 습관처럼 굳어져 갔다. 잠들지 못하는 고통을 삭이기 위해 애꿎은 DVD는 2개나 필요해졌다. 이웃의 잠을 깨우지 않기 위해 큰 음량이 필요하지 않은 애정영화를 보게 된다. 불면의 밤은 영화의 장르까지 원치 않게 넓혔다. 그리고 영화는 새삼 새로운 사랑에 대한 기대를 불러일으킨다.

아직도 영화와 같은 연애를 꿈꾸는 중년 남자의 순진함은 비웃음만 사게 될 터이지만, 오랜 친구들은 혹시 맞장구 쳐줄지도 모른다. 하지만 이들조차 만나기 위해선 번거로운 약속을 해야 한다. 나이 먹는다는 것은, 누군가가 필요할 때 내 주위에 아무도 없다는 사실을 하나 둘씩 깨달아 가는 일이다. 친구도 여자도 이젠 너무 멀리 있다.

한때 여러 명의 여자가 있었다. 밤새 같이 있던 것도 모자라 술에 취해 차를 몰고 해 뜨는 강릉 경포대 백사장에서 뒹굴던 열정을 사랑이라 한다면 한두 명의 여자를 더 떠올려야 한다. 여자와 호텔 문을 나서는 것을 보았다면 20년 넘게 바깥으로 떠돌았던 그 동안의 행적을 다 의심해 보아야 한다. 그것 말고도 도쿄 신주쿠나 몽골 울란바타르에서 지냈던 말 한 마디 통하지 않던 여자들도 다 사랑이라 해야 한다.

휴대폰에 자주 찍힌 전화번호의 주인공을 사랑이라 한다면 전화에 메모리 된 몇 명의 여자들도 해당되어야 한다. 다정한 포즈로 사진 찍은 주인공까지 포함시킨다면 파일박스에 들어 있는 더 많은 여자들도 사랑이라 불러야 한다. 차 안에서 키스했던 여자들은 차 한 대에 다 태우지 못한다.

마누라가 몰랐던 부분까지 알면 펄펄 뛰겠지만 과거의 일이므로 감출 마음도 없다. 유부남이란 이유로 여자와 지낸 부도덕을 비난당해야 한다면 감수할 수밖에 없다. 온 나라를 일터 삼아 떠돌아야 하는 직업과 자유로운 삶을 꿈꾸는 남자의 살아가는 방법을 트집 잡으면 피곤하다. 여자의 숫자는 단지 삶의 방식을 알게 해주는 지표일 뿐이다.

여자와 함께 있는 동안은 즐겁고 재미있었다. 수많은 장소들이 오버랩 되고 함께 한 순간들이 어렴풋이 떠오른다. 그 중에는 사랑으로 다가오는 여자도 몇 명 있었다. 파렴치한으로 매도당하지 않고 자칫 심각한 불륜 관계로 구설에 오르지 않았던 것은 행운이라밖에 말 할 수 없다.

철면피가 아니라면 드러내놓고 여자를 만나기는 쉽지 않다. 마누라가 시퍼렇게 살아있는 한 어떤 목적으로든 여자를 만나는 일은 언제나 위험한 노력을 동반해야 하기 때문이다. 마누라는 나이를 먹어도 쇠퇴의 기미가 없는 눈치와 예민한 감각들을 갖고 있다. 이는 동물적인 본능이다.

그 동안 마누라의 교묘하고 지능화되어가는 감시에 대응하며 여자를 만났다. 여자를 만난 후엔 혹시 옷에 남아 있을지 모르는 향수 냄새와 루주 자국을 감쪽같이 지웠다. 차 안 시트에는 단 한 오라기의 머리카락도 남기지 않았다. 마누라의 예리한 유도심문을 피해 갈 만한 정교한 알리바이는 언제나 준비해 두었고 뻔뻔한 표정연기와 임기응변 능력도 키워 놓았다.

그럼에도 불구하고 마누라의 눈을 피해 여자를 만나는 일은 언제나 힘들다. 아무리 철저하게 증거물을 없애도 행동과 표정에 나타난 혐의마저 가릴 방법은 없다. '내 서방은 내가 지킨다.'라는 결의로 무장한 마누라의 감시는 때로 폭력적이고 집요하며 처절했다. 여자를 만나지 않았다면 이 피곤함은 감당하지 않아도 되었을 것이다.

그러나 여자와 지냈던 그 시간들을 사랑이라 말하지 못한다. 사랑은 같이 보낸 시간보다는 그 상태의 문제이기 때문이다. 여자와 지냈던 많은 시간들은 오히려 고독하고 쓸쓸했다. 가졌던 것은 사랑이 아니라 여성의 외모였기 때문이다. 부드럽고 포근한 살의 감촉과 체취, 영혼을 빼앗을 것 같은 눈매와 음성, 이를 감싸고 있는 여체의 아름다움을 갖고 싶었다. 여자는 강렬한 탐구 대상이었다. 이는 내 의식의 바닥에 깔린 여성성에 대한 결핍으로 밖엔 설명할 수 없다.

여성은 아름답다. 사춘기 이후 처음 여자의 몸을 본 이래 지금까지 그 매력의 강도는 여전하다. 걸신들린 사람처럼 여자의 아름다움을 탐하는 이 갈증은 마치 컬렉터의 의식구조와도 비슷할 것이다. 내게 여성은 강렬한 매력으로 빨려들게 하는 수집 품목과 다름 아니다. 여자란 단계적 이상을 추구하는 탐구의 대상이기도 했다.

모든 섭렵의 단계적 발전 과정은 이상하게도 맞닿아 있다. 9층 위에 10층이 존재하는 세계는 사진과 오디오뿐이 아니었다. 여자의 아름다움은 끊임없이 비교 당했고 더 나은 것을 향해 수위를 높여갔다. 진정 갖고 싶었던 것은 여자의 이상적 부드러움과 아름다움이었다.

여자가 함께 거닐었던 거리의 추억을 떠올릴 때 남자는 팔에 닿는 가슴의 푹신한 감촉을 기억했다. 여자와 얘기할 때 남자는 눈의 모습과 음성이 다른 여자와 어떻게 다른가를 생각했다. 여자가 입은 옷이 예쁜지 봐 달라고 했을 때 남자는 허리와 엉덩이의 곡선이 어떨까를 상상했다. 남자는 더 젊고 예쁜 여자를 향해 탐미적 집착을 키워갔다. 어떤 여자는 목선이 아름다워서 혹은 손이나 입술이 예뻐서 만나기도 했다.

여자의 몸에서 발산되는 설명할 수 없는 힘은 아름다움의 정점과 맞닿아 있을 것이다. 신체의 비례와 균형이 중요했고 피부의 감촉과 음성의 조화가 필요했다. 여자를 만날수록 더 엄격한 기준이 적용되었다. 만날 수 없다면 직접 볼 수 있게 되기를 간절히 바랬다. 나라 밖으로 눈을 돌려 여러 나라의 여자들도 보았다.

이상적 아름다움에 대한 갈증은 더 많은 여자를 만날수록 커져만 갔다. 만났던 여자 가운데 원하던 이상은 없었다. 얼굴이 예쁘면 피부가 거칠었고 허리가 예쁘면 다리가 굵었다. 이를 다 갖춘 여자는 비례의 조화가 맞지 않았다. 그 동안 알 수 있었던 사실은 '여자란 벗은 후 더 아름다운 경우는 드물다.'는 쓸쓸한 결론이다. 이상적 조화란 관념일 뿐이었다.

사랑으로 다가선 여자를 몰인정하게 내치는 잔인함은 남자의 특기였다. 며칠을 같이 보낸 여자의 제안은 매몰차게 거절당했다. 영화《실낙원》의 주인공 같은 비극적 결말은 내가 원하던 것이 아니었기 때문이다. 울며불며 독일행 비행기에 올랐던 여자에게 "우린 친구일 뿐 이야." 라고 남자는 몇 번이나 환기시켰다. 여자가 결국 독점적 소유 관계로 귀결되는 사랑을 원할 때 남자는 공존과 분산의 당위성을 설득했다. 남자는 이루지 못한 사랑의 안타까움 대신 또 다른 여자를 만날 기대로 홀가분함을 느꼈다. 떠나간 여인들을 위해선 제니퍼 원스Jennifer Jean Warnes의 〈Ballad of the runaway horse〉를 들려주었다.

그 대신 남자는 여자를 만나는 동안은 친절을 베풀었고 진심으로 상대를 걱정해 주었다. 더 많은 것을 보여주고 싶었고 갖고 있는 지식과 경험을 나누어 주고 싶었다. 몇 명의 여자들은 남자의 설득을 받아들여 더 큰 세상을 향해 거침없이 나아갔다. 남자는 여자들의 위안과 성장을 지켜보는 일이 또 다른 즐거움이었다. 남자는 여자와 함께 보냈던 많은 시간들이 나름대로 세상에 기여하는 방법임을 믿어 의심치 않았다.

남자는 제대로 사랑을 해본 적이 없다. 우선순위가 바뀐 사랑의 방식에 대응할 여자는 없는 까닭이다. 외면에 가려진 여자의 아름다움은 언제나 내 것이 아니었다. 여자는 하나 둘씩 떨어져 나가기 시작했다. 여자가 떠난 후에야 남자는 서서히 가질 수 없는 것을 탐하는 어리석음을 알았다. 넘칠 땐 몰랐던 여자의 사랑과 위안, 진정한 아름다움은 이제 결핍이 되어 가슴을 갉아먹고 있다.

새로운 관계가 두려운 것이 아니라, 과거의 감정과 맞대면해야 한다는 것이 가장 두렵다는 친구의 절규를 새삼 부러워한다. 내겐 처절했던 둘만의 추억과 상처만을 들추며 현재는 없다고 내뱉을 사랑이 없다. 시간을 되돌릴 수 없어 안타까운 것이 아니다. 격정의 사랑과 추억의 빈곤으로 채워진 시간이 공허해질 뿐이다. 여자를 향해 던진 부메랑은 뒤늦게 나의 머리통을 내리치고 있다. 지나간 여자들을 그리워 할 자격이 내겐 없다. '정작 젊었을 땐 사랑을 몰랐다.'

'내 하고 싶은 것을 원 없이 다 해봤다.'는 포만감도, 온갖 분야를 집적거려 봤던 오지랖 넓은 관심의 지평도 허망하다. 채워지지 않는 갈증은 여전하다. 그건 외로움이다. 이를 '존재의 고독'이라 포장하기엔 너무 거창하다. 여자와 사랑이 떠난 상실의 아픔은 이제야 저려온다.

여자와 연애에 대한 기대는 나이를 먹으면 사그라질 줄 알았다. 떨어져 가는 기력만큼 욕망도 축소되어야 하는 것이라 생각했기 때문이다. 하지만 여자와 사랑에 대한 갈망은 오히려 더 커져가고 있는 중이다. 군자의 자질과 현자의 지혜는 애당초 내겐 없었다. 여전히 여자의 몸매는 아름답고 치마 속도 궁금하며 사랑도 고프다. 물 좋은 여자를 보기 위해 일부러 홍대 앞이나 청담동으로 약속을 정한 사실을 한심하게 보지 말 일이다.

알고 있는 사람들이 겹쳐 관계의 모드mode가 복잡해진다. 몇 사람을 거치면 나의 실체는 백일하에 드러난다. 잃어버릴 것이 없는 나조차 주위를 더 돌아보게 된다. 젊고 예쁜 여자를 만날 기회와 아름다운 연애의 확률은 줄어들 것이다. 이 넓은 도시에서 좋아하는 여자 하나 제대로 만들지 못한 무능력을 반성한다.

마누라가 멀쩡하게 있는 남자라서 '외롭다'라고 말할 수 없다면 고통이다. 마누라 역시 똑같을 것이다. 외로움과 결핍의 공황 상태는 남편과 아내의 문제가 아니다. 부부란 관계의 절망이 만들어낸 또 다른 대안일 뿐이다. 절망에 대한 극복 의지가 있다면 용기를 내어 '나는 지금 외롭다.'라고 솔직하게 털어놓을 수 있어야 한다.

마누라가 밤늦게 들어오거나 외박을 하더라도 치사한 물음은 던지지 않기로 한다. 내가 같은 질문을 받기 싫어하는 이유와 다르지 않을 것이기 때문이다. 공정해야 할 것은 운동경기의 규칙뿐이 아니다. 내가 새로운 여자를 만나기 위해서라도 "마누라에게 애인이 생겼으면 좋겠다."

체념하기엔 아직 '시퍼렇게 젊었다.'라고 발악하는 인간의 몸짓을 두들겨 패진 말아야 한다. 우리는 기회가 생긴다면 주저 없이 바람을 피울 것이다. '그럴 리 없다'보다 '그럴 수 있다'라고 믿는 것이 더 아름다운 나이가 되었다. 우리 부부는 이제 농담 반 진담 반으로 도발의 의사를 자연스럽게 교환한다. 관계로 묶어둘 수 없는 일들이 얼마나 많은지 알아버린 탓이다.

마누라가 힘없는 서방 대신 젊고 팔팔한 미남에 대한 기대를 가진다는 것은 신선한 축복이다. 아무도 거들떠보지 않는 마누라보다는 혹시 강탈당할지 모른다는 긴장을 주는 여자가 얼마나 매력적인가. 머리 벗겨진 남편에게 아직도 젊고 예쁜 여자들이 꼬인다는 것은 또 얼마나 다행인가. 서로에게 긴장은 활력으로 작용하고 인정은 자부심으로 커져 갈 것이다. 새로운 여자 혹은 남자를 만나게 됨으로써 생기는 바이탈 에너지vital energe는 서로에게 유익하다.

이 만큼의 진전은 현실에 안주하지 못하는 철없는 남자의 몽상과 여자의 현실감각이 싸워 얻은 성과다. 결혼 생활 20여 년 동안 합치될 수 없는 개성은 끊임없는 불화와 갈등으로 이어졌다. 먹고 사는 문제 말고도 서로의 사적私的 영역을 허용하지 못한 탓으로 수없이 할퀴고 싸웠으며 배반했다.

부부라는 관계를 뛰어넘어야 하는 감정의 분화와 행동이 얼마나 많던가. 결혼의 상태가 이마저 제어할 힘은 없었다. 이혼의 문턱에 서서야 우리의 존재 방식에 대한 합의를 겨우 이룰 수 있었다. 머리가 깨져 피를 철철 흘려야 아픈 줄 아는 무식한 영혼들의 선택이었다. 파국을 넘긴 질긴 인연은 서로의 행적에 대해 적당히 눈감아 주고 이해하는 여유와 아량의 해법을 찾아냈다. 부부란 적당한 관계의 유격으로 사랑하고 미워하며 '따로 또 같이' 사는 것이었다.

남편의 여자나 아내의 남자를 허용까진 아니 하더라도 묵인할 수 있는 관용은 이렇게 해서 얻어졌다. 미움도 사랑도 체험으로 성장하고 세련의 과정을 거치게 된다는 점은 분명하다. 외도보다 더 비난받아야 하는 것은 부부라는 관계의 경직성에서 오는 단절의 상태이다.

누울 자리를 보고 다리를 뻗게 마련이다. 다른 여자 혹은 남자를 양립시키기 위해 들여야 하는 처절한 노력은 이를 잘 설명해준다. 돌아갈 곳이 없는 사람은 이러한 노력을 할 턱이 없다. 부부의 연을 이어갈 애정이 사라지지 않는 한 구심점은 분명하다. 겉에 드러난 행동보다 이면의 신뢰를 지킬 수 있는 힘을 나는 소망한다.

마누라와 이토록 오래 같이 살고 있는 결속력의 원천은 결국 사랑일 것이다. 지긋지긋하면서도 보이지 않으면 불안하고 허전한 이 이상한 갈증. 사랑이라고 밖에 말할 수 없다. 그 동안 만났던 여러 여자들은 이 나른한 사랑을 인정하기 위해 필요했는지도 모른다. 여행의 피곤함은 돌아와 제 집의 안락한 침대 위에서 편하게 잘 때 비로소 밀려온다.

안정은 언제나 또 다른 힘에 의해 이끌린다. 시소가 애써 이룬 균형을 깨기 위한 놀이인 것처럼……. 아마도 이번에는 마누라가 먼저 시도할지 모른다. 스스로 아직 젊고 매력적인 여자라 생각하는 마누라의 선택은 열려 있다. 돌아올 것을 전제로 하는 사랑은 얼마든지 허용한다. 결핍에서 오는 갈등보다는 충족으로 생긴 여유가 우리의 삶을 윤택하게 해주지 않을까? 아무리 견고한 족쇄를 채워도 마음을 붙들어 둘 방법은 없다. 연애라는 위험한 도박이 주는 긴장과 활력을 겪어본 남편이 마누라에게 권하는 사랑법이다. 더 늙기 전에 마음껏 즐겨야 한다. 그리고 외쳐야 한다.

"나는 여전히 자유롭다!"라고…….

윤광준 1958년 서울에서 태어난 윤광준은 중앙대학교 사진학과를 졸업하고 월간 〈마당〉, 월간 〈객석〉의 사진기자를 거쳐 웅진출판사에서 사진부장을 지냈다. 그러나 그는 본업인 사진보다도 예리한 청음의 소유자인 오디오 평론가로 더 일찍 더 널리 알려져 있었다. 그 내공으로 펴낸《소리의 황홀》은 그의 재주가 오디오 감별뿐만 아니라 색깔 있는 글쓰기에도 만만치 않음을 보여주며 화제의 도서로 지금껏 주목을 받고 있다. 이후 본령으로 돌아와 펴낸《잘 찍은 사진 한 장》과《아름다운 디카 세상》 시리즈는 디지털 카메라의 대중화와 더불어 베스트셀러에 오르며 지금껏 독자들의 폭넓은 사랑을 받고 있다. 그밖에 펴낸 책으로《윤광준의 생활명품산책》,《내 인생의 친구》,《마이웨이》,《내가 갖고 싶은 카메라》 등이 있다.

ⓒ 이지누

사랑과 죽음이 연결되어 있는 고독한 자화상

노부요시 아라키의 《에로토스》

현대 미술의 빈곤을 얘기한다면 일본과 우리의 사정은 크게 다르지 않다. 일본의 경제적 정치적 외형에 비해 문화적 실상은 세계적 관점으로 보아 함량 미달인 부분이 많다. 사진도 그 가운데 하나다. 일본에 관심이 많은 나조차 일본을 대표하는 사진가를 떠올리려면 잠시 망설여진다. 그러나, 노부요시 아라키-내가 좋아하는 일본의 대표적 사진가이다. 대학 시절, 처음 그의 작품과 마주친 이래 아라키에 대한 관심은 여전하다. 이젠 나나 아라키 둘 다 똑 같이 머리가 휑하니 빠지고 허옇게 세어버렸다. 그와의 형태적 유사성에서 왠지 친근함을 느끼는 것은 기실 아라키에 대한 흠모일지도 모르겠다.

너무나 일본적인, 그래서 역설적으로 더욱 더 국제적인 인물이 된 그는 사진과 삶을 한 번도 분리시킨 적이 없다. 그의 지나온 이력은 전형적인 아티스트의 삶 그 자체이다. 사진과 사랑을 했고, 그것이 바로 스스로의 인생이 된 노부요시 아라키는 사진에 모든 것을 담아 놓았다. 천재天才(하늘이 내려준 축복)를 지니지 못한 아티스트는 섭렵의 양으로 자신을 표현한다. 노부요시 아라키의 섭렵은 바로 여자였다. 그의 방대한 작업은 하늘이 내려준 재능(천

ⓒ노부요시 아라키

재) 대신 섭렵만으로도 경지에 다다를 수 있는지 여부를 잘 보여준다. 도쿄에서 제일 큰 책방의 서가 한 칸을 다 채운 그의 사진집들은 모두 여자로 채워져 있다. 어림잡아 수백 명은 족히 되어 보이는 등장인물들이 나온다.

그의 사진집 가운데 한 권은 자신과 섹스했던 여자의 배 위에 사정한 정액을 찍은 흑백 사진 만으로 채워져 있다. 하드코어 포르노에 등장할 법한 피학과 가학, 엽기와 변태적 행위는 아라키 사진의 전매특허다. 아라키의 여자에 대한 열정과 집념 그리고 채워지지 않는 근원에 대한 천착은 지긋지긋하다 못해 무섭기까지 하다.

그렇지만 난 그의 사진에서 외설스러움을 느낄 수 없다. 아라키는 다른 사람에게 보이기 위해 사진 찍지 않는다. 여자들이 어떠한 포즈로 찍혀 있건 아라키는 자신이 생각하는 사랑의 종말을 표현하고 있을 뿐이다. 예순이 훨씬 넘은 아라키는 아직도 여자의 가랑이를 벌리고 사진 찍으며 현재의 쓸쓸한 풍경을 즐기고 있다.

그로 인해 아라키의 사진은 짙은 허무로 가득 차 있다. 그가 집착하는 것은 에로스(사랑)와 타나토스(죽음)의 경계에 대한 물음이다. 여자의 몸과 성기는 이 둘을 아우르는 가장 적합한 대상에 불과하다. 그의 사진에 등장하는 순수와 쾌락, 생산의 대상인 성기는 살아 있는 동시에 죽어가는 순환의 고리로 은유되고 있다. 그가 보고 있는 주변의 여자들과 풍경은 훗날 맞게 될 죽음과 추억을 미리 보여주는 예고편일지 모른다.

인간의 삶에 대한 이 깊은 통찰은 유일하게 사랑했던 여인, 아내 요코의 죽음에서 비롯한 것이다. 사랑하는 여인을 죽음이라는 영원한 단절과 바꾸었던 그의 아픔이 만들어낸 자신 만의 해법이기도 했다. 아라키가, 사랑과 죽음이 연결되어 있는 자신의 고독한 자화상을 언제까지 더 그리게 될지 나는 궁금하다.

Do it for love

이상은 — 가수. 방송인

사랑은 어떤 에너지임에 틀림없다. 이 에너지는 두 사람이 정신적으로 육체적으로 합일할 때 증폭된다. 한 사람만으로는 느끼거나 방사할 수 없던 초월적이고 부드러운 에너지. 개인을 규정하는 '나'라는 자아가 서로에게 녹아들어 이기심과 고독을 녹여버린다. 고마운 일이다. 정말로 사랑을 느끼게 되면 사람은 신에 가까운 존재에 다다른다. 자신 안의 가장 신성한 자기가 언뜻 언뜻 비치게 된다. 어쩌면 사랑은 바르게 마음을 먹고 뛰어들어 명상적인 마음으로 다루면 진화의 지름길이 될 수 있지 않을까?

진화란 사람이 뿜어내는 에너지가 점점 사랑스럽고 자비롭고 맑아져서 영혼에 더 이상 그늘이 지지 않는 것인지도 모른다. 그건 훈련과 자기 성찰이 필요한 일인데 사랑만큼 어려운 종교도 없다. 상대를 믿는다기보다는 내 안의 더러움을 늘 청소하고 늘 사랑이 가능한 상태로 자신을 만들어 두는 것인데 그건 세상의 모든 종교의 기도와 명상들만큼 어려운 영혼의 지향성이다.

이런 사랑을 통해 좀 더 나은 존재로 나아가는 운명을 가진 존재들은 종교인으로서 나은 존재가 되려 하는 사람들보다 훨씬 행복할 것이다. 속세를 벗어나지 않아도 되고 도리어 속세에서 사랑을 통해 무언가에 기여하는 즐거운 삶을 살게 될 테니까.

계속 이어지는 물음과 불안에 대해 스스로 답을 찾아야 한다. 물론 파트너가 답을 줄 때도 있지만 보통 그것은 언어의 형태가 아니라 따스한 에너지의 교류이다. 그리고 존재의 불안 속에서는 사랑하기 어려운데 상대에게 그런 문제를 떠넘겨서는 안 된다. 먼저 한 개인으로서 충만한 존재여야만 충만한 사랑을 할 수 있다. 어쩌면 충분히 성숙한 존재들만이 사랑을 할 수 있고, 그런 사랑을 통해 성장하는 것인지도 모른다.

사랑을 통해 성장하는 것은 때로는 아프다. 혼자 살아오며 만든 많은 생각의 덩어리와 자기라고 규정지은 생각의 고치들이 허물어질 때도 있기 때문이다. 이제까지의 모습 그대로 두 사람이 하나가 되는 것은 불가능하다. 아니 어쩌면 그런 과정을 통해 새로운 인격과 삶을 살아가게 하는 것이 우주의 더 큰 목적인지도 모른다. 가장 사랑하는 사람에게 우리는 높은 인격을 원하게 되는 데, 내가 상대에게 좋은 영혼으로 비추어지기 위해서도 스스로를 갈고 닦고 싶어진다. 사랑을 하면서 우리는 스스로를 늘 점검하고 사랑하게 되는 것이다.

혼자서 세상을 대할 때 세상은 정복의 대상이거나 내가 원하는 것을 얻어내기 위한 투쟁의 대상이지만, 사랑에 빠진 상태에서 두 사람이 함께 바라보는 세상은 내게 사랑을 준 고마운 존재가 된다. 사랑을 키워가기 위한 둥지와 같은 세상.

사랑하는 사람과 잠시 떨어져 있을 때 우리는 상대의 영혼만을 느낀다. 함께 있을 때 느꼈던 무게가 가벼워져서 마음만이 서로에게 이어져 있는 홀가분함도 좋은 기분으로 생각하게 된다. 이제 혼자 있어도 외롭지 않은 신기한 일이 일어난다. 물론 그 사랑이 진실이라고 서로 확신하고 있을 때 일어나는 일이긴 하지만 말이다. 세상은 사랑하는 사람이 살고 있는 좀 더 따스한 곳이 된다. 그리고 예전에 홀로 있을 때 싸워 쟁취하려 노력했던 모든 수고스러움이 의미 없어진다. 한 사람을 사랑하게 됨으로써 세상을 사랑하게 되는 것이다.

사랑 예찬론자가 되기 쉽겠지만 모든 일에는 빛과 어두움이 있는 법. 행복으로 인한 자기만족이 자칫 세상을 부드러운 눈으로만 바라보게 하여 실제하고 있는 사회의 문제나 참여를 요구하는 어려운 일들에서 손을 떼고 둘만의 세계에 갇히게 할 우려도 있다. 이 역시 많은 노력과 성숙을 요하는 부분이다. 젊은 두 사람을 필요로 하는 세상의 구석구석에 뛰어들어 힘을 나누어주고 이기적인 삶이 되지 않도록 노력하는 사람들에게만 사랑은 오아시스로서의 가치를 발휘 한다.

All you need is love. 지금의 사랑이 또 하나의 과정이라면? 이번의 사랑도 사실은 하나의 숙제였다면? 지금 모든 것을 나누는 좋은 감정이 시간이 흘러 퇴색된다면? 미리 걱정할 필요는 없다. 우리가 필요로 하는 것은 사랑이지, 지금 이 사람에게서만 느낄 수 있는 사랑은 아닐지도 모르니까. 이 사람에게서만 느낄 수 있는 거였다면 그럼 잘된 일이다. 정말 좋은 인연을 만난 것이니까. 그리고 사랑의 에너지를 사랑하는 것도 나쁘지 않다. 계속 배워나가면 사랑을 사랑하기도 하고 그 사람만을 사랑하기도 하는 것이 모순이지 않을 날도 올 테니까. 에리히 프롬의《사랑의 기술》이라는 책에서는 세상의 모든 사람을 사랑하되 성적인 사랑만은 한 사람과 나누는 것이 성숙한 사람이라고 했다. 나는 내가 사랑하는 사람을 통해 전 인류를 본다. 인간이라는 연약하고도 어마어마하게 강한 존재를 본다. 그리고 사랑은 나로 하여금 그 사람만을 안게 만든다. 열려 있으면서도 닫힌 관계.

인간만이 생물학적 번식을 위한 성과 즐거움을 위한 성을 분리시켜 놓았다. 더더군다나 성을 깨달음의 한 방편으로 생각하는 종교도 있다. 성을 통해 우리는 우리의 영혼을 만난다. 신기하지 않은가? 가장 저속하고 동물적일 수 있는 행위가 성스러움에 도달하게 하는 길이라니! 만일 그 성행위에 사랑이 빠져 있다면 그것은 동물적인 행위이지만 서로에 대한 사랑이 전제한다면 그것은 성스러운 행위가 된다. 성이 성스러워지기 위해서는 사랑만 있으면 된다. 극과 극은 서로 통한다.

영혼의 짝에 관하여 그런 것이 과연 존재할까? 있기를 바랄 뿐이다. 하지만 누군가를 만나, 이 사람이라면 나를 저 밑바닥에서부터 가장 높은 나까지를 다 이해해줄 수 있고 함께 있는 순간 시간과 공간이 무의미하게 느껴지고, 우연의 일치들이 자주 일어난다면 의심해 볼만하다. 우주와 모든 것이 함께 움직이고 우리도 우주와 자연의 일부분이라면 해에게 달이 있듯이 우리에게도 우리의 단 하나의 짝이 있을 수 있다. 무의식으로도 이어져 있고, 우주의 어느 비슷한 별무리들에서 살다가 온 사람들 그들은 서로의 짝이 되기도 하고 함께 일을 하기도 한다. 누구나가 한 여배우와 결혼하고 싶은 것은 아니다. 나에게 필요한 것은 나에게 어울리는 그 한 사람이다. 나보다 더 멋있거나 잘난 사람을 원하는 것은 고등학교 무렵 끝난다.

스타를 좋아하다가도 어른이 되면 사람들은 자기 정도로 멋있고 자기만큼만 잘난 사람을 만난다. 그런 것이 영혼의 짝일 것이다.

바람을 피우는 사람들은 왠지 자신감이 없어 보인다. 인기가 많다는 것을 증명하기 위해 마음의 평화와 여럿의 애인을 맞바꾸지만 자신감이 넘쳐 보이지는 않는다. 짐짓 자신 있어 보이는 제스처를 보이기도 하지만 무언가 허전하고 무언가 자신이 없어서 여럿의 애인을 두고 있을 뿐이라는 것을 스스로도 모르고 있다.

그보다는 아예 애인도 없이 지긋이 자기 할 일에 몰두하고 있는 사람 쪽이 훨씬 자신감이 있어 보인다. 여럿의 애인에게 에너지를 소모하느니 느긋하게 '언젠가 나타나겠지' 하며 자기 할 일을 해나가는 것이 삶에 충족감을 더 가져다 줄 테니까.

사랑은 좋다. 혼자인 사람이 짝이 있는 사람을 보면 부러워하는 데에는 이유가 있을 것이다. 둘의 힘이 하나 보다 강한 점도 있지만, 사실은 사랑하는 사람이 생기기가 그것도 서로가 서로를 좋아하기가 힘들다는 점에서 더욱 그렇다. 확률로도 어려운, 게다가 잘 맞기까지 하는 짝이 나타난다는 것은 하늘이 내린 축복임에 틀림없다. 짝을 찾아 고민하는 사람들도 이런 사실은 알고 있다. 어떤 사람은 외로움이 극에 달해서 사랑을 찾는 것을 포기하고 난 바로 그 순간에 사랑이 찾아왔다고 한다. 열심히 일만 하니까 선물처럼 다가왔다고도 하고, 비교적 만족스러운 만남을 갖고 있는 사람들은 그 이전에 거쳐 간 사랑에서 쓰디쓴 경험들을 하고 난 뒤 이번의 달콤함에 감사하고 겸허한 태도를 보이며, 만일 그런 아픈 경험을 하지 않았다면 이런 축복은 없었을 거라고 말하기도 한다. 사랑의 신은 까다로워서 사람들의 마음 밭이 고르게 갈려 있을 때에만 좋은 씨를 뿌리는 듯하다. 혹은 좋은 사람을 만났더라도 나 자신이 준비되어 있지 않아 떠나보내는 경우에도 마음자리는 다시 한 번 헤집어져 좀 더 나은 땅이 된다. 아프지만 어쩔 도리가 없다. 물론 이건 나만의 의견이고 생각이다. 누군가 이런 내 생각에 반대 의견을 내놓더라도 할 말은 없다. 허나 일만큼이나 사랑도 세상을 움직이는 힘이고 특히 한 사람의 마음을 키우는 우주의 순리임엔 틀림이 없다.

파울로 코엘류의 《11분》이라는 소설은 사랑과 성에 대해 아주 쉽고도 독특한 어른을 위한 동화 같은 소설이다. 동화와도 같이 한 창녀가 진실한 사랑을 찾는다는 아이러니컬한 이 소설에는 좋은 이야기가 많이 나와 있다. 사람의 몸은 영혼의 보이는 부분이어서 두 사람이 만나기 전에 서로의 영혼이 먼저 만나게 되는 것이라는 구절과 몸의 한계를 넘어 영혼이 된 것 같다는 어떤 성경험의 이야기, 그리고 진정한 사랑을 만나 우주와 사랑을 나누는 것 같다는 이야기, 성스러운 경험, 주인공이 세상의 모든 것이 된 듯한 신적인 체험을 하게 된 이야기들은 아주 매혹적이다.

모든 사람 개개인의 체험은 다 다를 것이다. 나는 그다지 많은 사랑의 경험을 해본 것은 아니다. 하지만 사랑이 찾아 올 때는 만사를 제쳐두고 경건한(?) 마음으로 상대와 나 자신에게 임했다. 사랑도 오래도록 하지 않으면 그 기억을 잃어버리기 십상인데 그래도 요즘 10년 만에 사랑이라는 감정이 생겨나 이 글을 재미있게 생각하며 쓰고 있다. 그리고 어려운 일이 바로 사랑이라는 복잡한 현상을 설명하는 것이라는 것도 절감한다. 기억이 희미해진, 사랑이라는 감정의 코드들을 복구하는 데에도 오랜 시간이 걸렸다. 아

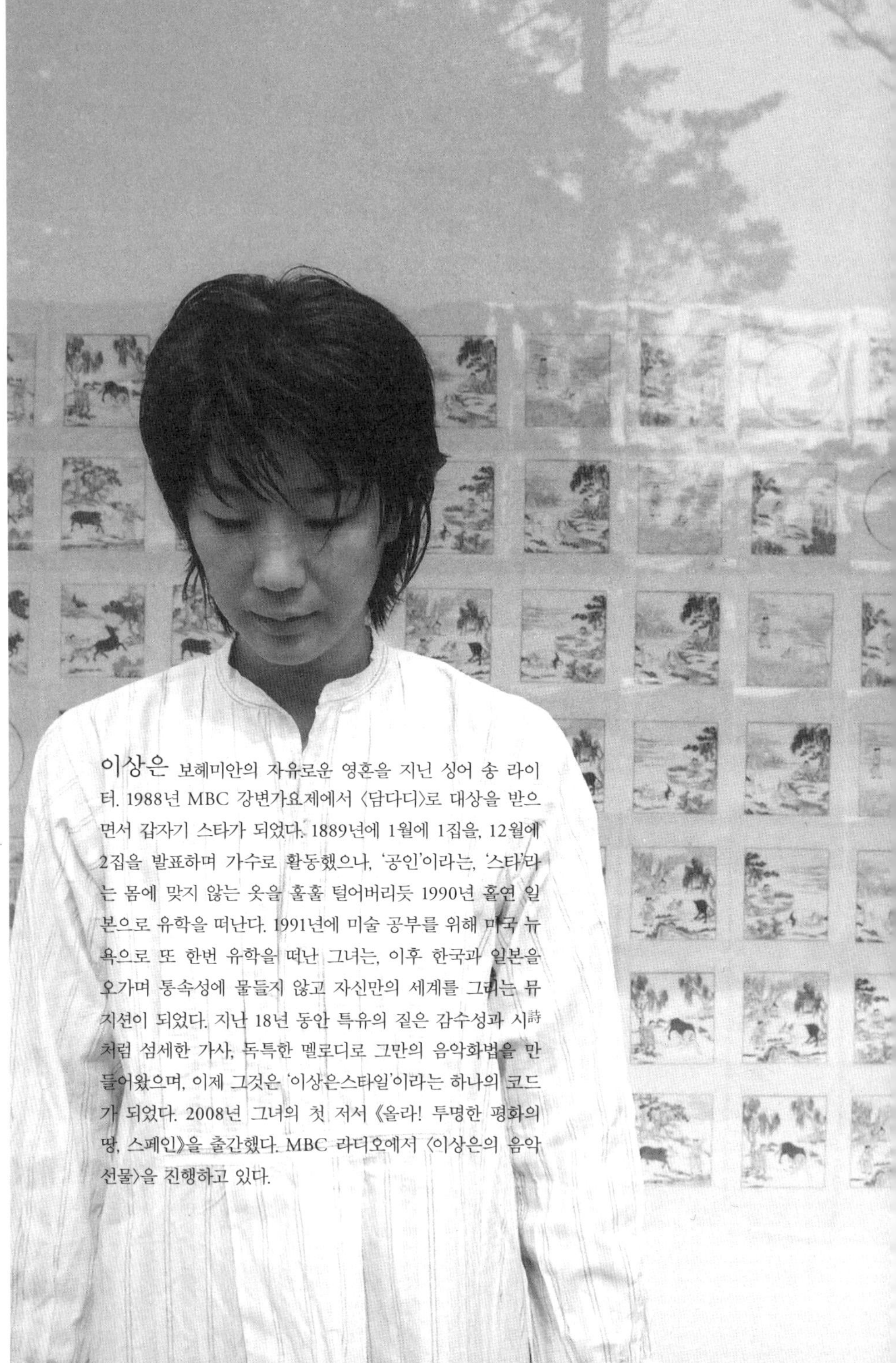

이상은 보헤미안의 자유로운 영혼을 지닌 싱어 송 라이터. 1988년 MBC 강변가요제에서 〈담다디〉로 대상을 받으면서 갑자기 스타가 되었다. 1889년에 1월에 1집을, 12월에 2집을 발표하며 가수로 활동했으나, '공인'이라는, '스타'라는 몸에 맞지 않는 옷을 훌훌 털어버리듯 1990년 홀연 일본으로 유학을 떠난다. 1991년에 미술 공부를 위해 미국 뉴욕으로 또 한번 유학을 떠난 그녀는, 이후 한국과 일본을 오가며 통속성에 물들지 않고 자신만의 세계를 그리는 뮤지션이 되었다. 지난 18년 동안 특유의 짙은 감수성과 시詩처럼 섬세한 가사, 독특한 멜로디로 그만의 음악화법을 만들어왔으며, 이제 그것은 '이상은스타일'이라는 하나의 코드가 되었다. 2008년 그녀의 첫 저서 《올라! 투명한 평화의 땅, 스페인》을 출간했다. MBC 라디오에서 〈이상은의 음악선물〉을 진행하고 있다.

마 지금 나와 사귀고 있는 그는 내가 어수룩하게 끄집어내는 사랑의 감정들이 때로는 아버지를 대할 때의 감정이나 친구를 대할 때, 일할 때의 감정들과 뒤섞여 있어 재미있어 하거나 난처해할지도 모른다. 고장 난 컴퓨터를 대할 때의 심정은 아닐지, 지금 내가 사랑하는 사람은 문득 정말 나의 반쪽이 아닐까 하는 생각이 들기도 하지만 그렇다고 성급히 결혼을 생각하거나 하지는 않는다.

아직도 배워야 할 것이 많은 내게 우주가 새로운 아픈 사랑을 준 것일 수도 있고, 더 오래 지켜보면 정말 그 동안 열심히 살아온 내게 축복으로 다가온 것일 수도 있다고 조심하며 바라본다. 참으로 까다로운 것이 사랑이니까 미묘한 움직임과 사랑의 성장을 조심해서 지켜보아야지…….

사랑에 모든 것을 거는 것은 우스운 일이다. 그보다는 모든 것을 사랑을 위해 하는 편이 낫다. Do it for love. 일도 사랑을 위해서 하고 삶도 사랑을 위해 열심히 산다. 사랑만 하는 맹목보다는 사랑을 위해 무엇인가를 열심히 하는 것이다. 사실 알고 보면 모든 사람은 사랑을 위해 일하고 사랑을 위해 살아가는지도 모른다. 표면상으로는 돈을 벌기 위해, 이윤을 남기기 위해 일하는 것 같지만 수많은 사람들이 가족을 위해 일을 하고 있다. 그 가족은 사랑하는 두 남녀가 만나 이룩한 것이다. 결국 세상을 움직이는 힘은 자본이라기보다는 가족을 지키기 위한, 두 남녀의 사랑을 지키기 위한 노력들이 아닐까?

동성애에 대한 편견은 없어졌으면 좋겠다. 외로운 사람들이라면 만나서 함께 있는 것에 그 누구도 의견을 제시하지 않았으면 좋겠다. 사랑이 합일을 이루는 것이라면 동성끼리는 심리적으로 더 쉽게 합일을 느낄 수 있을지도 모른다. 같은 성으로서 이해하기 쉬울 테니까.

21세기는 공존의 시대, 개인주의의 시대, 다양성의 시대이다. 개개인의 경험이 아주 개인적이어서 사실 지금 내가 쓰고 있는 글에 누가 얼마나 공감할지는 아무도 모른다. 하지만 용기를 내서 쓰고 있다. 나 자신도 동성애에 대해 조금은 편견이 있을지 모르지만 한 번 뿐인 인생을 누구나 같은 무게로 열심히 살아가고 있고 누구나 사랑에 고민하고 자신의 성 정체성에 대해 충분히 심사숙고 하고 내린 결론들일 것이다. 동성애 커플 중에도 아주 성숙하고 행복한 팀이 많다는 걸 나는 알고 있다. 그들의 행복을 막을 그 어떤 권위도 이 세상에는 존재하지 않는다.

경험도 별로 없이 이런 저런 이야기를 늘어놓아 독자 여러분께 미안할 따름이다. 아무튼 다시 한 번 이것은 나의 사견임을 밝혀둔다.

다시 사랑이라는 에너지로 돌아가서 이야기를 마치려 한다. 사랑은 따스하고 부드러운 에너지이고 둘이 함께 있을 때 증폭된다는 사실을 깨달은 두 연인은 가능한 한 함께 있고 싶어 한다. 함께 있을 때의 황홀한 에너지가 따로 있으면 잦아들다가 전화나 이메일로 조금 증폭되고 오랜만에 만나면 다시금 두 사람은 사랑의 파동 속으로 들어간다. 가끔 제3자의 눈에 그들이 조금 멍해 보이면서도 미소를 짓고 있다면 그때가 사랑의 주파수가 강하게 작용했을 때이다. 물론 하루하루 각자에게 주어진 숙제들이 있어서 다음에 다시 만날 때까지 자신의 한계들을 극복해 내야 하지만 그것이 그 사랑을 지켜낼 수 있는 길이라면 기꺼운 마음으로 해낼 수 있지 않을까.

사랑은 유기체일지도 모른다. 사랑마다 수명이 있고 성장기가 있고 소멸의 주기가 있다. 그래도 두려워하지는 말자, 사랑이 생긴 것만으로도 당신은 축복을 받은 것이니까. 아픈 공부를 하든 즐거운 영혼의 과즙을 마시든 자연이 만든 아름다운 바보들이 이 세상이 얼마나 아름다운 곳인지 찬미하는 노래 소리는 이 우주에서 가장 빛나는 별들보다 더 빛나니까. 그리고 Do it for love!

《사랑의 기술 Art of Loving》

에리히 프롬 Erich Fromm, 1956

에리히 프롬이 쓴 사랑에 관한 심리학적, 문화적 고찰. 사랑의 '기술'이라는 말이 자칫 오해를 불러일으킬 수도 있으나 여기서 '기술'이란 'art'를 의미한다. 사랑에 대해 학문적! 접근을 하는 것, 혹은 정신분석학적 접근을 하는 것이 재미 없으리라 생각한다면 큰 오산이다. 사실은 사랑이란 건강하고 잘 성숙된 정신의 표현임을 깨닫게 해주는 아주 좋은 책이다.

평이한 문체로 되어 있어 누구나 이해하기 쉽다. 사랑에 대한 고민을 하고 있는 사람이라면 아주 좋은 영양제 역할을 할 것이라 생각한다.

기억에 남는 내용은, 성숙한 인격이란 자신의 내부에 어머니와 아버지를 가지고 있는 사람이고 그런 성숙한 인격이 풍부한 사랑을 할 수 있는 심리상태를 만든다는 대목이다.

사랑이란 합일의 문제이고, 분리의 반대말이라는 말도 좋은 어드바이스. 과연 나는 사랑하는 이와 마음과 몸이 얼마만큼 합일되어 있는지 점검해보는 것도 좋을 듯하다.

아무쪼록 이 책에서 많은 보석들을 캐어내시길…….

©이훈구

© 이지누

책 읽어주는 남자

정길연 — 소설가

선물

•

스무여 날에 이르는 여행에서 돌아왔다.

여행 내내 당신을 생각했다. 당신을 생각하는 것만으로도 낯선 이들 앞에서 빰 붉어지는 소녀처럼 현기증이 난다. 잠시 당신의 어깨에 내 어지러운 머리를 얹어놓고 쉬고 싶지만, 지금 당신은 이곳에 없다. 이번에는 당신이 떠나 있고, 앞으로도 우리는 자주 엇갈려 떠나 있게 되리라는 사실을 알고 있다.

나는 당신과 떨어져 지내고 싶지 않다. 하지만 실제로 우리는 많은 시간 떨어져 지낼 수밖에 없다. 나의 삶, 또는 당신의 삶은 서로 그토록 일치를 이루고 싶어 하는 바람과는 별도로 물리적 시간과 사회적 공간 속에서는 개별적인 몫으로 운행될 수밖에 없는 것이니까.

여행은, 더없이 넓고 푸르렀던 그곳의 하늘처럼 좋았다. 아무 곳이고 눈길을 던지는 데마다 무량하게 돋아 있던 야생의 꽃들과,

희고 곧은 자작나무와 풍성한 미루나무와 이 땅의 것처럼 익숙한 소나무 숲들이, 바탕화면처럼 내 심경에 그득히 들어앉았다.

가져간 짐들 가운데 어떤 것은 비우고, 어떤 것은 쓰고 버렸다. 그랬음에도 짐은 좀처럼 줄어들지 않았다. 나는 더 가벼워지지 못하는 소욕小慾의 허접함에 가벼운 진저리를 쳤다. 집으로 돌아올 때 내 짐 가방 속에는 몇 권의 화집과 용모 수려한 생도 같은 기념엽서들과 푸시킨의 캐리커처가 새겨진 찻잔, 물살에 반들반들해진 돌멩이와 몇 개의 동전 따위가 따라왔다. 그리고 떠날 때엔 없었던 녹옥 반지가 내 왼손 무명지에 묻어 들어왔다.

내 약손가락에 끼워져 있는 이 녹옥 반지는 여행 중 들르게 된 소도시의 지질학 박물관에서 구입한 것이다. 그 나라 전역에서 채굴되는 천연 광물들을 둘러보게 한 뒤 전시실 한 편에 진열된 상품들로 안내되었을 때만 해도, 값싼 열쇠 고리 한 개인들 살 마음이 없었다. 자신을 지질학자라고 소개했던 박물관 직원 올가의 광물에 관한 열띤 설명이 자연스레 관광상품 코너로 연결되는 것에 약간의 거부감이 일었던 탓도 있었지만, 무엇보다 나는 가는 곳마다 무엇인가를 덥석 사들일 만큼 넉넉하지가 않았다.

그러다 평범하고 단순한 디자인의 녹옥 반지들을 보게 되었다. 버리기는 아까운 자투리 천으로 모양을 낸 그저 그런 구색용 소품처럼, 매대 한 귀퉁이로 조용히 밀려나 있는 물건들이었다. 공교한 멋이라곤 없는 녹옥 반지들로 손이 갔다. 문득 당신을 통해 연출하고 싶은 장면 하나가 때맞춰 떠올라 주었던 것이다.

나는 종종 당신이 내게 끼워주는 정결하고 눈부신 은반지를 상상하곤 했었다. 물론 내 상상을 당신에게 발설한 적은 없다. 내 상상이 발설하지 않고도 이루어지는 것까지를 포함하는 범위였던 데다, 당신에게 모종의 부담-이를테면 반지의 상징성에서 오는 구속감 같은-을 안겨주지 않겠다는 비장한 자존심 때문이었다. 서운함과 오해는 언제나 그런 지극히 사소한 소망의 못 미침과 어긋남에서 발생한다는 사실을 알고 있으면서도, 나는 그만큼 소녀적 기쁨을 배가시킬 묵비의 모험 쪽을 택했다.

그날 나는 필요 이상 머뭇거리다가 마침내 내 취향을 존중해주는 당신이 기꺼이 동의해줄 만한 반지를 하나 골랐다. 망설일 것 없는 가격 수준이었다. 다만 상상하곤 했던 은반지 대신이었고, 상상하곤 했던 증여의 감상적 절차가 정황상 무산되었다는 점이 결심을 바꾸지는 않을 정도의 불순물처럼 미량으로 검출되었다. 재기 넘치는 올가가 녹옥을 가리키며 무병장수의 의미가 있다고 일러주었다. 듣기에 괜찮은 말이었으나 기왕이면 좀 더 낭만적인 멘트였다면 좋았을 걸 그랬다.

나는 다소 상기된 기분으로 반지 낀 손을 내려다보았다. 당신을 생각했다. 또, 만약 당신이 그 자리에 있었다면 어땠을까를 생각했다.

틀림없이 당신은 내 표정과 욕망을 읽어냈을 것이다. 소유의 의미가 부과된 예물처럼 신중하게 반지를 골랐을 것이고, 내 손가락에 그것을 끼워주었을 것이다. 더욱이 당신이라면 저렴한 반지 값을 의식해 자신의 마음만큼은 그처럼 값싸지 않다고 덧붙이는 말도 잊지 않았을 것이다.

수심 깊은 호수의 물빛을 닮은 이 녹옥의 반지는, 그러므로 당신이 내게 건넨 마음의 선물임을 의심하지 않는다.

연상작용

•

어떤 사람일까. 어깨를 한껏 낮추고 허리를 구부려서 최대한 유선형의 몸을 만든 채 두 팔을 번갈아 앞뒤로 보내며 질주하는 저이는. 아직 새벽이라고 할 만한 시간, 푸른빛이 남아 있는 대기 사이로 빨려들 듯 사라졌다 잠시 후 같은 포즈로 나타나곤 하는 저이는. 공기를 가르는 유영의 품새가 제법 탄탄하고 자연스러워 도무지 중년의 몸으로 보이지 않는 저 날렵한 인라인 스케이터는.

그렇더라도, 중년의 사내가 분명하다.

잠 덜 깬 부연 눈으로 창가에 서서 이른 아침의 첫 풍경을 내다볼 때마다 어김없이 등장하는 첫 번째 사내를, 나는 별다른 감식 없이 중년으로 단정해 두었다. 재빠르게 휙 지나치는 옆모습일 뿐, 정면이나 멈춰선 상태를 유심히 보았던 것은 아니다. 또 그랬어도 판독 가능한 거리가 아니며, 헬멧과 보호대와 스판 운동복 어디에도 육상 선수의 등번호를 연상케 하는 숫자를 커다랗게 새겨 넣은 것도 아니다.

아닌데, 차가운 물을 한 모금씩 들이키면서 잠을 밀어내고 있는 어설픈 눈으로 그를 발견한 첫날부터, '아무리 그래 본들 중년의 사내일 거'라고 가차 없이 규정해 버린 근거는 무엇일까. 생의 여차한 기미를 한눈에, 한순간에 통찰할 수 있다는 내 막연한 믿음이 가소로운 악덕인 줄을 어찌 모를까. 그러면서도 나는 자주, 혹은 매번, 순발력을 과시하고 싶은 충동을 억제하지 못한다.

조금씩 육체의 모든 기능이 원활해지고 있어 다시 잠자리로 기어들고 싶은 유혹이 잊힐 때쯤, 이번에는 다른 사내가 내 눈길을 붙든다(실은 그 다른 사내의 출현을 은연중 기다리고 있었다고 해야 옳다). 길 건너편 아파트에서 한 사내가 걸어 나올 때부터 나는 바로 '그'라는 사실을 알아챘다. 두 번째 사내 또한 생김새로 '그'임을 분별할만한 거리는 아니다. 나는 그의, 뭔가를 등 뒤에 남겨놓고 온 사람 같은 태도로써 그임을 감지한다. 아마 창가를 떠나서라면 단 한 블록만 떨어진 거리나 상점에서 그와 부딪혀도 생면부지의 낯선 이방인이려니, 알아보지 못할 게 분명한데도.

두 번째 사내는 앞으로 걸어 나아가고 있다. 하지만 그는 전진하는 데 주력하고 있지 않다. 지금 그가 그렇듯이, 사람은 누구나 자신을 지켜보는 시선을 느끼게 되면 목덜미에서 어깨로 연결되는 근육의 움직임이 부자연스러워지는 법이다. 그는 자신의 다음 동작을 준비하고 있다. 한두 발걸음을 더 내딛고 나서 여전히 걸음은 멈추지 않은 채 왼쪽으로 몸을 비틀 것이고(역시!), 그렇게 비튼 자세로 허공을 향해 손을 흔들 것이다(역시!).

건너편 아파트의 어느 베란다에는 내가 이 켠 창가에 서서 무례하게 주시하고 있는 두 번째 사내를 당당히 내려다보며 손을 흔들어주는 여자가 있다. 여자는 품에 아이를 안았다. 아이도 여자처럼 작은 손을 나풀나풀 흔들어주고 있다. 두 번째 사내 또한 이 켠 창가에 서서 밖을 내다보고 있는 내 시선이 따라잡을 수 없을 때까지 몇 번이고 몸을 비틀어서 손 흔드는 모습을 보여준다. 베란다의 여자와 아이도 건물 사이로 그의 몸이 가려져서 더 이상 보이지 않게 될 때까지 손을 흔들어줄 것이다.

두 번째 사내가 나타나서 사라지는 시각은, 마치 첫 번째 사내인 인라인 스케이터가 경쾌한 질주로 내 앞을 스쳐지나가곤 하는 시각이 그러한 것과 마찬가지로, 거의 언제나 일정하다. 확인한 바는 없지만, 두 사내는 동일한 인물이 아니다. 그들이 서로 어떤 사회적 연관성을 가지고 있을지 없을지 알지 못할 뿐더러, 알 필요를 느끼지 않는다.

물론 당신은 그들 두 사내와는 아무런 상관이 없는, 전혀 다른 인물이다. 그럼에도 나는 그들 두 사내를 볼 때마다 당신을 떠올린다. 조건 반사할 선행 사유가 전무함에도 그렇다. 어쩌면 나는 유사점이라곤 발견할 수 없는 행인들 모두에서 당신을 떠올리고 있는지도 모르겠다. 그 이유를 제대로 대기는 불가능하다. 그 이유란 나도 모르는 것이기 때문이다. 당신을 떠올리는 데 꼭 무슨 이유가 있어야 하는가. 그저 나는 당신이 특별한 이유나 단서 없이 내 머릿속에 빈번히 떠오르는 것을 당연한 일로 여길 뿐이다.

그렇게, 당신은 내 일상보다 더 일상적인 습관이 되어가고 있다.

산책

•

거의 대부분의 길들을 자동차에 내어주긴 했지만, 그래도 아직 우리가 걸을 수 있는 길들이 남아 있다. 그 길들은 한 번도 들어서 본 적이 없는 낯선 길일지라도 언젠가 하염없이 걸었던 길처럼 이내 친숙하게 다가온다.

바람이 몹시 불어 체감온도가 급격히 떨어졌던 어느 겨울날 두 시간 남짓 남산 길을 처음 걸었던 이후로, 우리는 자주 만났으며, 자주 함께 걸었다. 때로는 더 멀리 걷기 위해 작정하고 만나는 일도 있었다. 요령부득의 언어에 포위되어 두리번거리던 이방 도시의 복잡한 대로조차도 당신과 걸었던 길이거나, 당신과 나란히 걷고 싶어지는 길로 다가왔던 것은 그래서이리라.

누구나 그렇겠지만 여행에서 돌아온 뒤로 그곳 풍경을 떠올리는 일이 잦다. 여행 내내 당신을 생각했다고는 이미 말했다. 그러나 그곳에서 돌아온 지금은 내내 당신을 생각했던 그곳을 생각하고 있다. 특히 그곳에서 보았던 미지의 작은 소로小路들에 대해서.

가령-끝이 보이지 않는 숲의 가장자리는 숲을 관통하는 작은 길들의 출발지들로 에워싸여 있었다. 끝이 보이지 않는 평원의 외곽에도 평원을 분할하는 여러 갈래의 길들의 시작이 있었다. 붉

은 열매를 휘어지게 매단 길섶의 리비나 나무 가지 너머로도 이름 붙이지 않은 작은 길들이 보였다. 대개는 마을이나 숲 속의 빈터를 가로지르게 되겠지만, 그 작은 오솔길들은 물풀과 물이끼에 뒤덮인 늪으로 곧장 이어져 있기도 하리라. 길들은 서로 만나기도 하고 엉키기도 하고 스치지 않은 채 비껴가기도 하고 멀찌감치 떨

어져 각자 다른 방향으로 뻗어가기도 하리라. 그리고 어떤 길들은 거친 덤불 사이에서 길을 잃은 것처럼 뚝 끊어지기도 하겠지. 지구상에서 흔적 없이 사라진 슬픈 부족처럼-이라고.

내 인터넷 우편함에는 첫 만남 직후 당신이 내게 보내준 첫번째 편지가 들어 있다. 그 편지에서 당신은 우리가 처음 걸었던 길에 대해 짧게 언급하면서, 어느 한가로운 오솔길을 보여 주었다. 특별한 다정함이나 설렘은커녕, 지나치리만큼 차분하고 담백한 몇 줄의 글과 거기에 맞춤하게 어울리는 고즈넉한 풍경 사진을 동봉했을 따름이었다.

단지 그것뿐이었다.

예기치 못한 일은 당신의 편지를 읽는 동안 내 안에서 일어났다. 왜 그랬는지, 결코 잘 안다고 할 수 없는 당신의 생이 그대로 이해되었던 것이다. 그리고 내 생의 어떤 부분이 환하게 설명되어지는 듯한 전율에 휩싸였다. 수정하기 어려웠던 어떤 오류, 어떤 결핍과 결락, 어떤 경직과 부자유 등이 한순간 간결하게 정리되고 해소되는 듯한 홀가분함이었다. 이성을 향한 급작스런 끌림이나 절실함과는 무관한 '열림'이었다.

그리하여 당신의 첫번째 편지를 읽고 난 나는 무언가 알 수 없는 설움에 북받쳐서 아주 서럽게 울기 시작했다. 소리 없이 번지는 눈물이 아닌, 바닥에 주저앉아 통곡하는 그런 난처한 울음이었다. 그러고 나서야 비로소 당신에 대해 찬찬히 생각할 수 있게 되었다. 여전히 잘 안다고 할 수 없는 한 새로운 존재에 대해서.

그 겨울날 가벼운 기분전환쯤으로 여겼던 첫 산책이 없었던들, 어쩌면 예의바른 성정에서 비롯되었을 당신의 안부 편지가 없었던들, 그랬어도 그 짧은 문장에 첨부한 한 줄기 오솔길이 그처럼 깊고 날카롭게 사람의 영혼을 파고들지 않았던들……, 우리는 다시 만날 수 없었을지도 모른다. 숲으로 난 작은 길들을 당신과 나란히 걸을 수 없었을 것이며, 모든 길들에서 당신을 떠올리는 일은 애초에 불가능했을 것이며, 수없이 많은 길들을 당신과 함께 걷게 될 미래는 굳게 봉인된 채 내생의 운명으로 넘겨지고 말았을지도 모른다.

미지의 길은 미지의 사람, 미지의 시공간에 대해 예감한다. 그리고 강렬한 조우에의 동경을 동반한다. 일어나지 않을 수도 있는 일이 일어나기를 바라는 것은 그래서가 아닐까.

배역

•

당신의 억양은 독특하다.

처음 그 말을 꺼내자 당신은 싫지 않은 듯 더러 듣는 소리라며 고개를 끄덕였다. 당신의 그 독특한 억양에 실린 비음 섞인 음색이 가장 듣기 좋을 때는 당신이 내게 책을 읽어주고 있을 때다. 당신은 눈으로는 느낄 수 없는 단어와 단어 사이, 쉼표와 마침표 사이, 문장과 문장 사이의 꽉 참과 느슨함을 특유의 높낮이와 장단

이 실린 억양으로 조율하는 동시에 발성한다. 당신의 낭독은 명료하고 설득력이 있다. 내게는 마치 당신이 그 책의 저자인 것처럼 생각될 정도다.

나는 당신이 내게 책을 읽어주는 것을 아주 좋아한다. 당신도 그 역할을 즐거워하는 것 같다. 책을 읽다가 어떤 느낌을 받았거나 내 반응이 궁금해지는 대목을 접할 때마다 연필로 밑줄을 그어 두었다가 나중에 내게 읽어주곤 하는 걸 보면. 늦은 밤 전화 통화 중에 들려줄 때도 있고, 내 곁에 비스듬히 기대앉은 자세로 들려줄 때도 있다. 가끔 나는 책의 본래의 내용이나 특정한 부분을 강조하는 당신의 의도를 무시해서 핀잔을 받기도 한다. 그럴 때 내가 주의해서 듣고 있었던 것은 그 글의 메시지가 아니라 바로 당신의 목소리였다.

당신도 기억할 것이다. 언젠가 시내에서 시간을 보내다가 그 전날 당신이 읽었던 책의 어떤 구절을 읽어주기로 한 약속을 지키지 못한 채 막차 시각이 임박해 버린 적이 있었던 것을. 우리는 허둥지둥 지하철 역사 쪽으로 뛰어갔다. 역 근처에서 아직 약간의 여유가 남았음을 확인한 당신은 고층 빌딩 앞 휴식 공간의 딱딱한 돌 의자에 나를 앉혔다. 그런 다음 흐린 불빛 아래에서 급히 책을 펼쳐 어느 구절을 읽어나가기 시작했다.

'……당신을 만나지 못했더라면, 그렇게 일어나고 있던 그 변전變轉을 무어라 이름 붙이지 못했을 것이다. 이제 이 나이가 되어, 나는 말할 수 있다. 그건 사랑의 녹아듦이었다고. ……눈에 보이

정길연 오래 전, 모범생이던 한 고등학생이 수업시간에 시를 쓰다가 교사에게 꾸중을 듣고는 다음날부터 등교를 거부했다. 그러고는 일 년 동안 휴학하며 책을 읽거나 글을 쓰거나 음악을 듣거나 여행을 떠났다. 그렇게 자유로운 시간을 보내며 작가로서의 운명을 받아들인 소설가가 바로 정길연이다. 1961년 부산에서 태어난 그는 서울예술대학 문예창작학과를 졸업하고, 1984년 중편 〈가족수첩〉으로 《문예중앙》신인문학상을 수상하며 일찌감치 등단했다. 이후 가족 관계를 중심 이야기로 삼아 탁월한 심리 묘사와 군더더기 없는 문체, 그리고 진실에 대한 물음과 현대 사회의 그늘진 이면을 천착하는 특유의 소설 세계를 구축해왔다는 평을 받아왔다. 장편소설《내게 아름다운 시간이 있었던가》,《변명》,《사랑의 무게》,《가끔 자주 오래오래》,《그 여자, 무희》와 소설집《다시 갈림길에서》,《종이꽃》,《쇠꽃》이 있다.

ⓒ 이훈구

는 모든 것이 나를 향해 다가왔다. 아니 그보다는, 모든 사물들이, 내 존재가 무화無化해 버린 그 자리를 향해 모여들었다는 편이 낫겠다. 그랬다, 나는 모든 곳에 있었다. 죽은 배나무에서와 마찬가지로 계곡을 가로지르는 숲 속에, 건초를 모으던 들녘에서와 마찬가지로 저 산 속에, 나는 모든 곳에 존재했다.'

그러고도 시간이 좀 더 남았기에 당신은 같은 책의 다른 페이지를 펼쳤다.

"……성性의 힘은 영원히 마감되지 않으며 결코 완결될 수 없다. 아니 그보다는 마치 처음처럼 다시 시작할 목적으로만 마감된다는 표현이 낫다. 이와는 달리 사랑은 모든 것을 포괄하는 것을 이상으로 삼는다. '이제 나는 사람들이 영광이라고 부르는 바로 그것, 모든 한계를 뛰어넘어 무한히 사랑할 수 있는 권리를 깨닫는다.'고 카뮈는 썼다. 여기서의 무한함은 수동적인 무한함이 아니다. 사랑이 이루고자 하는 완전성이, 시간이 조각내고 감추려 하는 그 완전성과 아주 정확히 일치하기 때문이다. 사랑은 존재의 중심을 재건한다."

그날 나는 무사히 마지막 전철에 올라탈 수 있었다. 하지만 그날의 막차는 놓쳤어도 좋았을 법했다.

그러나 혹은, 그래서 더욱 간절한 외로움의 깊이로

《남과 여》

몇 번쯤 되풀이해서 보고 나도 꼭 몇몇 장면만 칼로 도려낸 듯이 기억나는 영화가 있다. 물론 전체적인 줄거리가 까마득히 지워진 것은 아니지만. 반대로 일상에 몰두하는 중에도 아무런 맥락 없이 아주 오래 전에 단 한 번 보았을 뿐인 영화의, 그다지 중요하지 않았던 것 같은 장면이나 대사가 불쑥 떠오르기도 한다. 어느 쪽이든 낯선 경험은 아닐 터이다. 《남과 여》는 전자의 경우다. 유독 '몇몇' 장면이 또렷하게 기억에 남은.

클로드 를루슈가 아직 젊었을 때 메가폰을 잡은 《남과 여》는 당시로서는 드물게 중년의 사랑을 다룬 프랑스 영화다. 육체가 아닌 눈빛으로, 그러므로 정면이 아닌 측면으로. 그러나 혹은 그래서 더욱 간절한 외로움의 깊이로. 그 중년의 남녀 장과 안 역은 지적인 이미지의 두 배우, 장 루이 트랭티냥과 아누크 에메가 맡아서 호연했다.

정작 영화보다는 주제곡이 더 오래도록 사랑을 받고 있는 듯한데, 바로 영화음악계의 뛰어난 작곡가 프란시스 레이의 작품이다. 더욱이 피에르 바슐레의 기교 없는 저음이 강렬한 여운으로 남았던 〈남과 여의 삼바〉는 우리 세대의 누구나가 허밍으로 중얼거려보는 영화음악의 고전으로 매김된 듯하다. 처음 이 영화를 보았던 게 고등학교를 졸업할 무렵이었으니, 벌써 이십 년 하고도 몇 년이 더 지났다. 어쩌면 영화 속 주인공들의 나이도 지나버리지 않았을까. 그럼에도 주인공 장과 안이 각자의 아이들을 앞세우거나 뒤세우거나 산책하던 해안도로의 풍광과, 그들의 곁으로 개를 데리고 지나던 자코메티 풍風 늙수그레한 사내의 뒷모습은 지금껏 선명하다. 그러나 무엇보다 내 마음을 사로잡았던 것은 모노톤의 화면과, 자동차의 전면 유리창으로 줄기차게 퍼부어대던 빗줄기였다. 그리고 스턴트맨 남편을 사고로 잃은 여자와 아내의 자살이라는 상처를 가진 남자 그 두 주인공의 우수어린 표정과, 새롭게 다가오는 사랑으로 선뜻 나아가지 못하는 중년 남녀의 머뭇거림이었다.

나는 폭우 속의 운전을 즐기는 편인데, 하필 그럴 때마다《남과 여》속의, 시야를 가리는 빗줄기를 걷어내던 윈도우 브러시의 단조로운 움직임과 묵묵히 운전대를 잡고 있던 주인공의 눈빛이 떠오르곤 한다. 가끔은 자기화自己化한 동통과 함께.

사랑은, 미친 짓이다

최재봉 — 문학전문기자. 번역가

I

사랑은, 미친 짓이다! 사랑은 확실히 광기의 소산이다. 사랑에 빠진 자는 정상적인 사고 능력을 잃어버린다. 사랑은 이성의 일시적인 작동 중지를 가리킨다. 사랑에 빠진 자가 아무리 이치에 맞게 제 사랑을 해명하려 해도 그것이 말하는 것은 사랑의 합리성과 필연성이 아니다. 그것은 사랑의 합리적인 설명이 되지 못한다. 필연성을 알려주지도 못한다. 바깥 관찰자가 보기에 사랑은 한갓 우연적이며 불합리한 감정의 작동이자 소모일 뿐이다. 사랑의 감정은 공유할 수 없다. 우리가 누군가의 사랑을 이해한다고 할 때, 그것은 어디까지나 자신의 경험을 토대로 미루어 짐작한다는 것이다. 합리적인 사유란 사랑의 적이다. 마지막 순간까지 냉정과 합리를 유지할 수 있는 누군가가 있다면, 그자는 사랑에 빠지지 않을 수가 있으리라. 한마디로, 사랑과 이성 혹은 사유는 서로 적대적이며 모순적인 관계에 놓인다.

1961년 경기도 양평에서 태어난 최재봉은 사춘기를 목포에서 보낸 다음 서울로 올라와 경희대학교 영문과와 동대학원을 졸업했다. 책을 읽고 그에 관해 글을 쓰는 것이 직업인 그는 그 특성상 직장과 가정이 구별이 되지 않을 뿐더러 어디에서도 책을 놓지 않는 독서치讀書痴 같은 사람이다. 그러한 취미와 습관과 직업으로서의 독서를 통해 수많은 문인과 독자들 사이에서 독보적인 가교 역할을 하는 그는 한겨레신문 창간과 더불어 기자생활을 시작했으며, 문화부장을 거쳐 현재 문학담당 전문기자로서 작가들 못지않은 독자를 확보한 문단의 유명 기자로 활동하고 있다. 《역사와 만나는 문학 기행》, 《간이역에서 사이버스페이스까지》, 《글마을 통신》 등의 책과 몇 권의 번역서를 펴냈다.

그런데, 여기 사랑과 사유를 한달음에 해치우려는 무모한 도전자들이 있다. 그들은 감히 사랑 속에서 사유하고자 한다. 사랑과 사유, 사유와 사랑을 일치시키고자 한다. 내 생각은 이렇다: 사막의 모래밭에서 헤엄을 치는 게 낫지! 악어 아가리에서 줄넘기를 하는 건 어떻고? 불가능하다는 말이다. 위험하다는 뜻이다.

2

《왜 나는 너를 사랑하는가》는 스위스 태생의 영국 작가 알랭 드 보통의 첫 소설이다. 1993년에 나온 이 소설은 영국과 미국에서 각기 다른 제목으로 출간되었다는데, 나로서는 미국 제목 《On Love》보다는 영국 쪽 제목 《Essays in Love》가 작품의 성격을 훨씬 더 잘 보여준다고 생각한다. 미국 제목은 '사랑론' 또는 '사랑에 관하여' 쯤으로 번역할 수 있을 터인데, 그것은 어쩐지 사랑이라는 사태로부터 안정적인(!) 거리를 둔 자의 객관적이며 무책임한 관찰기 정도로 다가온다. 반면 '사랑 속의 에세이' 또는 '사랑에 빠진 자의 에세이'로 번역될 법한 영국 쪽 제목은 실제로 사랑에 빠진 주인공이 자신이 빠져들었다가 헤어 나오는 사랑의 과정을, 직접 겪은 자로서 기록하고 성찰한다는 이 소설의 특징을 더 잘 전달하는 것 같다.

소설의 주인공이자 화자인 남자는 클로이라는 여자를 상대로 사랑의 드라마를 펼쳐 나가는데, 그는 사랑을 하는 동시에 그 사랑에 관해 성찰하고 기록한다는 이중의 임무를 수행하는 중이다(다시 말하거니와, 그것은 가능하지가 않다!).

인간은 둘로 나뉘어져 행동을 하는 동시에 뒤로 물러서서 자신이 행동하는 것을 지켜볼 수 있는 독특한 능력을 가지고 있다. 이런 분열로부터 반성이 나타난다.(63쪽)

사랑에 관한 그의 성찰은 롤랑 바르트의 에세이《사랑의 단상》을 떠오르게도 하지만, 바르트의 책이 괴테의《젊은 베르테르의 고통》에 대한 객관적이며 사후적인 관찰인 반면, 이 책은 자신의 행동에 대한 직접적이며 동시적인 성찰이라는 점에서 커다란 차이를 보인다. 가령 침대에서 한창 사랑의 행위에 열중하고 있을 때, 상대방 여자에게서 "무슨 생각해, 소크라테스?"라는 힐난 섞인 질문을 듣는 남자라면 곤란하지 않겠는가 말이다. 위의 인용문은 다음과 같이 계속된다.

그러나 보는 자와 보이는 자 사이의 분열을 다시 통합할 수 없다면, 어떤 활동에 참여하면서 자신이 그 활동에 참여하고 있다는 사실을 잊을 수 없다면, 그것은 자의식 과잉이라는 병이 된다. 기분 좋게 절벽 너머로 달려가다가 밑이 허공이라는 사실을 깨닫고 나서야 추락해 죽고 마는 만화 속 인물과 비슷하다.

사랑에 빠진 자가 자신이 빠져든(함정처럼!) 사랑을 반성의 대상으로 삼으려는 것은 어디까지나 이성의 끈을 놓치지 않으려는 안간힘의 몸부림인 셈이다. 그런데, 앞에서도 말했듯이 사랑은 이성의 작동이 아니라 광기의 지배인 것이다. 사랑이 광기의 소산이라는 사실의 커다란 한 증거로 그것이 쌍방향이 아니라 일방적인 운동 성향을 선호한다는 점을 들 수 있다. 소설에도 인용된 바, "사랑에는 우리를 피해서 달아나는 것을 미친 듯이 좇아가는 욕망밖에 없다"는 몽테뉴의 말은 사랑의 비극적인 속성을 잔인하게 요약하고 있음이다. 사랑은 결핍과 불충족을 필수영양소로 삼는 생명체와도 같다. 그런 의미에서라면, 대답을 얻은 사랑은 이미 사랑이 아니라고 말해도 좋다. 소설 속에서 화자 '나'는 그토록 애타게 원하던 클로이의 사랑을 얻고 나자 공연히 클로이를 상대로 심통을 부린다. 갑자기 자신의 사랑과 그 사랑의 대상 모두를 의심하게 된 것이다.

사랑이 광기라는 또 다른 증거는, 사랑하는 사람들이 그 사랑이 가져 올 기쁨과 행복을 거꾸로 두려워한다는 사실이다.

'나는 너를 사랑하기 때문에 싫어한다.' 이것은 '나는 이런 식으로 너를 사랑하는 위험을 무릅쓸 수밖에 없다는 것이 싫다'는 근본적인 주장과 통한다. 어떤 사람에게 의존하는 기쁨은 그런 의존에 수반되는, 몸이 마비될 듯한 두려움에 비교하면 빛이 바랜다.(202쪽)

두려움의 정체는 무엇일까. 사랑에 대해 조금이라도 정통한 이라면 사랑에 시작이 있듯이 끝 또한 반드시 있다는 사실을 알고 있을 것이다: "마치 사랑의 끝은 그 시작 안에 이미 포함되어 있는 것 같다."(214쪽) 그러니, 이 소설의 주인공처럼 생각이 많은 이라면, 사랑의 시작 단계에서부터 벌써 그 끝을 보며 절망하지 않겠는가. 그가 클로이를 만나기 전에 만났던 여자는 그가 '생각을 너무 많이 하기' 때문에 행복한 사랑을 할 수 없다고 '저주'를 퍼부은 적이 있다. 영리한 그 여자는 사랑과 사유가 양립 불가능하다는 사실을 꿰뚫고 있었던 것이다. 그런 점에서 데카르트의 유명한 금언을 비튼 라캉의 선언-"내가 생각하는 곳에 나는 없고, 내가 없는 곳에서 나는 생각한다."-은 이 책의 주제와 관련해서도 의미심장하게 들린다: 생각을 계속하는 한 '나'는 없다; '내'가 존재하기 위해서는, 그러니까 사랑이라는 행위 또는 상황에 몰입하기 위해서는, 생각을 없애야 한다!

우여곡절 끝에 클로이와 헤어지고, 다시 한 번 사랑의 쓰라린 상처를 혀로 핥던 주인공은 소설의 말미에서 또 다시 레이철이라는 이름의 여자를 만나 사랑의 감정을 느낀다(사랑의 놀라운 점 하나는 그 모든 시행착오에도 불구하고 사랑으로부터는 아무런 교훈도 얻지 못한다는 데 있다. 모든 사랑은 첫사랑이다. 그만큼 순수하고, 위태롭다). 클로이와 함께 사랑의 한 주기를 통과하면서 주인공은 사랑이 광기라는 자명한 진리를 새삼 확인한 터였다. 그런데 또 한 번의 사랑이라고? 그렇다. 왜냐하면, "사랑이 미친 짓임을 안다고 해서 그 병으로부터 구원을 받을 수는 없"(282쪽)으며 "사랑은 비합리적인 만큼이나 불가피"(283쪽)한 것이기 때문이다. 그것이 인생이다. 사랑은 미친 짓임에 틀림이 없지만, 그렇다고 해서 사랑을 하지 않고 살 수는 없다. 살아 있는 한, 사랑을 할 수밖에 없다.

그것으로 끝인가? 결론치고는 너무 허망하지 않은가? 광기의 악무한의 되풀이라니! 그렇다. 그것이 결론이고, 그것이 인생이다. 다만, 상심할 이들을 위해 작가는 일말의 교훈을 마련해 놓고 있기는 하다. "사랑의 모순들을 가지고 놀 수 있는 교훈…… 첫눈에 반하는 것의 어리석음을 그 불가피성과 조화시킬 수 있는 교훈…… 분석에는 절대로 결함이 없을 수 없다는 교훈……."(284~5쪽)을 말이다. 쉽지만은 않은 가르침이다.

3

드 보통의 소설에서 사랑에 빠진 주인공을 괴롭힌 '생각' 중의 하나는 '다른 사랑의 가능성'에 대한 아쉬움과 미련이다. 넓은 의미의 일부일처제에 대한 회의라 할 수도 있을 것이다. 그런 감정에 대해 작가는 '낭만적 노스탤지어'라는 근사한 이름을 붙여 준다: "나의 연인이 될 수도 있었지만 운이 닿지 않아 우리가 알 기회도 얻지 못했던 사람과 마주치면 우리는 낭만적인 노스탤지어에 젖는다. 현재와는 다른 사랑의 삶의 가능성과 마주치면 우리가 현

재 살고 있는 삶은 가능한 수많은 삶 가운데 하나에 불과하다는 것을 깨닫는다."(180쪽)

이만교의 소설《결혼은, 미친 짓이다》가 문제 삼는 것이 바로 그 점이다. 이 소설의 남녀 주인공은 결혼의 필연성 또는 불가피성을 처음부터 믿지 않는 인물들이다. 이들에게 특정한 두 사람의 제도적 결합은 '단지, 그 사람을 결혼 적령기에 만났기 때문'(133쪽)인 것으로 이해된다. 그렇게 해서 맺어진 '결혼은 정말 감옥'(194쪽)일 뿐이다. 그러니, '결혼에 환상을 갖고 있는 사람은 이제 아무도 없다'(176쪽)고 단언된다. 결혼에 대한 이토록 근본적인 회의는 사랑에 대한 불신에서 비롯된다. 소설의 남자 주인공은 말한다: "사랑은 세상에서 신축성이 가장 뛰어난 고무줄일 뿐이야."(187쪽) 이 말은 여자 주인공이 아닌, 결혼한 여자친구에게 하는 말이지만, 정작 그 말의 무게와 질감을 실감나게 공유하는 것은 두 주인공이다.

일종의 맞선 형태로 처음 만난 두 사람은 정말 맞선 자리에 나온 것처럼 연기를 하다가는 머지않아 서로의 정체를 눈치 채게 된다. 두 사람 다 사랑의 진정성을 믿지 않으며 당연히 결혼이라는 제도에 대해서도 회의적이다(남자는 여자를 향해 "네가 결혼을 한다고?"(110쪽) 믿을 수 없다는 듯이 반문하고는 "난, 결혼 따위는 안 해"(168)라고 단호하게 선언한다). 그럼에도, 아니 바로 그렇기 때문에 그들은 약간의 연기를 거쳐 첫 만남에서 곧바로 섹스로 나아간다. 사랑과 결혼을 믿지 않는 그들이기에 섹스에서는 오히려 솔직하고 자유로울 수 있었던 셈이다.

둘 사이의 결혼 가능성이 사라진 뒤, 그들이 거꾸로 '결혼 놀이'라 이를 만한 연극에 돌입하는 것은 흥미롭다. 사랑이 아닌 '조건'을 좇아 의사와 결혼한 여자와 여전히 독신을 고집하는 주인공 남자는 여자의 제안에 따라 '가짜 결혼'(99쪽)을 하고, 실제의 삶과 동떨어진 또 하나의 삶을 살게 된다. 텔레비전의 압도적인 영향 아래 성장한 세대에 속하는 두 사람에게 그런 가공의 삶은 '두 개의 드라마에 겹치기 출연을 하고 있는 것 같을 뿐'(271쪽)으로, 그다지 심각하게 다가오지 않는다. 어차피 제도와 법률이 보장하는 '진짜' 삶이라는 것 또한 진정성과는 거리가 먼, 허위의 삶이라는 생각 때문이다(그 놈의 '생각!').

그런데, 두 사람은 왜 이런 연기를 하는 것일까? 단지 섹스 파트너가 필요해서? 아니면 틀에 박힌 일상에 아슬아슬한 긴장감을 불어넣을 무언가가 필요해서? 그도 아니면, 둘 사이의 관계가 보장하는 모종의 진정성에 대한 미련 때문에?

처음부터 예상됐던 대로, '가짜 결혼'은 파국으로 치닫는다. 그것은 표면적으로는 라면이냐 콩나물비빔밥이냐 하는 메뉴를 둘러싼 갈등으로 초래되었지만, 그 깊은 속내에는 두 사람의 기묘한 관계에 대한 근본적인 회의가 자리하고 있다는 것을 두 사람 모두 잘 알고 있다. 둘 중에서 좀 더 많은 말을 하고, 그 때문인지 좀 더 생각이 많아 보이는 남자는 그것을 이렇게 설명한다.

"우리 역시 두 개의 길을 모두 가볼 수는 없는 거였어. 우리가 이런 식으로 만나는 건 사랑 없이 의사와 결혼한 것보다 훨씬 더 치사한, 두 개의 길을 다 가보려는 욕심에 불과해."(273쪽)

욕심과 비겁함은 동전의 양면인가. 아니, 욕심은 비겁이 내세운 가면이었던가. 여자는 가짜 결혼 생활의 다양한 국면을 시시콜콜히 사진 찍고 그 사진을 앨범으로 남겨 놓았는데, 여자와 마침내 헤어진(?) 뒤 남자는 그 사진들을 보며 상념에 젖는다.

이제야 나는 깨닫는다. 사진 속의 삶은 그녀가 가보고 싶어 했던 또 하나의 길이라기보다는, 그녀와 내가 갔어야 했던 길임을. 그러나 우리에게는 그 길을 갈 용기가 없었다.

가야 했는데 가지 못한 비겁함, 가고 싶었던 길을 가지 않은 죄책감, 행복에 겨워 보이는 이 사진들 뒤에 정말 가려져 있는 것은 바로 그런 쓸쓸함, 그런 뉘우침이 아닐까? 그것이 그녀가 굳이 자신과 나의 모습을 현실적으로는 백해무익하기만 한 사진이라는 형식으로 남겨두려 한 이유가 아닐까?(277쪽)

주인공-화자는 다시 자신들의 행위가 사이코 드라마에서와 같은 '드라마 요법'이 아니었을까 추측도 해보지만, 소설은 어느 쪽으로든 딱 부러지는 결론을 내리지는 않는다. 여자와 헤어지고서, 3주 뒤. 소설의 마지막 시퀀스(이 소설의 장면들은 영화 대본처럼 샤프[#] 표시로 잘게 나누어져 있다.)에서 남자의 전화벨이 울린다.

여자일지도 모른다. 받을까 말까. 남자는 '망설인다.'(280쪽) 그러고는, 디 엔드.

4

《결혼은 미친 짓이다》의 결말은 열려 있는 것일까? 열려 있다면, 어디를 향해서? 전화가 여자의 것이고 남자가 그 전화를 받았다 치자. 우리가 짐작할 수 있는 다음 시퀀스는 어떤 것일까. 여자가 의사와 이혼하고 남자와 결혼한다? 그런 극단적인 반전은 벌써 한물 간, 전시대의 멜로 아닌가. 그렇다면 이 소설의 결말에서 '열림'의 정체는 무엇일까. 두 주인공들이 그토록 회의하고 비판한 결혼이라는 제도가 자기반성하고 대오각성하지 않는 한, 그 열림이란 결국 또 하나의 '닫힘'을 향한 열림이 아닐까. 닫힌 열림, 그러니까 '미친' 열림!?

김연수의 소설 《사랑이라니, 선영아》는 드 보통과 이만교라는 선행 주자들에게 알게 모르게 빚을 지고 있는 작품이다. 17세기 프랑스 사람 라 로슈푸코는 드 보통의 소설에서 들려준 사랑에 관한 언설("어떤 사람들은 사랑에 대한 이야기를 듣지 못했다면 절대로 사랑에 빠지지 않았을 것이다.")을 김연수의 남자 주인공에게 토씨 하나 바꾸지 않고 다시 빌려 준다(45쪽). 그런가 하면 여주인공인 선영은 소설가인 남자 주인공 진우를 향해 이렇게 쏘아 붙인

다: “너도 소설가라고 결혼이 미친 짓인 줄 아니?”(135쪽)

드 보통과 이만교의 소설에서와 마찬가지로 김연수의 소설에서도 남녀 주인공은 결코 결혼이라는 제도의 축복을 받지 못한다. 김연수의 소설에서 선영이 결혼 상대로 택하는 것은 두 사람 모두의 친구인 광수라는 인물이다(선영과 광수에게는 결혼이 축복이었을까? 그것은 소설 바깥의 일이어서, 알 수가 없다). 문제는 사랑의 광기와 허위를 잘 알고 있는 듯 뽐내던 진우가 거꾸로 사랑의 포로가 된다는 설정이다. 선영이 자기를 좋아할 때는 거들떠보지도 않던 진우는 막상 선영이 광수와 결혼한다는 말을 듣자 선영을 향해 새삼스럽게 뜨거운 사랑의 감정을 분출한다(이것은 드 보통의 소설에 관해 논하면서도 확인했던 바, 사랑의 어긋난 일방향성을 보여주는 모습일 수 있다). 선영이 끝내 자신의 ‘진심’을 받아주지 않자 진우는 단말마의 비명처럼 내뱉는다: “어떻게…… 사랑이 변하니?”(133쪽) 소설 속에서 진우의 이 말은 매우 아이러니컬한 효과를 지닌다. 영화 《봄날은 간다》에서 야속하게 변심한 이영애를 향해 유지태가 던진 이 멘트는 실은 ‘사랑은 움직이는 거야’라는 진우의 평소 지론에 대한 광수의 항변이었던 것. 그 말이 이제 주인을 바꿔 진우의 입에서 나온 것이 아니겠는가.

그토록 도도하게, 사랑에 관한 한 냉혹한 관찰자이자 무적의 강자를 자임하던 진우는 선영과 광수의 결혼에 즈음하여 형편무인지경으로 망가지고 만다. 허진호의 애잔함만으로는 성이 안 찼던지 홍상수의 던적스러움까지 겸비하기로 한 진우는 마지막까지도 선영을 향한 미련을 버리지 못한 채 매달리다가는 내팽개쳐진다. 영락없는 패자의 몰골이다.

5

사랑에 대해 성찰하고 반성하며, 심지어는 냉소를 가미한 유머감각을 유지할 수 있다는 것은 역시 강자들의 표시일 것이다. 드 보통과 이만교와 김연수의 소설에서 세 남자주인공은 바로 그런 의미에서 사랑의 강자들이다. 그들은 사랑이 한갓 미친 짓임을 잘 알고 있으며, 그 때문에 사랑으로부터 적당한 거리를 두고자 한다. 그들에게는 사랑에 못지않게—또는 어떤 의미에서는 사랑보다 더—냉철한 이성과 사유가 소중하다. 어쩌다가 사랑에 빠져들더라도 그들은 끝끝내 사유의 끈을 놓치지 않으려 한다. 그 결과 모처럼 찾아온 사랑을 잃는 한이 있더라도 그들은 생각하고 또 생각한다.

그런데, 그들이 정말로 강자였던가? 김연수의 소설에서 극적으로 보았듯이, 그리고 드 보통과 이만교의 소설에서도 어느 정도는 드러났다시피, 그들은 실은 강자의 탈을 쓴 약자인지도 모른다. 게다가 그런 가면 속의 존재가 그들만도 아니어서, '낭만적 사랑에 대한 냉소'를 표방하는 은희경 소설의 주인공들도, 또 그 후배들이라 할 정이현 소설의 주인공들조차도 사실은 은밀하게 낭만적 사랑을 갈구하는 사랑의 약자들이 아닐 것인가. 사랑은 그만큼 강력한 것이다. 그러니, 사랑 앞에서 함부로 힘자랑 하지 말자. 다친다!

사랑이 만족해서 스스로 물러나 앉는 일은 없다

로댕의 〈입맞춤〉

로댕Rodin, Francois Auguste Rene(1840~1917)의 〈입맞춤〉을 직접 보지는 못했다. 사진 도판으로만 몇 번 보았을 뿐이다. 그렇지만 볼 때마다 이 조각품에서는 왠지 아련한 슬픔이 만져진다.

두 사람의 연인이, 알몸인 채로, 부둥켜안고 입술을 포개고 있는 모습은 분명 사랑의 한 절정을 묘사하고 있다. 45도 각도로 비스듬히 기운 여자의 상체, 상대방의 목과 엉덩이를 감거나 부축하고 있는 팔과 손은 서로에게 느끼는 사랑의 감정을 완벽하다시피 재현한다. 여기에 대가다운 조형적 아름다움이 더해져 작품은 승화된 에로티시즘의 모범으로 꼽기에 손색이 없다.

그런데 이 작품이 왜 슬프게 다가오는가. 이 행복한 연인들의 모습 뒤로 오귀스트 로댕과 카미유 클로델의 불행으로 마감된 사랑의 역사가 오버랩 되어서? 아니, 연인이자 스승이었던 로댕에게 젊음과 영혼을 모두 빼앗기다시피 바치고 그 자신은 철저하게 파멸해 간 클로델의 고통과 설움이 연상되어서?

그럴 수도 있다. 그러나 내가 느낀 슬픔에 로댕과 클로델 커플의 사랑의 역사가 후광으로서 반드시 필요하지는 않다는 생각이다. 〈입맞춤〉이 사랑의 절정을 보여준다고는 했지만, '사랑의 절정'이란 과연 무엇일까. 그것은 지속 가능한 평형의 상태일까, 아니면 솟구쳐 올랐다가는 곧 다시 곤두박질치고 마는 뾰족한 점과 같은 것일까(시지푸스의 도로?!). 사랑이 지속 가능하지 않음은 물론이려니와, 그것을 하나의 뾰족점이라 상정한다 해도, 우리는 과연 그 점에 이를 수나 있는 것일까? 아니, 조각 속의 두 연인은 그에 이르렀을까?

서로의 입술을 탐하는 조각 속 두 인물을 바라볼 때, 나는 그들의 저 끝 모를 갈증을 생각한다. 입술과 입술이 만나고, 이빨과 이빨이 부딪치고, 혀와 혀가 엉키고, 서로의 침을 삼키는 것으로 그들의 갈증은 끝이 날 수 있을까? 그들의 사랑은 마침내 만족을 찾게 될까? 그들의 혀가 상대방의 식도와 위장과 소장, 대장을 거쳐 다시금 몸뚱이 밖으로 삐져나와 연인의 몸을 한 바퀴 휘감는다 해도, 상대방의 혀를 빨아들여 역시 같은 경로를 거쳐서 제 몸을 한 바퀴 휘감도록 한다 해도, 그들의 사랑이 만족해서 물러나 앉는 일은 없을 것이라고 나는 생각한다. 사랑에는 적어도 '이젠 됐다'는 자족의 경지가 있을 수 없는 것이다. 사랑의 지향은 완성이 아니라 좌절이나 파멸이라고 나는 생각한다.(로댕은 본래 〈지옥의 문〉의 일부로 이 작품을 만들었다가 전체 분위기와 어울리지 않는다고 해서 별도로 독립시켰다고 하는데, 그것은 잘못된 판단이 아니었을까!) 그런 패배주의적인(?) 생각 때문에 〈입맞춤〉은 내게 슬픔으로써 다가온다.

© 이지누

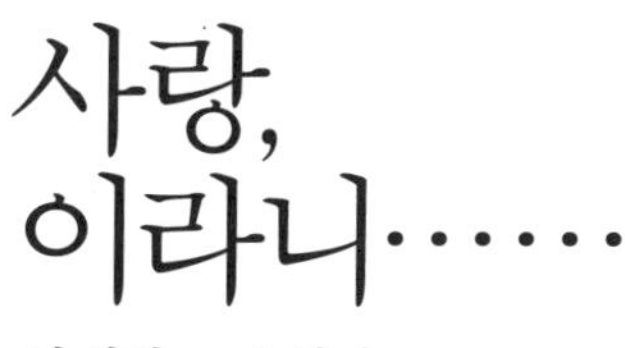

하성란—소설가

I

상주尙州라는 데를 떠올리면 울적해진다. 그곳엔 한 번도 가본 적이 없는데 누가 상주 출신이라 하면 그의 얼굴을 지그시 바라보게 되고 뉴스에서 상주에 관한 소식이 나오면 귀를 기울이게 된다. 그렇다 보니 어떨 땐 고향 같은 느낌이 들기도 한다. 단 한번 경상북도 쪽을 여행하다가 상주라고 적힌 이정표 아래를 휙 지나친 적이 있었다. 몇 초에 불과한 짧은 시간에 만감이 교차했다.

난 지금까지 상주가 상주桑州일 거라고 철석같이 믿었다. 그 여자가 내게 그렇게 알려줬다. 이상하게도 어릴 적에 주워들은 것들은 잘 잊히지를 않는다. 한때 난 걸어 다니는 선데이서울이었다. 이렇게 저렇게 얻어들은 이야기들(영화배우의 이름과 영화 제목, 내용은 물론이고 비키니 차림의 여배우의 포즈에서부터 누가 누구와 어떻고 저렇다더라 하는)을 꿰고 있었다. 그런 책들은 폐품 모집 기간이면 교실 뒤에 가득 쌓였다. 아무튼 그때 그 여자가 분명히 그랬다. 뽕나무 상桑 자를 쓴다고.

상주 생각만 하면 마음이 스산해진다. 텅 빈 거리에 바람이 불어 신문지 조각이 날아다니는 풍경이 떠오른다. 그 도시에 대한 막연한 인상이다. 인적이 끊기고 저녁 어스름까지 내려 을씨년스럽다. 하도 조용해서 누에가 뽕잎을 갉아먹는 소리까지도 들릴 듯하다. 그 여자는 지금 그곳에 살고 있을까.

엇비슷하게 생긴 집들이 다닥다닥 붙어 있었다. 비밀이라곤 없었다. 우리 집은 그 골목길의 맨 끝집이었는데 방 세 칸에 다락이 두 개, 지하실이 하나, 목욕탕이 하나, 변소가 하나였다. 방 한 칸은 늘 세를 주었다. 아예 세를 주게끔 만들어졌는지 부엌이 따로 딸려 있고 출입구도 따로 나 있었다. 옥색과 흰색의 자잘한 타일이 발린 작은 부엌에 연탄 아궁이가 하나 있었다. 세를 살던 사람들 가운데 지금까지도 기억나는 얼굴들이 있다. 뜨내기들이 많았다. 달세로 몇 달 살다 가는 사람들로부터 한 이 년 남짓 살면서 악착같이 돈을 모아 바로 앞집을 사 나간 사람도 있었다.

경북 상주 출신이라는 그 여자네 가족은 달세를 살았다. 눈꺼풀이 두툼하고 늘어져 눈동자가 보이지 않던 여자의 언니는 늘 주머니가 많이 달린 쥐색 전대를 굵은 허리에 두르고 있었다. 언니의 얼굴은 매일 밤 울다 잔 것처럼 통통 부어 있었다. 언니에게는 남편이 있었는데 그 남편의 얼굴은 희미하다. 그 남편은 언니보다 덩치도 훨씬 작고 조용했던 사람이었다. 그 부부는 리어카를 끌고 다니며 행상을 했다.

그 여자는 제 언니와는 영 딴판이었다. 두 사람이 자매라는 게 믿기지 않았다. 어렸을 때는 아름다움을 보는 눈이라는 게 좀 다른데 어린 눈에도 꽤 예쁜 여자였다. 가무잡잡한 피부에 갸름한 얼굴 선, 반듯한 콧날. 참기름을 한두 방울 친 듯 생기 어린 눈망울. 여자는 서울살이를 하는 언니의 옹색한 신혼 방에 얹혀살았다. 일정한 직업을 구하지 못해 집에 있는 날이 더 많았다. 뭘 하는지 방안에서는 기척도 나지 않았다.

계약서를 쓸 때 어머니가 어디 사람이냐고 물었더니 언니 쪽이 경북 상주 사람이라고 했다. 사투리를 쓰지는 않았다. 나는 초등학교 4학년이었는데 마침 사회책에서 읽은 각 지방의 특산물이 자르르 떠올라 "아, 누에가 유명한 곳"이라며 잘난 척을 했다. 언니는 두툼한 눈을 조금 크게 떴을 뿐 별 말이 없었고 옆에 앉아 있던 그 여자가 배시시 웃었다. "어린아이가 별 걸 다 아네. 상주는 사과도 나." 그러면서 상주는 뽕나무가 많아 뽕나무 상桑 자를 쓴다고 분명히 말해주었다.

어머니는 별 다른 말썽을 부리지 않는 셋방 사람들을 좋아했다. 밤늦게 술에 취해 들어와 그릇을 부수고 자는 아이들을 깨워 울리는 남자도 있었고 셋방 아이들과 붙기만 하면 우리가 싸워대서 골머리를 앓은 적도 있었다. 애도 없어 조용하기까지 했으니 어머니는 그 언니를 볼 때마다 집을 살 때까지 진득하게 눌러 있으라고 했다.

일자리를 알아보려는 것인지 여자가 슬슬 외출을 하기 시작했다. 별다른 화장을 하지도 않았는데 눈부시게 아름다웠다. 어깨쯤에서 찰랑이는 긴 생머리를 흔들면서 사뿐사뿐 골목길 끝으로 사라졌다. 일자리가 났는지 여자는 매일 아침 외출했다. 낮 동안에 셋방은 텅 비어 있었다. 그렇게 그 여자네는 한 일 년 우리 집 셋방에서 조용하게 보냈다.

방과 후 집으로 돌아오는 길에 한 무리의 여자들을 만났다. 골목을 기웃거리는 여자들은 기세등등했다. 누군가 여기다, 라고 소리를 쳤고 여자들이 앞 다퉈 우리 집 대문 안으로 뛰어 들어갔다. 잠시 후에 셋방 안에서 여자들의 고함소리가 터지고 욕설이 뒤를 이었다.

소란에 놀란 어머니가 방에서 뛰쳐나왔다. 셋방의 출입구에서 얼굴이 붉으락푸르락한 여자들이 나왔다. 덩치 큰 여자의 손에 머리끄덩이를 잡힌 그 여자는 신발도 신지 못한 채 질질 끌려 나왔다. 어머니는 한눈에 사태를 파악한 모양이었다. 자꾸 나를 방안으로 밀어 넣었다. 여자들은 온 동네 사람들이 다 들으라는 듯 소리를 쳐댔다. “대명 천지에, 어디 남자가 없어 남의 남자를 넘봐? 엉?” 머리채를 흔들어댈 때마다 그 여자의 얼굴이 사정없이 휘둘렸다. 그런데도 여자의 얼굴 표정은 변함없었다. 신음소리도 내지 않았다. 그런 것이 여자들의 부아를 돋았다. “이년 표정 좀 봐. 이런 독한 년, 이런 죽일 년!” 삽시간에 사람들이 몰려들었다.

소동은 삼십 분 넘게 이어졌다. 그 사이에 우리 골목길에 사는 사람들은 어린 우리 막내까지도 상황을 알 정도가 되어버렸다. 여자들 중 누군가의 여자 남편과 그 여자가 바람이 났다. 말리려던 어머니도 여자들의 기세에 나가떨어졌다. 여자들은 지치지도 않는지 고래고래 고함을 질러댔다. 누가 그 여자가 사귄 남자의 부인인지 짐작할 수가 없었다. 화를 내는 걸로 봐선 그 여자들이 다 부인인 듯했다.

골목길을 메운 사람들은 구경만 할 뿐 누구 하나 나서려 하지 않았다. 그러는 사이 여자의 머리카락은 수세미처럼 뭉치고 옷은 찢어졌다. 터진 입에서 피가 흘러내렸다. 여자의 언니가 전대를 두른 채 뛰어들었다. 언니는 두 팔을 걷어붙이고 여자들이 아닌 제 동생 쪽으로 달려들었다. "이년아, 너 죽고 나 죽자! 세상 창피해서. 이젠 얼굴 들고 못 산다, 못 살아!" 언니가 동생의 머리카락을 쥐어뜯고 얼굴을 쥐어박고 꼬집었다. 그 바람에 여자들의 기가 죽었다.

여자는 일자리를 구하지 못했을 때처럼 방안에만 틀어박혀 지냈다. "얼굴값 한다고, 세상에." 동네의 입이 있는 사람들이라면 모두 그 여자에 대한 이야기에 열을 올렸다. 모두 그 여자가 자신의 남편과 바람난 것처럼 굴었다. 소동을 부린 여자들은 더 이상 찾아오지 않았지만 험담은 좀처럼 사그라지지 않았고 여자는 예전처럼 골목길 가운데로 걷지 않았다. 소문이 점점 여자를 방구석으로 내몰았다.

창 너머로 들여다보니 가재도구가 몇 없는 썰렁한 방이 보였다. 여자는 벽과 벽의 모서리에 등을 대고 앉아 방바닥에 연방 손가락으로 글씨를 쓰고 있었다. 생기발랄했던 모습은 찾아볼 수 없었다. 언제 잘랐는지 머리를 짧게 치고 아줌마처럼 뽀글파마까지 했다. 가끔 마당에서 마주칠 때도 예전처럼 나를 보고 웃어주지 않았다. 그 여자 같지가 않았다. 눈동자는 청맹과니처럼 이곳저곳을 더듬었다. 여자는 하루아침에 시들었다. 하루 종일 방안에 있는데도 행상을 하다온 언니보다 훨씬 지쳐보였다.

학교에서 돌아오니 셋방이 텅 비어 있었다. 내가 학교에 간 사이 이사를 간 모양이었다. 가구가 몇 안 되니 이삿짐을 나르느라 수고를 하지 않아도 되었을 것이다. 셋방에 들어가 보았다. 연탄이 빠진 컴컴한 아궁이가 내려다보였다. 사람들이 자주 바뀌는 통에 벽지가 너덜너덜했고 손때로 거무스름했다.

상주 출신이라는 사람 앞에서 상 자가 뽕나무 상 자라고 우겨댔다가 창피만 당했다. 사전을 찾아보니 엉뚱한 한자였다. 하지만 여전히 상주라는 델 떠올리면 누에가 뽕잎을 갉아먹는 소리가 들리는 듯하고 한없이 고요해진다. 그 여자를 골목길에서 몰아낸 건 집까지 찾아와 머리끄덩이를 잡은 애인의 아내가 아니었다. 뒤에서 손가락질하던 동네 여자들이었다.

어제 일처럼 선연히 떠오른다. 질질 끌려나오면서도 표정 하나 변하지 않던 여자의 얼굴. 그 여자는 그 남자를 사랑했을 것이다. 그때 누군가 그 여자를 보듬어주었더라면 그렇게 야반도주하듯 이사하지는 않았을 것이다. 갑자기 바뀌어버린 여자의 눈빛도 떠오른다. 모습은 변하지 않았지만 무언가 결락된 것 같았다. 그림자가 없는 사람 같기도 하고 영혼 없는 허수아비 같기도 했다. 문득 떠오른 유행가 가사의 한 구절을 읊어본다. "사랑한 게 죄이라서……"

사랑에 관한 내 첫 기억은 상주라는 데와 맞물린다. 그래서 우울하다.

2

내 동생은 과년한 처녀다. 그 말조차 무색해질 대로 무색해진 노처녀다. 독신주의자는 아니다. 백화점 세일 기간 중에 사둔 예쁜 그릇들이 장롱 위에 쌓여 있다. 선이라는 것도 몇번 본 걸로 알고 있다. 경제력이나 외모 그런 것을 따지는 것처럼 보이지만 사실 그 애가 찾는 남자는 '필이 꽂히는' 남자다. 사랑하는 남자와 결혼하겠다는 것이 큰 욕심일까. 내 동생은 어느새 노처녀가 되어버렸다.

나는 개인적으로 여자에게 가장 중요한 덕목을 미의식으로 뽑는다. 그런 면에서 내 동생은 딱 그걸 갖춘 여자다. 이 여자는 부지런해서 늘 옷을 깨끗하게 다려 입고 신발을 광나게 닦는다. 흐트러진 머리는 잠잘 때나 본다. 값싸지만 아름다운 물건을 고르는 안목도 타고났다. 아기를 낳아본 후에야 알게 된 모성애라는 것을 동생은 진작부터 갖고 있다. 내가 바쁠 때면 내 아이를 제 아이처

© 한희덕

럼 거둔다. 피곤한 내색을 하지 않는다. 어머니로서도 손색이 없는 여자다.

딱 한 번, 이십대 후반의 이 여자에게 결혼할 기회가 있었다. 이십대 중반에 내 동생은 우연히 한 남자를 만나게 되었다. 그쪽에서 말을 걸어와 합석이라는 걸 했는데 목소리가 박력이 없고 우

물쭈물하는 것이 남자답지 못하다고 생각되어 더 이상 연락하지 않았다.

몇년 후 어찌어찌 동생의 연락처를 알아낸 그가 전화를 해왔다. 다시 만나보니 평정심이 있는 남자였다. 지적인 욕구가 강해 한 번도 마셔본 적이 없는 와인에 대해서도 줄줄이 꿰고 있었다.

박력 없어 보이는 목소리는 지방 출신이라 사투리를 표준말로 바꾸려는 데서 나온 것이었다. 무엇보다 아이의 아버지로서 괜찮은 사람이었다. 아이에게는 어머니 못지않게 아버지의 역할도 중요한 것이라는 것을 알고 있었으니 내 동생은 역시 뛰어난 어머니감이 틀림없다.

저녁 식사에 초대했다. 우리들이 좋아하는 회를 준비했는데 그도 회를 좋아했다. 광어회를 한 점으로 성이 안 차 두 점씩 집어 먹었다. 우리 모두 그 점에 반했다. 부모님끼리 만나 저녁 식사도 나누었다. 다른 집은 어떤지 몰라도 우리 집은 함께 밥 먹는 일을 큰일로 친다. 이제 남은 건 결혼이겠구나 당연히 생각은 그렇게 흘러갔다.

그런데 어느 날 두 사람이 헤어졌다. 연인들 사이에 있는 단순한 토닥거림이려니 생각했는데 만나지 않는 기간이 길어졌다. 언니랍시고 둘 사이에 끼어들어 몇 번 전화 통화를 했다. 전화 속 목소리는 박력 없이 우물거렸지만 생각은 단호했다. 얌전하고 부드럽게 생긴 얼굴 어디에 그런 단호함이 숨어 있나 싶을 정도였다. 꽤 괜찮은 남자구나라는 생각과 함께 좀 더 너그러운 남자라면 금상첨화일 텐데 라는 생각을 했다. 그렇게 내 동생의 결혼은 전화를 끊듯 무화되었다.

몇 년이라는 시간이 순식간에 흘러 동생은 삼십대가 되었다. 동생은 여전히 혼자였다. 시내에 나갔다온 동생이 우울해보였다. 우연히 택시를 타고 그 남자가 살던 집 앞을 지나쳤다고 했다. 그 남자의 집은 대로 안쪽에 있었기 때문에 동생은 일부러 그 길 앞으로 지나갔을 것이다. 남자의 집이 서서히 다가오기 시작했을 때 동생의 심사는 말 안 해도 알 것 같았다. 붉은 벽돌집, 대문 색도 그대로였다. 컹컹, 개가 울림 있게 짖었다. 그 남자는 개를 너무도 좋아했다. 그들이 헤어지게 된 원인은 어이없게도 세인트버나드 때문이었다. 남자가 말도 없이 개를 세 마리나 산 것이 동생의 심사를 뒤틀리게 했다. 아무리 작은 일이라도 하나를 보면 열을 안다고 같이 키울 개를 한 마디 상의 없이 샀다는 건 문제가 있는 거라고 동생이 화를 냈다.

동생은 좀 천천히 가달라고 택시 기사에게 주문했을지도 모른다. 이윽고 그 집의 옥상이 눈에 들어왔다. 옥상에는 별이 한가득 드글드글 들끓고 있었다. 그 옥상 한가운데 바람에 펄럭이고 있는 것은 누군가 깨끗하게 삶아 빤 듯한 희디 흰 기저귀들이었다. 그 남자는 그 사이 결혼을 해서 아기를 낳았다.

내가 먼저 울었다. 괜히 서러웠다. 사랑이 그렇게 쉽게 옮겨가는 게 어이가 없어 울었다. 이젠 돌이킬 수 없다는 생각에 안타까웠다. 그러면서도 이상하게 깃발이란 시가 떠올랐다. 영원한 노스탤지어의 손수건 손수건 손수건…….

그 남자도 혼자 택시를 타고 동생이 살고 있는 아파트 앞을 지나간 적이 있었을지도 모른다. 몇 층 몇째 줄 창인지 찾기 어려워 허공만 바라보고는 예전에 먹었던 달디 단 생선회 맛을 떠올렸을지도 모른다.

그날 동생과 나는 동생이 애지중지 장롱 위에 올려둔 커피 잔 세트를 내려 차를 타 마셨다.

3

아버지와 어머니의 나이 차는 아홉 살. 세대차가 날 적지 않은 나이 차인데 아버지가 자신의 나이를 거짓으로 몇 살 줄인 탓에 결혼이 가능했다. 어머니는 결혼하고 난 후에야 아버지의 제 나이를 알았지만 그때는 행차 뒤의 나팔이었다. 하지만 내가 보기엔 그 둘 사이에 나이 차보다도 더 간격이 큰 성격 차라는 것이 존재한다. 두 사람이 각각 양쪽 끝에 서 있어 도무지 합일점이라는 것을 찾는 일이란 어려워 보인다. 그런데 놀랄만한 건 그런 두 사람이 40년 가까이 결혼 생활을 유지하고 있다는 것이다.

나는 장녀라 지방에서 관혼상제가 있을 때마다 아버지, 어머니와 동행한 적이 많았다. 돌아올 때면 제일 지쳐 있는 건 사이에 낀 나였다. 아버지는 조용한 사람이고 무슨 일이든 조용조용하게 지나가기를 바라는 사람이다. 늘 숨죽이는 사람이다. 그런데 어머니는 불의를 보면 참지 못하고 꼭 한 마디 거들어야 직성이 풀린다. 그래서 남의 싸움에도 자주 섞였다. 아버지는 음주가무를 좋아하고 어머니는 질색을 한다. 아버지는 조금 게으르고 어머니는 죽으면 썩을 살을 뭐 하러 놀리느냐며 잠시도 쉬지 않는다.

40년. 어머니는 농담처럼 내가 참고 산 건 다 늬들 때문이라고 한다. 이불 걷듯 다 걷고 새 이불로 깔고 싶은 마음이 굴뚝 같았지만 혹 딸들의 결혼에 허점이라도 될까 싶어 꾹꾹 눌러 참았다는 것이다. 그런데 과년한 두 딸이 결혼을 못하고 있으니 참은 게 분하다고 한다.

두 사람은 나란히 앉아 삼십 분을 못 넘긴다. 되로 주고 말로 받는 식이다. '음식 간이 짜다'라는 말 한 마디가 당신한테 시집와 호강 한번 못했다는 말로 비약하는 데는 별로 시간이 걸리지 않는다.

새벽 두 시 반이 넘었는데 아버지가 귀가하지 않았다. 핸드폰을 두고 나가 연락두절이었다. 자정이 넘자 어머니는 슬슬 불안해지기 시작해 새벽 두 시가 되자 안절부절 못했다. 나이가 들면서 아버지의 건강은 예전 같지 않았다. 귀가 길에 혹시 쓰러진 것은 아닐까, 행여 강도를 만난 것은 아닐까, 어머니는 경찰에 전화를 걸었다. 아버지의 인상착의에 대해 이야기하는데 경찰이 이런 일이 비일비재하다는 듯 심드렁했다고 또 목소리를 높였다.

새벽 세 시쯤 귀가한 아버지는 별일 아니라는 듯 요 앞 맥주 집에서 호프 한 잔 했다고만 말해 어머니의 부아를 돋우었다. 그래도 딱 한 가지 두 사람이 맞는 것이 있는데 바로 드라마 시청이다. 텔레비전 앞에 앉아 나란히 드라마를 보고 어떨 때는 드라마에 관한 이야기를 나누기도 한다.

몇해 전 나란히 누워 주무시라고 딱딱한 질감의 매트리스로 된 커다란 침대를 사드렸다. 그런데 아버지의 잠꼬대가 심하다는 이유로 어머니는 침대 아래에서 잠을 잔다. 40년 동안 우여곡절이 많았을 것이다. 어린 우리에게 내색을 하지 않았을 뿐 어머니 혼자 분을 삭인 일도 많았을 터이다. 아버지 또한 사정이 다르지는 않았을 것이다.

삐걱삐걱, 아버지와 어머니가 저만큼 앞서 걷는다. 두 사람은 나란히 걷지도 않는다. 걸음이 빠른 아버지가 늘 저만큼 앞선다. 그 뒤를 어머니가 그 뒤를 내가 따라간다. 이번 여행에서는 별 일 없어야 할 텐데. 두 사람을 보고 있으면 정말 질긴 고무줄 생각이 난다. 질기다, 정말 질기다. 사랑이든 정이든.

4

선후배간이 간 대학 엠티에서였을 것이다. 누가 어쩌자고 그런 곳을 물색했는지. 경치는 그렇다 치고 스무 명이 넘는 인원을 한 방에 몰아넣는 데는 짜증이 날 수밖에 없었다. 밤이 되자 콘택트렌즈 부작용 때문에 눈을 뜰 수도 없었다. 캠프파이어를 위해 쌓아둔 장작더미에 불은 잘 붙지 않고 매캐한 연기만 났다. 신문지를 돌돌 말아 넣는다, 입으로 불씨를 분다, 식용유를 사다 붓는다, 그 주위를 둘러앉긴 했는데 어이가 없었다. 캠프파이어 같은 것은 초등학교 다닐 때 걸스카우트에서 물리게 해서 별다른 감흥도 없던 차였다. 어디 불이 붙나보자, 하는 심정으로 장작더미를 노려보고 있는데 옆에 앉은 누군가가 말을 걸어왔다. 한 학년 위의 남자 선배였다.

나한테 뭔가 바보 같은 질문을 하기에 거기에 맞게 짧게 대답했다. 그가 낙담이라도 한 듯 한숨을 크게 쉬었다. 그때 나눈 그 두 마디가 처음이자 마지막이었다. 그런데 학교에서 그 선배와 부딪힐 때마다 불편했다. 얼마쯤 지나자 그 선배 옆에 늘 같이 다니는 여자 선배가 생겼다. 내가 가는 곳만 찾아내는지 매번 마주쳤다. 하지만 시간이 지나자 그것도 끝이었다. 자연스럽게 내 관심사는 딴 데로 돌려졌고 학기가 끝날 때쯤에는 그 선배는 아예 안중에도 없었다.

그 선배를 우연히 만났다. 15년 만이었다. 합석하게 되었는데 장난기가 발동했다. 15년 전 엠티에서 나한테 했던 이야기를 기억하냐고 했더니 눈을 껌벅이다가 "내가 뭐라고 했어요?" 했다. 그럼 그날 밤 내 대답을 듣고 난 후에 지었던 그 절망적인 표정은 무엇이었단 말인가. 나눈 말은 두 마디에 불과했지만 말로 하지 못한 이야기가 너무도 많다고 생각했는데, 그날 밤 콘택트렌즈 부작용 때문에 잘못 본 것일까.

그 선배와 시내에서 우연히 또 마주쳤다. 이번에는 내 동생과 함께였다. 그 선배가 지나간 후에 "내가 한때 좋아했던 사람이야." 했더니 동생이 "그럼 H씨?" 했다. 선배의 이름은 Y였다. "아니, 아니. H는 그 다음에 좋아한 사람이고……." "그럼 K는?" K는 어디

하성란

1967년 서울에서 태어나 서울예대 문예창작과를 졸업한 하성란은 1996년 서울신문 신춘문예에 단편 〈풀〉이 당선되면서 작품 활동을 시작하였다. 등단 이후 도시의 일상과 현대인의 고독한 삶을 뛰어나게 그려내면서 새로운 소설 경향을 대표하는 작가로 주목받던 그는, 등단 3년 만에 전통의 동인문학상을 수상하며 문단 안팎을 깜짝 놀라게 했다. 그간 소설집 《루빈의 술잔》, 《옆집 여자》, 《눈물의 이중주》(공저), 《푸른 수염의 첫 번째 아내》와, 장편 소설 《A》, 《식사의 즐거움》, 《삿뽀로 여인숙》, 《내 영화의 주인공》등을 펴냈다. 1999년 단편 〈곰팡이 꽃〉으로 〈동인문학상〉을, 2000년에는 단편 〈기쁘다 구주 오셨네〉로 〈한국일보문학상〉을, 2004년과 2008년에는 〈이수문학상〉과 〈오영수문학상〉을 수상하며 독자들의 사랑을 받고 있다.

ⓒ 한희덕

에 끼워 넣어야 할지 생각나지도 않았다. 동생이 눈을 흘겼다. "좋아한 사람이 어디 한 둘이라야지." 동생과 나는 거리 한복판에서 행인들이 보건 말건 박장대소했다.

집에 돌아와 누워 이름들을 떠올려보았다. 연애까지는 간 적이 없지만 난 누군가를 끊임없이 혼자서 좋아했다. 말을 하지 못해 버스 정류장에서 그냥 헤어지고 나중에 그도 날 좋아했다는 이야기를 생뚱맞은 사람에게 전해 듣기도 했다. 서로 결혼을 한 뒤여서 만나서 확인하고 할 것도 없었지만 하루 종일 애꿎은 그 남자애에게 욕을 해댔다. "무슨 남자가 고백할 용기도 없냐. 병신같이."

돌이켜보면 난 겁이 많았다. 비가 와 진창이 졌는데 어머니가 나가 보니 진창길을 막 밟고 걸어오는 동생과는 달리 난 신과 바짓단에 흙이 튀지 않게 마른땅을 찾아 깨금발을 뛰고 있더라고 했다. 사람들과 만남에서도 깨금발을 뛰었다는 혐의를 지울 수 없다. 연애예찬론자였던 친구의 말을 빌리자면 연애란 그 사람의 우주를 덤으로 얻는 것이다. 광활한 우주에 궤도를 따라 도는 수금지화목토천해명의 모습을 그려본다. 그 친구의 가슴 속에는 우주처럼 수많은 별들이 떠 있을 것이다.

사랑이라니.

수금지화목토천해명……. 가슴 속의 수많은 별들이라니.

혼자였을 때 나는 혼자가 아니었다
《그녀에게》

영화 《그녀에게(감독 페드로 알모도바르)》를 본 건 강석경 선생님의 추천에서 연유했다. 그냥 추천이 아니라 강추였다. 고은주랑 비가 오는 오후에 영화를 보았다. 찔끔 눈물이 나 참고 있었는데 옆에 앉은 고은주도 훌쩍이고 있었다. 그런데 알고 보니 고은주는 운 게 아니었다. 밀폐된 공간에 있다 보니 비염이 도진 거였다.

작년 여름, 두 달 동안 강원도 원주에 있었다. 짐을 싸서 집을 떠날 때는 장편을 완성해 오리라 마음을 다잡았다. 엄마와 처음으로 길게 떨어지는 아이는 베란다에 붙어 서서 내 모습이 사라질 때까지 울었다 한다. 울면서 머리 위로 팔을 펼쳐 올려 하트 모양을 만들었다. 그 모습이 우스워 원주로 오는 내내 울다 웃다 했다.

원주는 적막한 도시다. 지열로 꿈틀거리는 들판에는 마른 먼지가 휘날렸다. 버스를 타고 사십 분쯤 나가면 시내가 나왔다. 시장을 돌아다니면서 메밀전을 사 먹고 민소매 셔츠랑 양말을 사 신었다. 맛있는 만두집도 알아두었다.

몇 번의 외출로 알게 된 DVD방에서 다시 《그녀에게》를 보았다. 사람은 가끔씩 무리에서 벗어나 철저히 혼자 있어 봐야 한다는 걸 지난여름 알게 되었다. 혼자였을 때 나는 혼자가 아니라 여럿과 같이 있었다. 지난여름 나는 여름을 난 아이처럼 키가 컸다.

영화에 나오는 카에타노 벨로소의 '쿠쿠루쿠쿠 팔로마'는 그 여름내 내게 있었다.

그는 수많은 긴긴 밤을 술로 지새웠다 하네
밤마다 잠 못 이루고 눈물만 흘렸다고 하네
그의 눈물에 담아낸 아픔은 하늘을 울렸고
마지막 숨을 쉬면서도 그는 그녀만을 불렀네
노래도 불러보았고 웃음도 지어봤지만
뜨거운 그의 열정은 결국 그를 죽음으로 몰고 갔네
어느 날 슬픈 표정의 비둘기 한 마리 날아와
쓸쓸한 그의 빈 집을 찾아와 노래했다네
그 비둘기는 바로 그의 애달픈 영혼
비련의 여인을 기다린 그 아픈 영혼이라네

© 한영희

사소하지만 치명적인 사랑

함정임 — 소설가. 동아대 교수

사랑 없이 소설이 가능하기나 한가? 아니 삶은, 죽음조차.

최근 발표한 소설 〈소금 한 줌〉이나 〈호퍼의 주유소〉는 말할 것도 없고, 이 년 전에 출간한 소설집 《버스, 지나가다》의 여러 소설들(〈사랑인가〉, 〈사랑처럼〉, 〈꽃구경〉, 〈버스, 지나가다〉)과 그 전의 〈당신의 물고기〉, 〈이야기, 떨어지는 가면〉, 〈열애〉, 〈첫사랑〉 그리고 곧 발표할 소설 역시 '사랑'이 화두이다. 소설집 《버스, 지나가다》의 말미에 나는 그 책에 묶인 소설들이야말로 그 소설들을 쓰며 살았던 이 년 동안의 내 사랑의 현실이라고 썼다. 누군가 '내 소설의 팔 할은 바람'이라고, 아버지라고, 또 어머니라고 말한다면, 내게 있어서 내 소설의 팔 할은 사랑, 언제나, 다시, 사랑이다. 언제나 다시 부는 바람처럼 내게는 사랑이, 그 입김 그 폭풍이 소설을 부르고 또 끝낸다. 그 사랑, 그 잘난 사랑, 그 빌어먹을, 그 애물단지 같은 사랑이란 도대체 무엇이냐?

청춘 시절 나는 〈열애〉라는 소설을 쓰면서 샤를 보들레르의 연애론에 가볍게 동조했었다. "사랑이란 무엇인가? 자기로부터 도망치려는 욕구. 사내란 열애하는 동물. 열애한다는 것, 그것은 스스로를 희생하며 몸을 파는 것. 그러기에 모든 사랑은 매음이 아니냐." 〈열애〉를 쓰던 당시 나 자신이 열애 중이었음은 두말할 나위가 없다. 그런 연유로 그 소설을 펼치면 열애의 풍경이 도처에 살박혀 있다. 흔들리는 수인선 협궤열차를 타고 안개 자욱한 포구로 떠나는가 하면, 끼룩끼룩 갈매기 아우성치는 여객선에 몸을 싣고 외딴 섬으로 떠나기도 하면서, 호시탐탐 가까이 더 가까이 손을 잡고 입을 맞추려는 사내와 계집, 그러니까 열애하는 동물의 수줍음과 흥분, 도주와 질주를 거침없이 그렸었다. 그리고 십 년. 나는 〈열애〉의 풍경을 완전히 다른 어법으로, 그러니까 이십대 열애의 순수, 희열과 흥분과 뜨거움을 삼십대 열애의 사소함과 치명성과 싸늘함으로 다시 썼는데, 중편 〈아주 사소한 중독〉이 그것이다.

〈아주 사소한 중독〉을 쓰면서 나는 사랑의 끝에 도달한 심정이었다. 그러니까 나는 아주 늙어버린 것 같았다. 마흔 살이나 일흔 살 정도가 아닌 오백 살이나 칠백 살의 탈골 상태, 아니 거꾸로 말을 배우기 이전 칠 개월이나 십일 개월의 갓 난 상태 같았다. 칠백 살과 칠 개월 간의 현기증 나는 편차는 대관절 무엇인가. 사랑이냐 사랑이 아니냐, 사랑이 아니냐 사랑이냐를 묻는 것이 한순간 부질없는 경지가 온다. 그때 뜨거움은 차가움으로 중대함은 사소함으로 무거움은 가벼움으로 치솟는다. 극렬한 모순은 지독한 진실을 전제로 한다. 사랑은 매 순간 가늠할 수 없는 존재의 심연이다. 〈아주 사소한 중독〉을 쓸 당시 당연히 나는 자칫 잘못 사랑의 늪에 빠져 있었다. 그리하여 그 사랑, 그 잘난 사랑, 그 빌어먹을, 그 애물단지 사랑을 쓰지 않고는 그 늪을 건널 방도가 없었다. 그때 내 관심사는 사랑 이야기를 쓰되 '왜 쓰는가'와 동시에 '어떻게 쓰느냐'를 무릅쓰는 미학을 창출하는 데 있었다. 사회적인 조건이나 자기 기만 따위가 적나라하게 발가벗겨지는 원초적인 해제解除 지점에 이르는 방법론을 찾아야 했다. 세상에 널리고 널린 게 사랑 이야기이다. 해가 지고 바람이 부는 일만큼이나, 눈을 뜨고 감는 일만큼이나 사소하고 익숙한 것이 사랑 이야기이다. 그럼에도 불구하고 새삼, 또 다시, 사랑 이야기를 쓴다는 것은 그만큼 힘겨운 과제이자 매혹적인 도전이었다.

이 소설의 처음은 '그녀는 그가 왜 좋은지 모른다. 무엇이 좋은지 모르면서 그와 키스를 한다. 그녀가 유일하게 믿는 건 혀다'라고 시작한다. 그리고 이 소설의 마지막 역시 "그녀는 점이나 미신 따위는 믿지 않지만 자신의 혀만은 무시한 적이 없다. 그것은 거의 틀리지 않는다."라고 끝난다. 케이크 전문가인 그녀와 러시아문학 박사인 그를 주인공으로 한 이 소설의 처음과 끝을 보면 매우 말초적이고 감각적인 혀의 사랑, 관능적인 사랑으로 읽힐 수 있다. 그리고 그것은 어느 정도, 아니 거의 맞다. 나는 소설 쓰기의 매혹의 하나로 언어의 성감대를 즐기는 편이다. 언어의 관능과 더불어 몸의 관능이 혼융混融하는 소설이라면 나로서는 더 바랄 나위가 없다. 이 소설은 사랑을 주제로 한 나의 작품들 중 가장 본능적이고 관능적인 작품이라 해도 틀리지 않는다. 남녀의 섹슈얼리티性를 극단적으로, 동시에 희극적으로 몰고 간 작품이라고 할 수 있다. 언어의 성감대를 즐겨 구사하는 만큼이나 나에게 중요한 것이 언어의 희극성이다. 사소하지만 치명적인 사랑의 동력학, 혹은 정치학이라는 수사가 덧붙여지는 것을 보면 이 소설은 사랑을 주제로 한 나의 다른 작품들 중 가장 의식적이고 구조적인 작품으로 읽힐 수도 있다.

소설을 풀어나가는 작가의 손끝이 본능적인 동시에 의식적일 수 있기란 매우 드문 일이다. 작가에게 그런 순간은 평생 한두 번, 많게는 두세 번 오는 것이 아닐까 싶다. 책을 너무 많이 읽어 지식에 넌더리를 치는 러시아문학 시간강사 그와 그보다 세 살 연상의, 부드러움과 달콤함의 극치를 추구하는 케이크 디자이너 그녀. 그들의 나이와 직업 설정으로 보면 매우 정치한, 그러니까 의도적인 '작업'으로 보일 수도 있으나, 고백컨대, 이들의 운명적 만남처럼 직업 역시 그 흐름 속에서 이루어졌다. 그러니까 나는 이 소설을 매우 자연스럽게 관능적이고도 구조적으로 쓸 수가 있었는데, 사랑의 행위와 매우 흡사한 연주자 자세가 부지불식중에 글쓰기에 작용했던 것 같다. 연주자 자세(첼로 연주자나 바이올린 연주자를 떠올려 보라!)란 소설의 흐름은 전율을 일으킬 정도의 관능성을 유지시키고, 소설의 구조는 대립쌍들로 끊임없이 변주해나가는 방식이다. 그런 의미에서 이 소설을 즐기는 독법 중 하나는 두 남녀가 제공하는 다양한 이미지-멀티플한 성향의 그의 책과 그녀의 매혹적인 음식, 쉴 새 없이 날리는 그의 문자메시지와 늘 신개

발에 몰두 중인 그녀의 케이크, 섹스 할 때조차 주변을 오가는 그의 눈동자와 오로지 욕망만을 탐닉하는 그녀의 혀, 그리고 어떻게든 둘의 관계를 유지시켜 주는 그의 골치 아픈 치통과 그녀의 눈 밑에 난 얄궂은 점-의 변주에 자신의 온 감각을 내주는 것이다. 결혼 상태의 그와 독신 상태의 그녀의 사랑은 통속 멜로의 측면에서 보자면 불륜인데, 그러나 그 누구도 이들의 사랑에서 장애를 느끼는 대신 불륜을 읽지는 않는다. 바로 두 남녀를 감싸고 있는 그러한 사랑의 기호들, 이미지의 변주들 때문이다.

이 소설의 첫 문장을 쓰면서, 그리고 소설의 마지막 점을 찍으면서 나는 그해 여름 파리에 머물며 틈만 나면 찾아가곤 했던 파리 도심 몽파르나스 공동묘지의 마르그리트 뒤라스의 무덤과 그 위에 놓인 한 송이 노란 장미를 생각했다. 처음 뒤라스를 찾아갔을 때 누군가 막 노란 장미 한 송이를 바치고 간 상태였던 것이 그 후 두번 세번 내가 발걸음을 계속하는 사이 꽃잎은 그 끝을 안으로 말아 들이며 시들어갔다. 그리고 한 달 뒤 서울로 떠나오면서 마지막으로 그녀를 찾아갔을 때 장미는 처음의 싱그러운 노랑도, 중간 중간 여운처럼 깃들어 있던 노랑도 허공 속으로 날아가 버리고 가장 깨끗한 뼈의 흰빛을 언뜻언뜻 꽃 몸에 내비쳤다. 나는 싱그럽던 노란 색은 말할 것도 없고 그 은은한 향기마저 잃어버린 한 송이 노란 장미와 살아생전 누구보다 눈부시게 사랑을 삶으로 살아낸 마르그리트 뒤라스에게 기약 없는 작별을 하고 돌아섰다. 그때 석양이, 늦게 떠올라 느리게 느리게 파리의 창공을 가로질러 에펠탑으로 기울어가던 석양빛이 내 등을 벗어나 마르그리트 뒤라스의 묘석 위에 닿아서는 그 시들어빠진 노란 장미를 찬란하게 비추었다. 나는 낮 꿈의 환각인가, 두 눈을 부릅뜨고 시든 장미를, 그 위에 내린 빛을 황홀하게 바라보았다. 순간, 시든 노란 장미는 황금빛으로 살아나 세상에서 가장 눈부신 빛을 띠었다.

파리에서 돌아와 가을이 가고 겨울이 깊어지도록 나는 그날 그 황금 장미의 환영에 이따금 사로잡혔다. 사랑 이야기를, 뒤라스에 질세라, 나만의 독특한 황홀을 불러내고 싶었다. 그해를 며칠 남기지 않은 어느 어두운 저녁 파리 몽파르나스 공동묘지 마르그리트 뒤라스 무덤 앞에서 처음으로 만났던 두 남녀가 주인공으로 등장하는 소설의 첫 문장을 썼다. 그리고 채 보름이 되지 않아 마지막 문장을 썼다. 보름 간 내 손끝에서 호출된 그녀와 그의 사랑은 현란했고, 공허했다. 소설 중간 중간 실어증과 건망증과 이명증을 거쳤던 그녀의 사랑의 이력이 액자 속에서 튕겨져 나오는가 하면, 떠돌이 시간 강사의, 떠도는 사랑밖에 할 줄 모르는 그의 유아적이고 불안정한 열정이 액자 속에 틀어박히기도 했다. 나는 두 남녀의 액자를 소설 속에 달았다 떼었다 하면서 격정적으로 과감해지기도 했고, 배신감에 참담해지기도 했으며, 그러다 결국 열정이 완전히 소모된 뒤끝처럼 담담해졌다. 그래서 나는 방금 빠져나온 사랑의 실체를 불탄 흔적처럼 씁쓸하게 되돌아보며 감히 썼으리라. '사랑은 일시적인 정신 장애이며, 일상적인 사소한 중독일 뿐이다!'라고.

함정임 1964년 생으로 이화여대 불문과를 졸업했으며 1990년 동아일보 신춘문예를 통해 소설가로 데뷔했다. 전통적 리얼리즘 문법과는 다른, 소설의 이야기성을 배제한 새로운 글쓰기를 시도하면서 강렬한 소설 미학을 추구한 독특한 경지를 개척했다는 평가를 받고 있다. 소설 쓰기와 함께 번역, 예술 기행, 미술 에세이 등 전방위적인 글쓰기를 병행하고 있는 그는 첫 창작집《이야기, 떨어지는 가면》이후 소설집《밤은 말한다》,《동행》,《당신의 물고기》,《버스, 지나가다》와 중편소설집《아주 사소한 중독》, 장편 소설《행복》을 출간했고, 번역서《불멸의 화가 아르테미시아》와《실베스트르》,《만약 눈이 빨간색이라면》등과 산문집《하찮음에 관하여》, 유럽 예술 묘지 기행서《그리고 나는 베네치아로 갔다》와 파리 기행서《인생의 사용》, 미술 에세이《나를 사로잡은 그녀, 그녀들》을 세상에 내놓았다. 2007년부터 동아대학교 문예창작학과 교수로 재직 중이다.

ⓒ 이지누

아, 매번 사랑을 쓰는 일은, 매번 사랑을 하는 일만큼이나 설레고 황홀하고 곤란하고, 그리고 피로한 일이다. 그래서 나는 또 소설 끝에 그녀를 빌려 쓴 것이리라. '사랑한 후엔 긴 비행을 마치고 내려왔을 때처럼, 귀가 먹먹하고 피로가 몰려온다. 그녀는 휴식이 필요하다' 고. 사랑은 우리 몸의 염분, 우리 영혼의 소금과 같다. 내가 아는 한 소설은 인간을 탐구하는 학문, 인간학이다. 사랑은 인간의 영역을 확장시켜 주는 몇 가지 감정 중 가장 강력한 것이다. 나는 그동안 사랑을 얼마나 쉬었던가, 그러고 보니 또 다시 사랑을 쓸 시간이 된 것 같다.

아, 또 한 송이 그 눈부신 황금 장미가 보고 싶다.

뒤라스와 에르노, 사랑의 전사들이 남긴 사랑의 자서전

스무 살 이후 사랑에 관한 한 소설에서 지속적으로 나를 자극하는 작가는 마르그리트 뒤라스Marguerite Duras(1914-1996)다. 그리고 아니 에르노Annie Ernaux(1936~).

서울에서 마르그리트 뒤라스의 《복도에 앉은 남자L'homme asis dans le couloir》를 만났을 때 내 나이 스물둘, 《연인L'amant》을 거쳐 그녀의 마지막 소설 《이게 다예요C'est tout》를 만난 건 그로부터 십년 뒤,

서른둘. 보들레르(잔느 뒤발)와 베케트(수잔), 랭보(베를렌) 혹은 베를렌(랭보)의 예외적이고 숙명적인 사랑을 알고 있기는 했지만, 플라토닉 사랑에 깊숙이 빠져 있던 스물두 살의 나에게, 인도 어느 곳에서 매일 자학 행위와 비슷한 섹스를 연출하는《복도에 앉은 남자》는 현기증 그 자체였다. 그러나《복도에 앉은 남자》를 체험했기에 프랑스 문화원 지하 영상실에서 만난《히로시마 내 사랑Hiroshima mon amour(마르그리트 뒤라스 시나리오, 알렝 레네 감독, 1959)》은 고통 그 자체였다. 이름도 나이도 모른 채, 상이한 사랑의 아픔을 가슴에 품고 섹스 행위에 몰입하는 두 남녀를, 별만큼이나 선명히 그들의 살갗에 맺히는 땀방울의 의미를 사랑 아닌 무엇으로 읽어야 할까.

1992년 6월 프랑스로 떠나기 전. 서울의 한 극장에서 개봉한 뒤라스 원작 영화《연인(장 자크 아노 감독, 1992)》을 보았다. 영화는 기대에, 아니 원작에 못 미쳤다. 그래서인지 그날 영화보다는 그 영화를 보여준 선배의 사랑 고백이 오래도록 기억에 남았다. 선배는 영화가 끝나고 난 뒤 그 즈음 처한 사랑, 어쩌다 불륜이 되어버린 사랑을 난감하게 털어놓았고, 나는 스크린이 돌아가는 내내 어쩌다가 불륜에 휘말린 사랑을 자책하고 삭히고 그러면서도 그리워 살 떨리게 고통스러워했을 선배의 얼굴을 바라볼 자신이 없어서 휘황한 세종문화회관 앞 대로를 벗어나 휘어진 골목길로 들어가야 했다. 골목길 어둠 속에서 나는 선배의 부적절한 사랑 관계를 속절없이 한 귀로 흘려보내며 뱃머리에 기대서서 망망 대해를 바라보던 열일곱 소녀의 나른한 눈길을 떠올렸다. 그때 나는 열일곱 살 때부터 십여 년 간 끌어온 플라토닉 사랑의 끈을 완전히 놓고 새로운 세상으로 나아가고 있었다.

그리고 그해 8월 파리. 에르노를 만났다. 그때가 처음은 아니었다. 대학 졸업 직후 그녀의 《아버지의 자리》, 《어떤 여인》을 읽었다. 자전적인 성격을 띤 두 소설은 고등사범학교 출신으로 대학교수 자격시험에 합격한 뒤 중산층 남자와 결혼함으로써 지식인 사회에 편입된 딸의 눈으로 바라본, 평생 소읍에서 식료품 가게를 꾸리다 운명한 자신의 보잘것없는 아버지와 어머니에 대한 가족사적 고찰, 동시에 사회사적 고찰이었다. 자전적 소설이라고는 하지만 일본의 사소설과는 다른 객관적인 서술과 건조한 문체가 인상적이었다. 그런데 그해 파리에서의 에르노는 이전의 에르노가 아니었다. 물론 단문에다가 어떤 수증기도 용납하지 않는 담백한 문체는 그대로였다. 그러나 내용에서 가족과 사회 대신 사랑이, 오직 사랑이, 그것도 수동적인 기다림 상태의 집착적인 사랑이 소설을 채우고 있었다. 《단순한 열정》이라는 작품이 바로 그것이었다. 일기를 그대로 인쇄해서 출간한 것이 아닌가 할 정도로 '아무것도 꾸미지 않은, 그야말로 있는 그대로'(텔레라마)의 소설. 손 안에 쏙 들어오는 육십 쪽의 작은 책에 프랑스 문단은 소설이냐 아니냐를 두고 들끓었고, 프랑스 독자들은 최고의 베스트셀러의 자리에 그녀의 소설을 올려놓으며 사실과 허구의 제로 지점까지 밀어붙인 작가의 용기에 박수갈채를 보냈다. 나는 서울에서 가져간 뒤라스의 《복도에 앉은 남자》와 《롤 발레리 스탱의 황홀》을 파리의 다락방에 남겨 두고 에르노의 《단순한 열정》을 배낭에 넣고 남 프랑스와 지중해 해안을 홀린 듯 떠돌아다녔다. 파리로 돌아오는 오후의 열차 안에서, 이전의 뒤라스로부터 받았던 현기증이 에르노의 마지막 문장에 얹혀 여름의 마지막 열기처럼 온몸을 휘감았다.

> 어렸을 때 내게 사치라는 것은 모피 코트나 긴 드레스, 혹은 바닷가에 있는 저택 같은 것을 의미했다. 조금 자라서는 지성적인 삶을 사는 게 사치라고 믿었다. 지금은 생각이 다르다. 한 남자, 혹은 한 여자에게 사랑의 열정을 느끼며 사는 것이 사치가 아닐까.
>
> —《단순한 열정》, 아니 에르노, 최정수 옮김, 문학동네

1994년 12월 서울. 폭설이 내린 까맣고 하얀 밤 나는 한남동의 저녁 만찬장에서 에르노를 만났다. 에르노가 서울에 온 것이다. 그녀는 호리호리한 큰 키에, 책 사진에서보다 훨씬 미인이었다. 나는 그녀와 한 테이블에서 저녁 식사를 했다. 타원형의 대형 식탁에서 그녀와 나는 대각선으로 마주 앉았다. 나는 정면으로 그녀를 바라보지 않았고, 그녀의 존재감, 그녀의 영상을 느끼려고 했다. 그렇다. 내가 사랑하는 방식, 물불 안 가리고 사랑하는 대상에게 달려가 집착하는 것이 아니라, 느리게, 깊이깊이 내면화하는

것. 에르노는 이따금 나와 눈이 마주치면, 《단순한 열정》의 저자 사진에 담긴 표정으로, 그러니까 약간 서글프게 입술을 늘이며 미소 짓는 정도로 나를 은근히 바라봤다. 식사 시간이 끝나고 둘 셋씩 모여 담소하는 자리에서 그녀와 마주쳤지만 나는 이년 전 여름의 《단순한 열정》을 언급하지 않았다. 그것도 자존심인가. 무슨 자존심? 나는 그녀에게 매혹당해 있었던 것이었나? 피할 수 없는 매혹과 질투심으로 짐짓 냉정을 가장한 것이었나? 그토록 그녀는 아름다웠나? 쉰 중반의 나이였지만 그녀는, 사랑의 열정에 혼을 다 바쳐서인지, 황금빛 사라를 두른 투명 인간처럼 눈부셨다. 그녀 앞에서 무슨 말을 하겠는가. 그녀와 헤어져 일산으로 돌아오는 눈 쌓인 자유로에서 나는 자주 길을 잃었다. 폭설로 도로선은 보이지 않았고, 가로등마저 희미하게 흘러내리는 잔설의 형체를 비치고 있을 뿐이었다.

1996년 봄 서울. 뒤라스의 마지막 작품 《이게 다예요》를 봄 내내 읽었다. 겨우, 98쪽의 얇디얇은 책인데 말이다. 혹자는 소설로, 혹자는 에세이로 분류하지만, 그 작품은 그녀가 독자들에게 전하는 마지막 편지, 그녀가 그녀의 특별했던 35세 연하 연인 얀 안드레아에게 쓴 마지막 연서, 그리고 그녀가 그녀 자신에게 삶을 정리하는 마지막 일기였다. 마지막 페이지를 덮으며 불현듯 뒤라스와 에르노를 동시에 생각했다. 그때까지 나는 뒤라스와 에르노를 각각 품어 왔었다. 에르노처럼 어느 날 뒤라스를 만난다면? 에르노에게 했던 것처럼 더 이상 매혹당하지 않으려고 부러 거리를 두며 배회할 것인가? 그러나 뒤라스는, 그녀를 언젠가 만날지도 모른다는 현존감을 느끼고 있는 사이 이 세상을 떠나고 말았다. 뒤라스를 잃는 것, 그래서 그녀와 그녀의 소설이 세상 저편과 이편으로 갈라졌다는 사실이 나에게 큰 상실감을 안겨주었다.

> 전 당신을 오래 전부터 알고 있었습니다. 모든 사람들이 당신은 젊었을 때 아름다웠다고 하더군요. 그러나 제 생각에는 지금의 당신 모습이 젊었을 때보다 더 아름다운 것 같습니다. 지금의 당신, 그 쭈그러진 모습을 젊은 여인으로서의 당신 얼굴보다 훨씬 더 사랑한다는 사실을 말씀드리기 위해 온 것입니다.
>
> —《연인》, 마르그리트 뒤라스, 김인환 옮김, 문학사상사

1998년 9월 파리. 몽파르나스 묘지로 뒤라스를 만나러 갔다. 일흔 살에 서른다섯 살의 연인에게 구술하여 완성시킨 작품,《연인》. 쭈그러진 모습을 젊은 여인으로서의 얼굴보다 훨씬 더 사랑한다는 젊은 연인의 고백을 연인의 손과 함께 가슴에 얹고 눈을 감은 여든 한 살의 노작가, 뒤라스. 그녀가 이 세상의 무대에서 사라졌다는 것이 상실감을 안겨주었지만, 그녀가 몽파르나스 묘석 아래 영원의 거처를 마련했다는 것이 뜻밖의 위안을 주기도 했다. 거기 그렇게 붙들려 있지 않는 한 나는 그녀를 영영 만날 수 없을 것이 아닌가. 그후 파리에 갈 때면 나는 마치 혈족을 찾아가듯 몽파르

나스의 그녀를 찾아갔다. 지척에 사르트르와 보바르의 합장묘가 있었고, 거기에서 또 지척에 보들레르와 베케트의 묘가 있었다. 그들을 순례한 끝에는 늘 뒤라스의 묘에 이르렀고, 묘석 건너편 초록색 벤치에 앉아 서울의 보고픈 사람들에게 엽서를 쓰면서 남은 오후를 보냈다. 그리고 2003년 8월. 그녀 앞에서 그녀의 마지막 작품《이게 다예요》를 나직이 읊조리며 안으로 깊이 전율했다. 2000년 8월과 2003년 8월 사이 나는 파리를, 그러니까 그녀를 찾지 않았고, 그 사이 중편 〈아주 사소한 중독〉을 썼는데, 어떤 의미로 그 작품은 그녀에 대한 오마주(경의)라고 할 수 있었다.

한 청년이 묘석에 새겨진 마르그리트 뒤라스의 약자 MD를 바라보고 서 있었다. 청년은 그녀가 가까이 다가가는 순간까지 묘지를 지키는 사이프러스 나무처럼 움직이지 않고 서 있었다. ……그녀는 마르그리트 뒤라스 묘 맞은편에 놓인 초록색 페인트칠이 되어 있는 나무 벤치에 앉았다. 오른손에 꽃이, 한 송이 노란 장미꽃이 들려 있었다. 3시가 되자 그가 돌아섰다. 그녀는 벤치에 앉아 있었다. 두 사람의 눈이 마주쳤다. 그가 그녀를 알아보는 눈짓으로 씽끗 웃었다.

"꽃을 놓을 거면 어서 놓지 그래요, 시들기 전에."

— 〈아주 사소한 중독〉,《작가정신》

내 소설《아주 사소한 중독》의 주인공인 서른세 살의 그와 서

© 이훈구

흔여섯 살의 그녀는 그렇게 파리 몽파르나스 묘지 마르그리트 뒤라스 묘비 앞에서 만난 것으로 설정되어 있다. 무의식적이기는 했지만 아마 뒤라스가 아니었으면 나는 세 살 연하 남자와의 사랑을, 그것도 섹슈얼한 관계로 그리지 않았을지도 모른다. 그리고 무엇보다 사랑과는 동떨어진 유배지에 처해 있는 듯했던 내게 찾아온 희귀한 사랑을 과감히 쓰지 못했을 것이다. 그때 나는 소설 쓰기는 물론 삶을 옥죄는 병적이고 집착적인 사랑에서 빠져나갈 길을 찾고 있었고, 최선의 선택인 동시에 최악의 방법일지도 모르는 소설에 사랑을 던졌다.

작가는 사랑을 쓰면서 비로소 그 사랑에서 놓여난다. 그러나 사랑은 한 번으로 끝나는 것이 아니어서, 이별도 해방도 한 번에 이루어지지 않는다. 에르노의 2001년 작 《탐닉》(한국어판은 2004년 출간)이 그 증거이다. 에르노의 《탐닉》의 원제 Se Perdre는 '길을 잃다', 혹은 '눈앞에서 사라져 보이지 않다'라는 뜻이다. 오직 한 남자만을 기다리던, 오직 한 남자밖에 보이지 않았던 눈먼 사랑. 이 작품은 《단순한 열정》이 씌어지기 전, 그 작품의 오리지널 기록으로 1991년 이년 여에 걸친 소련 외교관과의 격한 사랑과 오랜 기다림, 절망과 집착을 그대로 기록한 일기다. 《단순한 열정》이 발표되었을 당시 프랑스 문단과 독서계가 소설이냐 아니냐를 두고 격렬한 논쟁을 벌였던 것은 주지의 사실인데, 그로부터 십년 후 그나마 허술하게 씌워졌던 허구의 장치마저 완전히 걷어낸 날것 그대로의, 어느 평자의 말대로, '문학적이지 않은' 책이 바로

《탐닉》인 것이다. 이번에도 이것은 소설인가, 또는 작품인가, 그와 동시에 이것은 사랑인가, 또는 외설인가라는 질문이 쏟아졌다. 더욱이 1997년 5년간 그녀의 연인이었다는 필립 빌랭의 자전 소설 《포옹L'étreinte》이 발표되면서 그녀의 소설은, 아니 그녀의 사랑은 또 한번 뜨거운 화두가 되었다. 《단순한 열정》과 《탐닉》의 그 남자가 눈앞에서 완전히 사라져 보이지 않게 되도록 쉰여섯 살의 작가는 스물세 살의 청년과 미칠 듯한 탐닉, 불같은 사랑에 자신을 던진 것인가. 에르노는, 내가 아는 한, 사랑의 상실을 폭력으로 여기며, 그 폭력과의 싸움을 글쓰기, 혹은 소설로 영원화하는 최초의 작가이다. 이때 에르노의 사랑은 단순한 개인사적 사건의 기록이 아닌 '에르노적 글쓰기'라는 독자적인 영역에서 다시 태어난다.

세상에 질투 없는 사랑, 죄(의식) 없는 사랑, 두려움 없는 사랑, 번민 없는 사랑, 상처 없는 사랑, 이별 없는 사랑, 절망 없는 사랑이 있겠는가. 보통 사람들이 친구를 붙잡고 답답한 사랑, 쓰라린 마음을 고백하고 용기를 얻고 포기하고 위로 받는다면, 나는 서가든 묘지든, 체험적 글쓰기, 특히 사랑을 소설화하기에 용감했던 작가들 뒤라스와 에르노를 찾곤 한다. 뒤라스와 에르노, 그들은 사랑에서 욕망에서 고통에서 쾌락에서, 그리고 무엇보다 글쓰기에서 작가의 한계치를 넓힌 것이 분명하기 때문에. 그리하여 글쓰기의 영역을 확장시킨 사랑의 전사戰士들이기 때문에.

유일한 사랑이라는 말에 깃든 함정

박범신—소설가

등단한 지 40년이 되어가는 소설가 박범신은 여전히 '문학청년'의 뜨거운 초심으로 글을 쓰고 있는 중이다. 1947년 충남 논산 출생으로 원광대 국문과와 고려대 교육대학원을 나와 1973년 중앙일보 신춘문예에 단편 〈여름의 잔해〉가 당선되면서 작품 활동을 시작했다. 장편소설로 《죽음보다 깊은 잠》, 《풀잎처럼 눕다》, 《불의 나라》, 《물의 나라》, 《더러운 책상》, 《은교》 등을 펴냈고 소설집 《토끼와 잠수함》, 《흰소가 끄는 수레》, 향기로운 우물 이야기》와 연작소설집 《빈방》 등 수많은 책을 펴냈다. 장편 《겨울 강 하늬바람》으로 〈대한민국문학상〉을 수상했으며, 창작집 《향기로운 우물 이야기》로 〈김동리문학상〉을, 2003년엔 장편 《더러운 책상》으로 〈만해문학상〉을, 2009년에는 장편 《고산자》로 〈대산문학상〉을 수상했다. 명지대학교 문예창작학과 교수를 거쳐 현재 상명대학교 석좌교수로 있다.

ⓒ 백다흠

유일하다는 것의 함정

젊은 날, 나는 사랑을 가리켜 '고유명사'라고 했다.

유일하지 않으면 사랑이 아니라는 것이다. 내가 한 여자를 사랑하면 그 여자는 세상의 모든 여자들로부터 분리된다. 세상의 모든 여자 중 한 명이 아니라 세상엔 그 여자 하나밖에 없다는 뜻이다.

어디 여자 남자뿐이겠는가.

도대체 유일하지 않으면 만지거나 맛볼 수 없는 사랑을 우리가 어떻게 알아본단 말인가. 하다못해 장미꽃 한 송이도 그렇다. 생텍쥐페리Saint-Exupery, Antoine de의 동화《어린 왕자Le Petit Prince》에 보면 어린 왕자가 커다란 장미 밭을 지나다가 우는 대목이 나온다. 그가 살던 혹성 B612호에도 장미가 한 그루 있었는데, 그는 그곳에 살 때, 세상 천지에 장미는 그것 한 그루밖에 없는 줄 알고 그 유일한 장미의 온갖 투정을 다 받아주었다. 바람이 조금만 불어도 바람을 막아주지 않는다고 타박하고, 햇빛이 조금만 강렬해도 햇빛을 가려주지 않는다고 짜증내며, 물을 조금만 늦게 주어도 이러다 목말라 죽겠다고 화를 내는 장미의 변덕과 욕심과 신경질을, 그는 그 장미가 죽으면 더 이상 세상에 장미가 존재하지 않을 것이기 때문에 다 받아주었던 것이다. 유일하기 때문에. 그런데 지구로 건너온 어린왕자는 어떤 길목에서 한꺼번에 핀 수천 수만의 장미꽃을 보게 된다. 그로서는 혹성 B612호의 '유일한 장미꽃'에게 바쳤던 자기헌신이 억울하고 분했을 게 틀림없다. 세상엔 이처럼 많은 장미가 있는데, 어리석게도 나는 혹성 B612호의 그 장미 한 그루밖에 없는 줄 알고 그동안 온갖 수모와 타박을 참고 견뎌왔구나, 하고 어린 왕자는 무릎 꿇고 우는 것이다.

그때 여우가 나타난다.

여우는 어린 왕자에게 이르기를, 관계란 서로를 '길들인다.'는 것이며, 서로를 길들이게 되면 서로에게 하나밖에 없는 '유일한 존재'가 되고 만다고 설명해 준다. 사랑한다는 것도, 친구가 된다는 것도 서로를 길들여 '유일한 존재'로 만드는 과정이라는 얘기였다. 세상엔 장미꽃이 수없이 많지만 '내가 물을 주고 고깔을 만들어 씌워주고 바람을 막아주고 벌레를 잡아주며 키운 장미는 혹성 B612호의 그 장미 한 그루뿐이니 그 장미는 세상의 다른 장미 수천 그루 이상 소중한 '유일한 장미'가 된다는 것이다. 그러기 위해서 필요한 것은 '참을성'이라면서 여우는 이렇게 말한다.

"네가 네 장미꽃을 위해 허비한 시간 때문에 네 장미꽃이 그렇게까지 중요하게 된 거야."

나 또한 오랫동안, 사랑을 《어린 왕자》 속의 여우처럼 생각했다.

사랑하는 이는 내게 유일하므로 나 또한 상대편에게 유일해야 한다고 생각했다. 내게 세상천지에서 여자라곤 그 여자밖에 없다면 그 여자에게도 역시 남자는 나 하나밖에 없다는 논리였다. 나는 그래서 젊은 날, 내 여자친구가 다른 남자들과 마주앉아 웃는 것도 싫어했고, 함께 술 마시는 것도 싫어했고, 심지어 내가 없는 어느 그룹에 소속되는 것조차 싫어했다. 심지어 나를 빼놓고 다른 사람과 어울려 영화 한 편만 봐도 나는 화가 났고 상처 받았다. 물론 나 자신도 스스로 다른 여자와 마주보고 웃는 일이 없었으며, 다른 여자와 술 마시지도 않았고, 사랑하는 그 여자가 없는 어떤 다른 그룹에 소속되지도 않았다. 나는 그래서 내 요구가 당연한 것이라고 굳게 믿었다.

나는 그것 때문에 많은 사람을 잃었다.

사랑하는 여자를 몇몇 잃기도 했고 믿었던 친구와 소원해지기도 했다. 유일하다는 말을 '나 혼자 전부 갖는 것'이라고 오해했기 때문에 비롯된 상처였다. 그가 내게 '유일하다'는 것은 그 무엇과도 바꿀 수 없을 만큼 소중하다는 의미에서 이타적인 뜻이지만, 그를 내가 완전히 '소유한다'는 것은 그보다 오히려 내가 더 소중하다는 이기적인 뜻이라는 걸, 젊을 땐 알지 못했던 것이다. 유일하다는 말의 함정에 잘못 걸려든 케이스였다고 할까.

각설하고, 정말 유일하지 않으면 사랑이 아닐까.

요즘은 때때로 그런 생각을 많이 한다. 나이가 먹어서 그런지 몰라도 가만히 들여다보면 사람들 사는 것이, 다 아름답고 신기하고 불쌍하다. 좋은 의미에서건 나쁜 의미에서건 그렇다. 그래서 자꾸 사랑은 꼭 유일해야 진실한 것일까, 하고 고개를 갸웃거리게 되는 것인지도 모르겠다. 아니 고개만 갸웃거리는 게 아니라 아주 때론 진실한 것, 유일한 것이 오히려 잔인한 폭력처럼 느껴질 때도 있다. 누가 내게 유일하려면 그만큼 피 터지게 참고 아프게 책임져야 하기 때문이다. 이를테면 '사랑은 자기희생'이라고 단정한 톨스토이, '사랑은 성찬이니 무릎 꿇고 받아야 한다'고 선언한 오스카 와일드, 또 '사랑은 죽음보다, 죽음의 공포보다 강하다'고 말한 투르게네프 등이 다 무섭다. 마음으로야 그런 사랑을 찾아 헤매는 게 사람일 터이지만, 정작 그런 사랑을 만났을 때, 오체투지의 자세로 오직 기쁘게 받아 안을 기운 센 사람이 몇이나 될까.

이럴 때 타협 지점은 하나뿐이다.

사랑은 유일한 것만이 아니라는, 지난날의 논리를 뒤집는 다른 논리를 내세우는 방법이다. 자기기만의 논리라고 자기 자신이 비난해도 까짓 거, 그저 웃고 말면 된다. 세상이 이미 너무나도 복잡한 다면체가 되어 그 어떤 진실, 그 어떤 전형도 알아볼 수 없는데 왜 하필 구하기는 하늘의 별따기요, 구한 뒤 유지하기는 더욱 더 어려운 '유일한 사랑'이라는 허깨비 관념에 억압되어 산단 말인가.

좀 뻔뻔하다고 비난해도 할 수 없다. 유일한 것을 좇다 보면 편협해지기 쉽고, 편협한 것은 이미 사랑이 아니다, 하고 생각하면 한결 숨쉬기가 편하다. '나이 들수록 더 넓어져야지, 그래야 아름답고 왕따도 안 당하고 살지' 이렇게 자신에게 말하고 나면 편한 숨쉬기를 넘어 안락해지기까지 한다. 그럴 때 기지개를 쭉 펴면 보이는 하늘과, 나무와, 꽃들과, 곁의 사람들이 오히려 쑥쑥 마음속으로 들어와 앉는다.

'유일한 것은 존재하지 않는다.'

나는 요즘 자주 중얼거린다. 이걸 알고 났더니 성적 정체성까지 때로 흔들린다. 예전엔 무조건 젊고 예쁜 여자만 좋았는데, 이제 시장에 좌판을 펴놓고 밝게 웃는 아줌마도 좋고, 노인복지회관에 나와 스포츠댄스를 배우는 곱게 성장한 할머니도 좋고, 심지어 선글라스를 낀 청년들과 바쁘게 돋보기를 꺼내 쓰고 서류를 읽는 중년남자도 좋다. 아주 오래 전엔 지하철에서 담배 냄새 나는 노인이나 뚱뚱보 중년남자의 어깨만 닿아도 짜증이 났었는데 요즘엔 웬걸, 그 어깨에서 느껴지는 가장으로서의 고단한 책임과 잃어버린 꿈들이 떠올라, 한편에선 미덥고 한편에선 슬픈 것이, 내 어깨를 슬며시 기대주고 싶어진다. 그래서 최근엔 거리에 나가 있을 때 젊고 예쁜 여자만을 보지 않는다.

ⓒ 이훈구

다양한 인간 군상이 다 하나하나 아름답고 눈물겹다.

그들 모두가 '인간'이라는 이름으로 함께 묶인 동류항이기 때문이다. 사람에 대한 편협한 동그라미를 '인간'의 이름으로 넓히고 나면 더 많은 사랑을 발견하고 얻는다.

그것은 사실이다.

'타협'이 아니라, 나는 그것을 '성숙'…… 이라고 부른다.

깊고 향기로운 사랑에 대하여

스탕달Stendhal 《연애론De l'Amour》

나는 '사랑은 짤츠부르크의 암염과 같다.'고 말한 스탕달의 잠언을 잊지 않는다.

유리그릇 같은 사랑을 금강석 같은 재질로 만들기 위해선 자기 희생의 인내와 시간의 세례를 견뎌내는 힘이 필요하다.

프랑스 작가 스탕달Stendhal(1783~1842)은 그가 쓴 《연애론》에서 사랑을 가리켜 "짤츠부르크의 암염巖鹽과 같다."고 말한 바 있다. 짤츠부르크는 모차르트의 고향이다. 그러나 중세 유럽에서 짤츠부르크는 질 좋은 소금이 많이 나는 고장으로 더 유명했다. 땅에서 나는 염화나트륨의 결정이 바로 암염, 돌소금이다. 바닷물에서 채취한 소금보다 순도가 훨씬 높은 암염은 지각변동으로 거대한 숲이 땅에 묻혀 오랜 세월을 지나면서 형성된다. 무색, 투명의 이 백색소금이 알고 보면 지층에 눌린 숲의 나무들이 부식되어 생겨난 것이라는 점이 놀랍다.

사랑은 희열인가. 물론 사랑은 극적인 충만감과 기쁨과 쾌락을 동반하고 있다. 그러나 동시에 사랑은 절대적으로 소유하고자 하는 욕망과 현실적인 결핍 때문에 끝없는 내적 분열의 함정을 동시에 내포하고 있으며, 따라서 일반적으로 충만감과 기쁨과 쾌락은 짧고 번뇌의 고통은 길고 깊다.

'짤츠부르크의 암염'이 은유하는 사랑의 두 가지 특성. 스탕달이 염두에 둔 첫번째 특성은 바로 땅 밑의 어둠을 꿋꿋이 견뎌내는 인내를 말하고 있다고 나는 생각한다. 나무가 땅 속에서 투명하고 유익한 결정체가 되기 위해선 음습한 어둠과 무거운 지층의 압력을 견뎌내지 않으면 안 된다. 작은 결핍 때문에 받아야 하는 상처들과 절대적으로 소유할 수 없다는 것에서 생기는 내적 분열의 번뇌를 이겨내지 못한다면 사랑의 기쁨은 찰나적 기쁨으로 끝낼 수밖에 없다. 여기에 필요한 덕목은 결핍과 분열을 너그럽게 이해하고 받아들이는 일이다. 그것은 이를테면 나무가 땅에 묻혀 썩듯이 내가 '썩는' 고통스런 과정이다. 내가 썩어 없어지지 않고 어떻게 타인의 자아가 내 안으로 들어와 소금 같은 빛나는 결정체로 자리잡을 수 있겠는가. 인용이 좀 길지 모르지만, 철학자 헤겔의 다음 과 같은 잠언도 바로 사랑의 그런 점을 논리적으로 설명한 것이라 고 본다. 헤겔은 이렇게 말하고 있다.

"사랑에서 첫번째 계기는 내가 나만의 독립된 인격이고자 하지 않는 것, 또 독립적이고자 하더라도 나 자신을 결점이 많은 불충분한 것으로 느낀다는 것이다. 그리고 두 번째 계기는 내가 한 사람의 인격에서 내 자신을 획득하려 한다는 것, 내가 다른 사람 속에서 보람을 얻으며 또 다른 사람도 내 속에서 그렇게 된다는 것이다. 그러므로 사랑은 최대의 모순이며 이성으로 이 수수께끼를 풀 수는 없다. 부정이면서 또 긍정적인 자기의식의 미묘함이 사랑에서처럼 어려운 것은 없기 때문이다. 사랑은 모순을 낳는 동시에 그것을 풀어 나가는 것이다. 모순을 푸는 것으로 사랑은 윤리적 합일점에 도달한다."

다시 스탕달로 돌아가서 '사랑은 짤츠부르르크의 암염과 같다'는 비유에서 발견할 수 있는 완성된 사랑의 두 번째 덕목을 살펴보자. 그것은 시간의 문제다. 나무들이 소금이 되려면 오랜 시간의 세례를 통과하지 않으면 안 된다는 것이다. 시간의 세례를 통과하지 않은 사랑의 불꽃이란 언제 사그라질지 모르는 매우 불온하고 불안한 불꽃일 수밖에 없다. 스탕달은 사랑이 진정함을 얻으려면 시간과의 투쟁에서 이겨내야만 한다는 것을 '짤츠부르르크의 암염'을 빌려 절묘하게 비유하고 있는 것이다. 작은 결핍과 상처에 눌려 '검은 머리 파뿌리 될 때까지'라는 시간의 맹세를 저버리고 쉽게 이혼에 도달하고 마는 요즘의 풍조에선 사랑의 참된 윤리적 합일점에 도달할 수 없다. 부식과 숙성의 시간을 통과해야만 나무들은 썩어 아름다운 결정체 소금이 되는 것을.

'짤츠부르크의 암염.'

나는 언제나 스탕달의 이 잠언을 잊지 않는다.

유리그릇 같은 그것을 금강석 같은 재질로 만들기 위해선 자기희생의 인내와 시간의 세례를 견뎌내는 힘이 반드시 필요하다는 것을 스탕달처럼 이토록 짧은 문장에 정확히 담아낸 사람이 따로 없기 때문이다.

시간은 단지 사랑을 일상화시키는 역할로 끝나지 않는다. 일상화는 슬픈 일이지만 일상화조차 견뎌내고 나면 다른 것들, 이를테면 참된 인간 우의로서의 향기로운 사랑이 찾아든다. 그때 만나는 사랑은 어느덧 유리그릇이 아니라 금강석처럼 변해 있어 내 손에서 설령 미끄러져 바닥에 떨어진다 하더라도, 쉽게 깨뜨려지지 않는다.

© 권혁재

결혼은 미친 짓이 아니다

이윤기 — 소설가, 번역가

중국 위진남북조 시대 선비들의 행적을 짤막짤막하게 기록한 책 《세설신어世說新語》는 나에게 성경 같은 책이다. 이 책에 실려 있는 짧은 대화 한 토막을 들어본다.

사안 : 자네 장인어른 말인데, 모친 돌아가셨을 때는 제문을 손수 짓더니 부친 돌아가셨을 때는 안 짓던데, 무슨 까닭인가?

육퇴 : 남자야 평생 하는 일을 통하여 그 업적이 드러나지만 여자의 미덕은 제문 아니면 드러나지 못하니까 손수 그리하신 것일 테지요.

남자의 미덕이야 평생 하는 일을 통하여 드러나지만 여자의 미덕은 남성을 통해서가 아니면 드러나지 못한단다. 그것도 제문을 통해서가 아니면 드러나지 못한단다. 너무 늦지 않은가? 이제 나는 이렇게 쓸 수 있겠다. 나는 글을 쓰는 사람이니 나의 미덕은 내가 쓰는 책을 통해 드러나겠지만, 글 쓰는 사람이 아닌 내 아내의 미덕은 책을 통해 드러날 수 없으니, 너무 늦기 전에 내가 드러내는 수밖에 없지 않은가. 결혼이라는 제도를 예찬하고 내 아내의 미덕을 드러내고자 하는 이 글은 따라서 매우 '느끼'할 수밖에 없다. '느끼'한 것 좋아하지 않는 독자들, '마누라 자랑, 자식 자랑하는 놈은 팔불출'이라고 여기는 독자들은 처음부터 읽지 않는 게 좋을 것 같다. 내가 바로 마누라 자랑, 자식 자랑을 잘 하고 다니는 팔불출이기 때문이다. 어느 정도냐 하면, 50년 전부터 읽기 시작한 나의 책은 나를 인간으로 만들었고, 30년 전부터 알고 지낸 나의 아내는 나를 사람으로 만들었다, 고 주장할 정도다. 나의 아들딸을 두고 '어른의 학교'라고 쓴 적도 있다. 하지만 이렇게 써 놓으니 내가 보아도 사실 좀 '느끼'하기는 하다.

지금은 아주 끊었지만(!) 나는 결혼 주례를 자주 맡았다. 내 나이 서른다섯 살에 첫 주례를 맡았으니 역사도 꽤 길다. 굉장히 유명한 젊은 소설가들의 결혼 주례를 두 차례나 맡은 적도 있다. 조카, 질녀, 생질녀의 주례도 맡았다. 처가 쪽의 주례도 두 건이나 맡아 으쓱해 했던 적도 있다. 처가 쪽의 결혼 주례 요청은 쉽게 오는 것이 아니다. 처가 쪽 사람들은 원래 '아무개 서방' 평가에 인색한 법이다. 자기네 핏줄에게 잘 못해주면 미운 존재, 너무 잘해주면 얄미운 존재가 되기 십상인 것이 '아무개 서방'의 운명이다. 그런데도 처가 쪽에서 내게 주례를 두 차례나 맡겼다는 것은 그 쪽에서 우리 부부의 결혼 생활을 썩 좋게 봐주었다는 증거일 가능성이 매우 높다. 나의 제자 되기를 자청하는 젊은이의 주례도 맡았다. 그는 나에게 주례 서주기를 요청하는 편지에다, 당신의 장편소설에 나오는 주례사보다 더 나은 주례사를 알지 못한다, 고었다. 나는 그를 만난 자리에서, 재탕해도 되겠느냐, 하고 물었다. 그는 좋다고 했다. 그래서 강원도 화천군까지 달려가 그의 결혼식을 주례하면서 주례사를 재탕했다. 결혼식 주례하면서 신랑신부에게 꾸밀 것을 권하는 가정은 내가 지향하는 이상적인 가정이기도 하다.

나의 주례사는 '남성 우월주의 시대의 종언'을 선언함으로써 신랑 쪽 하객들을 몹시 불편하게 만들면서 시작된다. 남자가 단연코 비교 우위를 누리는 수컷 우월주의 악습은 남자가 병역兵役과 노역勞役의 주체 노릇을 해온 것과 무관할 수 없다. 남자가 여자보다 칼질, 창질을 더 잘 하도록 진화한 것은 사실이다. 땔나무나 볏짐을 훨씬 더 많이 짊어질 수 있는 쪽으로, 삽질, 괭이질, 쟁기질, 써레질, 고무래질을 더 잘하는 쪽으로 가파른 진화의 기울기를 보인 것은 역사적 사실이다.

우리 어릴 때 마을 어른들은 미군 총검을 벼리어 창을 만들고 멧돼지 몰이 사냥을 나가고는 했다. 마을 어른들이 사투를 벌인 끝에야, 멧돼지 한 마리를 잡은 일이 있다. 어른들은 그 멧돼지의 털을 면도질하고, 피를 뽑고, 내장을 뽑은 다음에야 여자들에게 건네주고는 술판을 벌였다. 여자들은 간이면 간, 순대면 순대, 오소리감투면 오소리감투…… 안주가 마련되는 족족 남자들 술판으로 날라다 주었다. 사냥 끝내고 돌아온 남자들은 저희들끼리 둘러앉아 술을 마시면서, 땀을 뻘뻘 흘리며 고기를 요리하는 여자들에게, 고기 빨리 가져오라고 재촉했다. 이것은 공정한가? 나는 이것은 공정하다고 생각한다.

지금은 어떤가? 여자들이 슈퍼마켓에 가서 돼지고기 사고 술 사와서 돼지고기 요리하면서 밑반찬으로 우선 술상을 보아주면, 남자들은 저희들끼리 둘러앉아 술을 마시면서 돼지고기 안주를 재촉한다. 이것은 공정하지 못하다.

나는 미국 자동차의 아버지라고 불리는 '헨리 포드 박물관'에서 재미있는 것을 본 적이 있다. 포드 박물관은 자동차 박물관이라기보다는 미국의 탈 것 박물관에 가깝다. 박물관에서 내 눈길을 끈 것은 6인승 사두마차四頭馬車의 제동간制動桿이었다. 자동차의 핸드 브레이크 같은 것이다. 나는 관리인의 눈을 피해 그 원시적인 핸드 브레이크를 한번 당겨 보았다. 여성의 팔 힘으로는 물론이고, 우리 같은 동양인의 팔 힘으로도 끄떡하지 않을 것 같았다. 말하자면 팔 힘이 무지막지하게 센 미국인 남성이 아니면 그 마차를 제동할 수 없었다는 뜻이다. 이런 핸드 브레이크가 쓰이던 시대에는 여성이 남성에게 큰소리칠 수 없었을 것이다. 남성의 힘을 빌지 않고는 읍내로 나가 밀가루 한 봉지, 설탕 한 근도 사올 수 없었을 터이기 때문이다.

몽골에서는 해마다 7월이면 거국적인 나담 축제가 열린다. 활쏘기 대회도 이 축제 기간에 열린다. 남자 궁사와 여자 궁사는 같은 사장射場에서 겨룬다. 하지만 사대射臺는 다르다. 남자 궁사들의 사대에서 과녁까지의 거리는 70미터, 여자 궁사들의 사대에서 과녁까지의 거리는 60미터이다. 나는 그 사대를 바라보면서 몽골에서 여성은 10미터어치만큼 차별 당해왔을 거라고 생각했다. 몽골 인의 말에 따르면 실제 몽골 여성은 남성들로부터 그 이상의 차별을 당해왔다고 한다.

나는, 속칭 '스타찡'이라고 하는 '스타팅 레버'를 돌려본 거의 마지막 세대에 속한다. 자동차 운전면허 코스 시험에 '스타팅 코스'라는 것이 있는데 이것이 바로 스타팅 레버와 모양이 같은 코스를 말한다. 스타트 모터가 없거나 그 모터가 자주 고장을 일으키던 옛날 자동차에 구비되어 있던 것이 바로 이 스타팅 레버였다. 스타팅 레버를 끼우고 엔진 굴대를 몇 차례 돌리면 "부르릉"하고 자동차 엔진이 돌기 시작한다. 이게 얼마나 힘이 드는가 하면, 웬만한 장정의 힘이 아니면 꼼짝도 않는다. 이런 스타팅 레버가 쓰이던 시대에는 여성이 남성에게 큰소리 꽝꽝 칠 수는 없었을 것이다. 오직 남성의 힘만이 자동차를 시동할 수 있었을 것이기 때문이다. 이걸 누가 만들었을까? 남성이 만들었다. 하지만 남성도 이렇게는 더 이상 만들지 않는다. 시대가 변했기 때문이다. 지금은 더 이상 마차의 제동간이나 자동차의 스타팅 레버 시대가 아니라는 것이다. 힘으로 하는 시대가 아니라는 것이다. 무슨 뜻인가?

'콘트롤 보드'의 시대가 온 것이다. 백 마력짜리 자동차를 힘으로 시동하는가? 천만에! 콘트롤 보드에다 열쇠를 꽂고 돌리기만 하면 된다. 제동은? 가볍게 발만 올려놓으면 콘트롤 보드가 그 정보를 알아먹고 기계장치로 제동한다. 자동차의 경우 콘트롤 보드의 극치는 무엇인가? '크루즈 콘트롤 시스템(자동 주행 장치)'이다.

이윤기 우리 시대를 대표하는 소설가이자 번역문학가, 그리고 신화학자인 이윤기는 1947년 경북 군위에서 태어나 이웃한 안동과 대구에서 청소년기를 보내며 경북 중고를 다녔다. 월남전에 참전했던 기억을 되살려 쓴 단편 〈하얀 헬리콥터〉가 1977년 중앙일보 신춘문예에 당선되면서 문단에 처음 나왔다. 그러나 그는 한동안 창작보다도 품격 높은 번역에 땀 흘리며 탁월한 번역문학가로서 주목을 끌었으며, 2000년 한국번역문학가상을 수상했다. 그간 번역한 작품으로는 《장미의 이름》, 《푸코의 진자》, 《그리스인 조르바》, 《천의 얼굴을 가진 영웅》, 《신화의 힘》 등 200여 편에 달한다. 또한 젊은 시절부터 신화에 관심을 갖고 천착하던 그는 1991년부터 1996년까지 미국 미시건 주립대학교 국제대학 초빙연구사(종교사), 1997년부터 2000년까지는 같은 대학교 사회과학대학 연구원(비교문화)으로 재직하기도 했으며, 이를 토대로 펴낸 《이윤기의 그리스 로마 신화》는 새천년의 시작과 함께 밀리언셀러를 기록하며 지금껏 독자들의 사랑을 받고 있다.

풍부한 교양과 적절한 유머, 지혜와 교훈을 두루 갖추었다는 평을 듣는 그의 소설 작품으로는 《하늘의 문》, 《나비넥타이》, 《만남》, 《햇빛과 달빛》, 《뿌리와 날개》, 《나무가 기도하는 집》, 《그리운 흔적》, 《두물머리》, 《노래의 날개》, 《내 시대의 초상》 등이 있으며, 산문집으로 《무지개와 프리즘》, 《어른의 학교》, 《우리가 어제 죽인 괴물》, 《이윤기가 건너는 강》 등을 펴냈다. 본업인 소설 창작으로 〈동인문학상〉, 〈대산문학상〉을 수상한 바 있다. 2010년 8월 돌연 이승의 강을 건넜다.

ⓒ 이지누

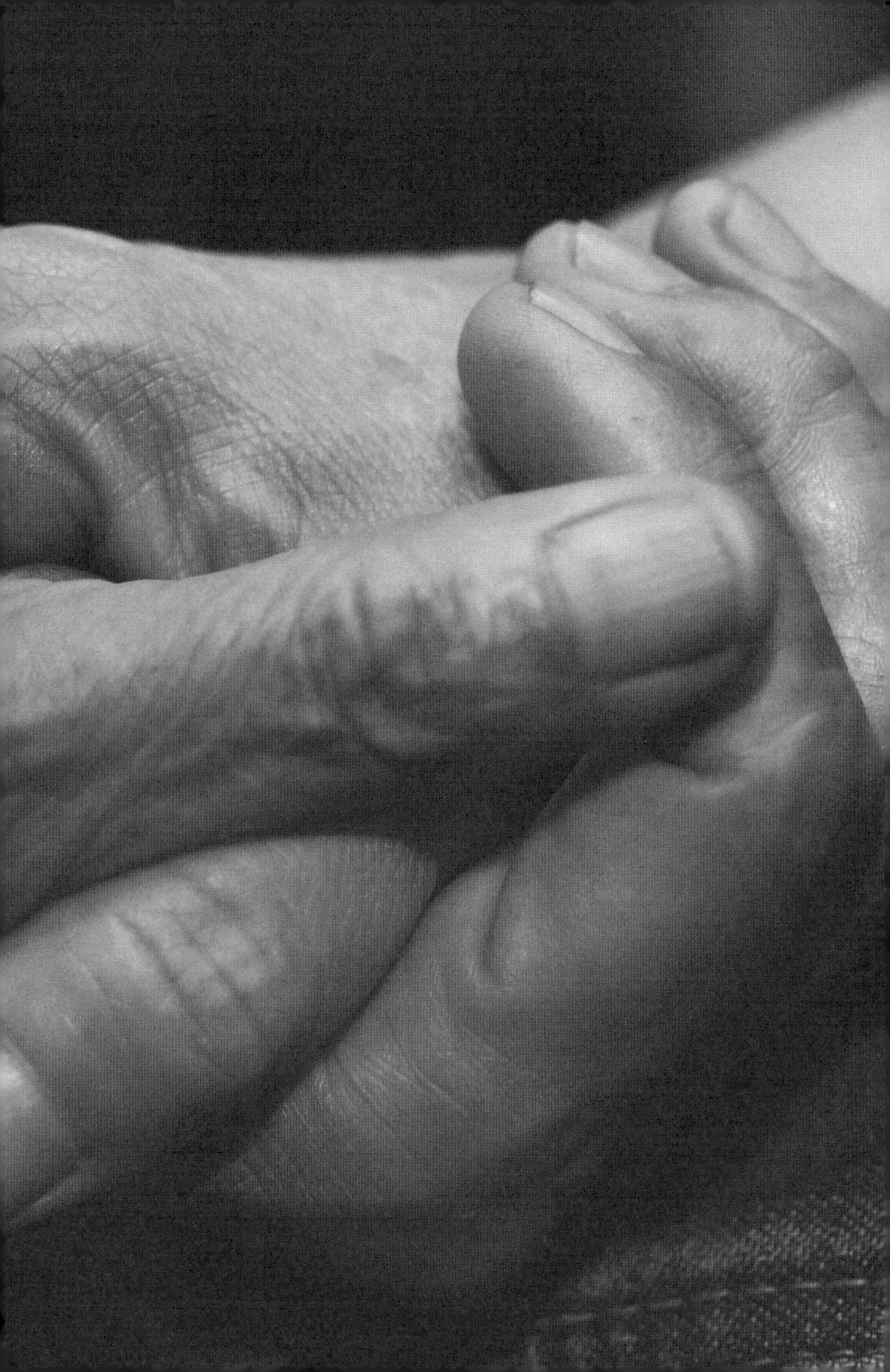

손가락 끝으로 까딱까딱, 가속, 감속이 얼마든지 가능하지 않은가? 미국의 한 자동차 회사의 광고 캐치프레이즈는 '트레드 을라이틀리Tread lightly'이다. 꾹꾹 밟지 말고 살살 밟아도 잘 나가는 자동차라는 것이다. 요컨대 콘트롤 보드가 남성우월주의의 빌미가 되던, 힘의 비교 우위론을 아주 지워버렸다는 것이다. 따라서 가정에 '가장家長' 같은 것은 존재하지 않는다는 것이다. 지아비는 지어미를 하대하고 지어미는 지아비를 공대하는 일은 더 이상 있어서는 안 된다는 것이다. 더 이상 《경국대전》이나 《대전통편》 같은 사문서死文書로 여성을 억압해서는 안 된다는 것이다. 이것이 내 주례사의 서론이다.

나는 아내를 위해서 존재하는 사람이 되려고 노력한다. 나는 아내를, 나를 위해서 존재하는 사람으로 여기지 않으려고 노력한다. 노력하다보니 연습하다보니 이제 거의 나는 아내를 위해 존재하는 사람이 되었다. 내 아내가 스스로를, 나를 위해 존재하는 사람으로 여기는지 그것은 잘 모르겠다. 하지만 중요한 것은 '내'가 어떤 존재냐 하는 것이다. 나는 내가 아내를 위해 존재하는 사람으로 나 자신을 정의하면 언젠가는 아내도 스스로를 지아비를 위해 존재하는 사람으로 정의할 것이라고 절대적으로 확신한다. 여기에 상대성 같은 것은 없다. '기브 앤 테이크'도 없다. 내가 그대를 위해 존재하는 것이지爲君我在, 그대가 나를 위해 존재하는 것은 아닌 것이다君不爲我.

유소년, 청소년 시절을 통틀어 한 번도 잘 살아본 적이 없는 나는, 어떻게 사는 것이 잘 사는 것인지 잘 알지 못했다. 하지만 내 옆에는, 잘 사는 사람들이 많이 있었다. 나는 그들의 삶을 창의적으로 베끼면서 꽤 긴 세월을 건너왔다. 도끼 자루를 한 번도 깎아본 적이 없는 나는 도끼자루를 어떻게 깎아야 하는지 잘 알지 못했다. 그런데 도끼는 한 자루 내 집에 있었다. 나는 그 도끼자루를 보면서 새 도끼자루를 깎고 또 깎았다伐柯伐柯. 도끼자루 깎는 법은 그리 먼 곳에 있지 않았다其則不遠.

나는 아들 앞에서 아내를 헐하게 대하지 않으려고 무진 노력한다. 내가 아내를 헐하게 대하면 내 아들이, 아내란 원래 저렇게 대해도 되는 것이구나 하고 생각할 것이기 때문이다. 나는 딸 앞에서 아내를 헐하게 대하지 않으려고 무진 노력한다. 내가 아내를 헐하게 대하면 내 딸이, 아내란 원래 저런 대접을 받아도 괜찮은 모양이구나, 이렇게 생각할 것이기 때문이다. 내 자동차를 가진 지 15년, 나는 교통 법규를 어겨본 적이 거의 없다. 아들딸이 뒷자리에서 보고 있었기 때문이다. 나는 경찰관에게 면허증을 보인 적이 단 한 번도 없다. 아들딸이 뒷자리에서 보고 있었기 때문이다. 나는 아들딸이, 운전이라는 것은 저렇게 하는 것이구나, 이렇게 생각할 거라고 믿는다. 나는 아들은 아버지를 베끼고子描其父 딸은 어머니를 그린다女寫其母 믿는다. 이것이 나의 본론이다.

나에게, 이 세상에서 가장 존귀하신 분은 나의 어머니다. 결혼을 통해 맺어진 나와 내 아내 사이에서는 아들딸이 태어났다. 아내는 내 아들딸의 어머니이다. 아들딸이 장차 나와 비슷한 생각을 한다면 내 아내는 그들에게 세상에서 가장 존귀한 사람이다. 세상에서 가장 존귀한 가치는 결혼을 통하여 탄생한다. 결혼은 미친 짓이 아닌 것이다. 이것이 나의 결론이다.

책이 없었더라면 나는 어찌 했을꼬. 이렇게 쓰는 것은 용서가 된다. 하지만 아내가 없었더라면 나는 어찌 했을꼬. 이렇게 쓰면 '미친 놈' 소리 듣기 딱 알맞다는 것 나도 알고 있다. 하지만 나는 쓰겠다. '미친 놈'이라고 하고 싶은 사람은 하라.

내 아내를 만난 1975년은 내가 당시의 전쟁터 월남에서 돌아온 지 3년째 되던 해, 거칠디 거친 건축 공사장을 때로는 주먹으로, 때로는 술로, 때로는 힘으로 누비다 잡지 기자가 된 이듬해이다. 당시의 나는, 첫돌 지나던 해 아버지 잃고 홀어머니 밑에서 열세 살 될 때까지 자라다 겨우 홀로서기를 시작한 천둥벌거숭이였다. 소설가가 되고 싶다, 되고 싶다, 하면서도 일상에 발목 잡혀 있었다.

나는 경제에 매우 흐린 사람이었다. 군대 생활할 때부터 그랬다. 우리의 월급은 몇 백 원밖에 되지 않았다. 그런데도 'PX'라고 부르는 영내 가게는 우리에게 거의 무제한 외상술을 마실 수 있게 해주었다. 경제관념이 희박해서 월급으로 나오는 금액 이상의 외상을 진 병사들을 가르치기 위해 인사계(계급은 주로 상사)는 매를 들었다. 지금 생각하니 매우 한심하다. 나는 거의 매달 매를 맞으면서도 월급 이상으로 마셨다. 인사계로부터 엉덩이를 맞는 날의 자괴감은 며칠 가지 않았다.

잡지 기자 노릇할 때도 마찬가지였다. 당시의 내 월급은 2만 8

천원밖에 되지 않았다. 하숙비는 독방이 2만원이었다. 그런데도 나는 한 달에 1만 5천 원씩, 그것도 3년 동안 불입해야 하는 월부 책을 덜컥 들여놓았다. 그러고도 거의 매일 술을 마셨다. 월급날 술값 외상 못 갚아 술집 주인으로부터 욕을 먹기도 했다. 나만 그랬던 것은 아니다. 16년 전에 세상을 뜬 박정만 시인도 나와 비슷하게 대책 없는 인간이었다. 먹을 때는 좋았지? 이것이 나와 박정만 시인이 술집 주인으로부터 얻어먹은 욕이었다. 그런 욕을 먹고도 우리 둘은, 먹을 때는 좋구나, 이러면서 1년에 천여 병씩의 소주를 외상으로 마셔치웠다. 그렇게 살아도 되는 줄 알았다. 아니, 그렇게 살아야 하는 줄 알았다. 빚은 나날이 늘었다.

부산으로 출장 가기 전날 밤, 내 주머니에는 사진기자와 함께 써야 하는 출장비가 두둑하게 들어 있었다. 중학교 동창들과 술을 마셨다. 술값 계산하는 차례가 왔다. 기죽지 않으려고 저고리 안주머니에 손을 넣는 시늉을 했다. 아, 배신자들! 동창들은 꼼짝도 하지 않았다. 결국 출장비를 거의 다 털고 말았다. 그날 밤, 고민 고민하면서 밤을 꼬박 새고, 다음날 고향에 들러 돈을 꾸어서야 부산 출장을 마칠 수 있었다. 그렇게 살아도 되는 줄 알았다.

내 아내를 만나고 나서 새로 알게 된 것들이 참 많다. 공중을 향하여 코를 팽 풀면 안 된다는 것도 알았다. 따라서 손수건을 가지고 다녀야 한다는 것도 알았다. 음식 먹다가 손에 무엇이 묻으면 양말목에다 쓰윽 닦으면 안 된다는 것도 알았다. 세수하고 돌아서면서 러닝셔츠 앞자락으로 얼굴을 닦아서는 안 된다는 것도 알았다. 제세공과금은 제때에 납부해야 한다는 것도 알았다. 무엇보다도, 지출은 수입을 넘지 않아야 한다는 것도 배웠다. 속옷은 열흘이고 스무날이고 입는 물건이 아니라는 것도 배웠다. 말보다 주먹이 먼저 나가면 못 쓴다는 것도 배웠다. 대책 없는 로맨티스트에 대한 조련은 치밀하고도 철저했다.

나는 매사에 빠르되 부정확하다. 물건 살 때 우리 부부의 스타일이 잘 드러난다. 나는 물건 고르는 데 거의 시간을 들이지 않는다. 이렇게 산 물건이 내 몸에 착 달라붙는 경우가 매우 드물다. 그래서 내게는 신지 않는 구두, 입지 않는 옷이 허다하다. 하지만 내 아내는 느리되 정확하다. 그는 물건 사는 데 긴 시간을 쓴다. 그가 선택한 물건이 우리 집에서 오래오래 쓰이지 않는 경우는 거의 없다.

나는 씀씀이가 헤펐다. 나는 매우 비싼 물건을 좋아했다. 경조사에 갈 때면 거액의 경조사비로써 당사자들의 기를 한풀 꺾기를 좋아했다. 하지만 결혼하고부터 나의 경조사비 요청은 번번이 거절당했다. 아내가 약간 짜게 굴었기 때문이다. 아내가, 약간 짜기는 하지만 경우에 맞게 책정한다는 것을 깨닫기까지 이게 나를 퍽 불편하게 했다.

아들딸이 차례로 태어났다. 나는 아들딸에게 아주 비싼 장난감 사주기를 좋아했다. 그래서 원고료 받는 날은 백화점에 들러, 부자들만 살 수 있는 장난감을 사들고 들어가 값을 한 5분의 1로 줄여서 보고하는 일이 잦았다. 그런데도 결혼한 뒤부터는 빚이 별로 쌓이지 않았다. 공부가 더 하고 싶었다. 그래서 1991년부터 미국 생활이 시작되었다. 나는 흔전만전 쓰기를 좋아했고 아내는 아주 조금씩 꼬불치는 것을 좋아했다. 1996년 귀국하자니 아파트를 되찾자면 미국에서 다 써버린 전세금을 마련해야 하는 사태가 발생했다. 전세금 마련한답시고 나 혼자 먼저 귀국, 이곳저곳을 기웃거렸다. 하지만 그럴 필요가 없었다. 아내가 여기저기 조금씩 '꼬불쳐' 둔 금액이 큰 도움이 되었다. 내 고향에는, 공부하는 놈과 저금하는 놈에게는 아무도 못 당한다는 속담이 있다.

나는 다행히도 나 자신이 매우 모자라는 인간이라는 것을 일찍 알았다. 모자라는 인간은 남을 가르치려 들어서는 안 된다. 그래서 나는 연하의 아내를 가르치려 들지 않는다. 모자라는 인간은 배워야 한다. 그래서 나는 아내로부터, 아들딸로부터 많은 것을 배운다.

나는 지금 나와 내 아내 이야기를 하고 있지만 사실은 사람과 사람의 관계에 대해서 쓰고 있다. 승僧에 속하지 않고 속俗에 속하는 나에게, 출가한 사람들에게는 참으로 하찮을 터인 이 사람과 사람의 관계가 큰 숙제다. 나는 이 숙제를 사람들과 관계 속에서 직접 체험으로 풀기도 하고, 사람들의 관계를 눈여겨보면서 간접 체험으로 풀기도 한다. 사람들과 더불어 어울리는 자리는, 숙제하기 안성맞춤인 나의 공부방이다. 이 공부방에서 나는 직접 체험으로 숙제를 풀기도 하고, 엿보고 엿듣고 어깨너머로 읽는 간접 체험으로 숙제를 풀기도 한다. 내 숙제의 핵심 중 하나는 사람의 관계를 관류하는 시혜 의식施惠意識과 수혜 의식受惠意識의 마찰과 윤활이다. 시혜 의식은 관계의 끝을 알리는 징후라는 것이 나의 잠정 결론이다. 행복한 관계에 시혜자는 존재하지 않는다는 것이 나의 생각이다. 따라서 다만 수혜자가 있을 뿐이다. 그 까닭은, 언제나, 충분히 고마워하는 수혜자란 존재하지 않기 때문이다. 나의 아내가 자신을 시혜자로 여기고 있는지 수혜자로 여기고 있는지 그게 나는 조금도 궁금하지 않다. 아내는 나를 위해 존재하는 사람이 아니기 때문이다. 단지 나 자신을 수혜자로 여길 뿐이다. 내가 아내를 위해 존재하는 사람이기 때문이다. 나의 이 믿음은 꽤 강고하다. 그래서 우리 집에서는 지어미가 지아비의 인감도장을 가지고 다니면서 재산을 관리하는 일은 일어나지 않고 있는 것이다.

《오르페우스 이야기》

이제 난 에우뤼디케의 죽음을 애통해 할 수 없는가

지금 내 앞에는 한 장의 그림이 놓여 있다.

알렉산드르 세옹Alexandre Seon의 〈애통해 하는 오르페우스〉라는 제목이 붙은 그림이다. 푸른 옷으로 아랫도리를 가린 오르페우스가 수금을 든 채 백사장에서 몸부림치고 있는 모습으로 그려져 있다. 오르페우스는 에우뤼디케의 죽음을 그렇게 애통해 하는 것

이리라. 세상을 떠난 아내 에우뤼디케를 찾아 저승을 다녀오기 전의 오르페우스 모습인지 다녀온 뒤의 오르페우스 모습인지는 분명하지 않다. 하지만 발이 통통 부어 있는 것으로 보아 오래 방황했던 것 같다.

소년 시절, 《젊은 베르테르의 슬픔》을 읽고 많이 울었다. 청년 시절, 오르페우스와 에우뤼디케의 사랑 이야기를 읽고 나니 가슴이 무너지는 것 같았다. 청소년 시절을 다 지나고나니 의문 한 가닥이 고개를 쳐든다. 그 시절 느꼈던 그 애통愛痛(또는 감정)이 관념적인 사랑의 내압內壓은 혹시 아닌가? 나는 사랑의 내압을 애압愛壓이라고 부르는데, 애압은 이기성利己性에 취약한 측면이 있다. 나는 이제 오르페우스와 함께 에우뤼디케의 죽음을 애통해할 수 없는 것인가?

epilogue

사랑은 운명과도 같은 것

사랑이란 도대체 무엇인가요.

많은 사람들이 사랑을 그리워하고 사랑에 겨워하고 또 사랑을 두려워하면서 살아갑니다. 태초에 소리가 있고 혼돈이 있었듯이 사랑은 그때부터 시작했는지 모릅니다.

사랑하지 않고 결혼하는 커플이 얼마나 될까요.

대부분의 사람들은 사랑하기 때문에 결혼한다고 믿고 있고 또 그래서들 결혼합니다. 성장하면서 이성을 만나 사랑하고, 사랑하면 결혼하는 것을 당연한 인생의 통과의례로 알고 받아들여 왔기 때문이지요. 그렇지만 정략결혼이라는 말이 예전부터 사용되어 온 것을 보면 결혼은 사랑 없이도 할 수 있는 것이 분명한 듯합니다. 마찬가지로 저 유명한 로미오와 줄리엣의 이야기를 기억한다면, 사랑하는 사람들이라고 해서 반드시 결혼하는 것은 아니라는 점 또한 분명합니다. 사랑은 결혼의 필요조건일 수는 있어도 충분조건은 아닌 것입니다.